AF293208

© 2024 Jean AMBLARD PAYSAN
du GERS en LETTONIE
Edition : BoD – Books on Demand,
info@bod.fr
Impression :
BoD - Books on Demand,
In de Tarpen 42,
Norderstedt (Allemagne)
Impression à la demande
ISBN : 978-2-3225-3722-8
Dépôt légal : Juin 2024

Photo de couverture prise et interprêtée par l'auteur :
Les trois Déesses de la Vie :
"Nous étions, nous sommes et nous serons"
Comme le précisent de nombreuses œuvres d'art, la Lettonie
fit sa révolution en chantant et en dansant car malgré tout,
la vie reste une joyeuse farandole éternelle.
Celle-ci se trouve dans un parc de Rīga,
proche de l'Ambassade de France

A Anaïs, Lise, Louis, Gabin, Camille…
L'Avenir vous appartient

Jean AMBLARD
Paysan du Gers en Lettonie

AD VITAM ÆTERNAM

TOME IV

Alea jacta est !

Plaidoyer pour la Réintroduction de l'Homme
dans la Nature

Avant ses scientifiques ou ses hommes politiques, une société a besoin de rêveurs ! Et pas n'importe lesquels ! Il nous faut des poètes, des rhapsodes, ceux qui recousent le monde. La science ne parle qu'après.
(Véronique BEUCLER. Décadence et autres délices)

1. Prélude

Qu'escotètz, qu'escotètz pas, que me pòd hèr !
*Le que passa, qu'escote o que passa, que me pòd
hèr !*
*S'escotatz le vent quan boha dens les hais e quan
brama dens l'aire,*
*Se sabètz escotar le vent quan mía sos crums coma
les bètz ausèths de mar e quan brama dens l'aire damb
sa gòrja de gèu,*
*S'avètz quauques còps entenut la hont e le fluvi e la
huelha plorar, le chebit de l'erba madura dens les
prats : Podètz saber çò qu'ei a diser.*
Atz sabètz dejà !

Marcela DELPASTRE (1925-1998)
Extrait de Saumes Pagans
(version gasconne par Yves le Sabaillanais)

— Pépé Giovanni, c'est quoi ce texte ? en quelle
langue ? Je n'y comprends rien, dit Līva

— C'est de l'Occitan, le patois gascon de chez nous. Bon, je suis sympa, je vais vous le traduire :

Que vous écoutiez, que vous n'écoutiez pas, qu'est-ce que cela me fait ?
Celui qui passe, qu'il écoute ou qu'il passe, qu'est-ce que cela me fait ?
Si vous écoutez le vent, quand il souffle dans les hêtres et quand il brame dans l'air ;
Si vous savez écouter le vent, quand il mène ses nuages comme les grands oiseaux de mer et quand il brame dans l'air avec sa gorge de gel ;
Si vous avez parfois entendu la fontaine et le fleuve et la feuille pleurer, le murmure de l'herbe dans les prés,
Vous pouvez savoir ce que j'ai à dire, vous le savez déjà.

— Hum, hum… Pépé, est-ce que tu ne triches pas un peu ? répondit Jānis. Je connais ce texte extrait du livre de Marcela DELPASTRE, "Saumes Pagans" (Psaumes Païens) mais l'original est en Occitan Rouergat, Marcela était Aveyronnaise. Il est dans ta bibliothèque et je l'ai lu plusieurs fois avec attention, il me plait beaucoup. Page de gauche c'est l'original en occitan aveyronnais et page de droite, la traduction en français.

— Bon j'avoue que j'ai fait le fier. L'occitan varie d'une région à l'autre et quelquefois d'un village à l'autre. Même si ce n'est pas exactement notre patois de Sabaillan, on le comprend quand même. D'ailleurs, pour vous, j'avais demandé à Yves et Céline, nos voisins qui ont une licence d'occitan passée à la fac de

Toulouse-Mirail, de me faire la traduction dans notre patois gascon sabaillanais. Car le comprendre c'est une chose, le parler c'en est une autre et l'écrire c'est devenu très rare ! Ils me précisent que leur traduction est avec la nouvelle graphie. Dans tous les dialectes occitans, les mots qui s'écrivent avec la lettre "a" finale se prononcent avec le son "o". Le Gascon évolue comme toutes les langues, c'est la langue du bon vivre, du partage et des gens heureux !

— Version originelle:

Qu'escotetz, qu'escotez pas, qué quò me fai ?
Queu que passa, qu'escote o que passa, qué quò me fai ?
Si escotatz lo vent, quand bufa dins los faus e quand brama dins aire ;
Si sabetz escotar lo vent, quand mena sas nivols coma de grands ausels de mar, e quand brama dins l'aire emb sa gòrja de giau ;
Si avetz auvit per cas la font e la granda aiga e la fuelha purar, lo mar mús de l'erba madura en los prats,
Podetz saber çò qu'ai a dire
Zo sabetz desjà !

Marcela DELPASTRE (1925-1998)
Extrait de Saumes Pagans ;
Edicions dau chamin de Sent Jaume (Occitan Rouergat)

— J'aime cet ouvrage de Marcela, reprit Jānis. Il y a quelquefois des passages très sombres, presque lugubres, qui redeviennent d'actualité : elle était Paysanne et s'inquiétait déjà à son époque de la dépossession des fermes, des terres. C'est ce qui risque de nous arriver avec tous ces oligarques et cette myriade de spéculateurs multinationalisés qui, insensiblement, sont entrain de déposséder la Paysannerie de son milieu de vie, détruisant même son organisation sociale et professionnelle, ses services publics, etc. pour mieux l'agenouiller.

— Pépé, dit Līva, je vais essayer de lire ce livre puisque tous les deux vous semblez dire qu'il est intéressant. Et puis ce sont des poèmes païens occitans, je pourrai comparer avec le paganisme letton ! A mon avis, Jean n'a pas commencé le tome IV avec ce texte par hasard. Le hasard n'existe pas chez lui non plus.

— Līva, Līva ! C'est l'heure de la tétée. Vous causez, vous causez et personne n'a entendu les bébés pleurer ! s'énerva mémé Louisette.

En effet, les Lettons sont arrivés hier soir 26 juin en Occitanie pour les traditionnelles vacances d'été sur la ferme familiale de Sabaillan. Cette année en Lettonie, la fête de Līgo autour du grand feu de la St Jean a été ratée. Il a plu très fort, sans compter les moustiques. Durant la semaine, oncle Imants et son épouse Agnese avaient tout préparé dans la clairière sur les terres de Rozkalnis mais nos jumeaux Marija et François n'ont que trois mois. Il n'était pas question de les sortir par un temps pareil pour qu'ils arrivent malades dans le Gers…Alors on est resté à la maison. Tant pis pour le feu de Līgo qui est pourtant la plus grande fête annuelle des Lettons ! C'est la fête du solstice d'été, la fête païenne de Saule, "La Soleil", la divinité féminine heureusement préservée… C'est une belle fête dédiée à

Mama Daba (Mère Nature) lorsqu'il ne pleut pas à verse cette nuit-là, bien entendu !

Pépé et mémé vont pouvoir profiter de leurs arrière-petits-enfants durant l'été ! Depuis leur naissance le 23 mars dernier, ils se sont déjà bien épanouis grâce au lait maternel bio. Ils sont toujours très souriants, bien que les parents soient Lettons ! Pépé a bien observé qu'ils avaient quelque chose de latin dans leur manière d'être ! "Ils ont quand même un bon pourcentage de notre sang occitan dans leurs veines bien que Marija ait les yeux bleus de sa mère. Et puis, de toute façon, ils sont nés à Sabaillan, au Cap du Bosc, donc ils sont plus Occitans que Lettons ! D'ailleurs ils sont officiellement Français!"

Elise et Paul, les voisins leaders de l'association ARPEGES (Association pour la Recherche, la Production et la Promotion de l'Espace et la Gastronomie des Environs de Sabaillan) viennent de téléphoner. Puisque Līva et Jānis sont là pour quelques semaines, il faut avancer sur le projet de renaissance de la Petite Paysannerie. Ils ont programmé une première réunion de bureau à la mairie de Sabaillan pour samedi prochain à 18h. Les statuts de l'association ont été déposés à la Préfecture d'Auch, ça s'arrose ! comme on dit ici. Un petit apéritif dînatoire est prévu. Līva et Jānis y seront.

— Tiens, en parlant de poème, reprit Jānis après avoir raccroché l'appel de Paul… Vendredi dernier, veille des vacances, j'ai été invité au petit salon de l'Institut Français par les apprenants en langue française. Tous ces Lettons sont particulièrement motivés car ils ont déjà une promesse d'embauche à la

Commission Européenne de Bruxelles pour traduire tous les textes français en letton et vice-versa. Nous avons pris un pot ensemble. Depuis la rentrée, j'avais bien remarqué qu'une jeune fille ne me quittait pas des yeux, l'air toujours rêveuse. Ok ! pensais-je. C'est vrai que je suis papa mais encore beau jeune homme !

— Que racontes-tu Jānis ? râla Līva. C'est quoi encore cette histoire ? Alors, en plus de ta collègue Inta, voilà que maintenant c'est une jeune stagiaire…

— Ne t'inquiète pas Līva, tu sais très bien que je n'aime que toi et si j'en parle librement devant la famille, c'est que cela m'amuse plus qu'autre chose…

Que disais-je ? Ah oui. Donc après avoir salué tous les étudiants puis mes collègues de l'Institut Français, je suis revenu au bureau et j'ai trouvé ce papier dans une enveloppe, bien en vue sur mon attaché-case. Je vais vous le lire mais surtout Līva ne sois pas jalouse, c'est de la poésie d'une apprenante le français après 5 mois de cours… sans plus.

Une bataille de Soleil par Sarmite.

Je vais m'adosse a toi
Comme une montagne
Comme un âme qu'est vivant.
Ce n'important qu'elle n'est mienne
Ce n'important qu'elle n'est libre.
Je vais m'adosse a toi
Comme lumière de l'amour
Comme un papillon de printemps.
Comme un chanson fou.

Ce n'important qu'elle n'est étincellement.
Ce n'important qu'elle n'est longue.

Je vais m'adosse a toi
Comme un mur de ciment
Comme un rêve qu'est passé déjà.
Comme un chaud jour d'été.
Ce n'important que a la fin
Je vais rester seule.

Viens, l'esprit d'obscurité !
Je n'ai pas peur de toi !
Ma corps- ce mes amis
Ma épée- mon l'avenir.
Ce ma novelle vie, mon début.

Je vais m'adosse a toi
Comme une montagne
Comme un âme qu'est vivant.
Ce n'important qu'elle n'est mienne
Ce n'important qu'elle n'est libre.

— Bof, dit Līva, elle espère beaucoup et elle a encore des progrès à faire ! Je pense que je ferais mieux ! En letton c'est sans doute sympa mais la traduction laisse à désirer. Finalement je ne suis pas jalouse, cela me fait même plaisir de voir que mon âme ne se soit pas trompée. Mon Jānis directeur de l'Institut Français est le plus beau et le plus envié des hommes. Il n'est qu'à moi depuis 246 ans ! Ah, ah !

— Moi aussi, j'aimerais recevoir de tels messages !

— Quoi Giovanni ??? Qu'est-ce qui te prend ? Quelle honte à ton âge ! A 82 ans, voyez-vous ça ? dit mémé Louisette offusquée.

— Ah, ah, ah ! je t'ai bien eue ! Moi, j'ai ma Louisette depuis plus de soixante ans et je suis heureux avec elle. Je serais bien embêté de recevoir de tels petits mots.

— Mais non, pourquoi embêté ? répondit Līva. Tu vois bien la réaction de ton petit-fils, ça l'amuse ! Et à moi aussi.

— Oui, ça m'amuse et ça s'arrête là ! A la rentrée, si elle revient en deuxième année, je lui rendrais son message en lui demandant de corriger les fautes !

— Ah tiens, j'aperçois les phares sur le chemin, voilà ton oncle Joseph qui revient du champ avec son tracteur et sa botteleuse, dit mémé Louisette. Jānis, je crois que demain tu pourras te lever tôt, les bottes de paille t'attendent au champ !

— Mémé, dit Līva. Pourrais-tu me remplacer entre deux tétées ? j'irai aider les hommes au champ.

— Comment ? Est-ce vraiment prudent ?

— Mais je voudrais simplement participer en conduisant le tracteur. Je veux apprendre. J'étudie le code de la route et bientôt j'irai à l'auto-école. Jamais je n'ai tenu un volant.

— D'accord, dit Pépé. Normalement c'est mon poste attitré pour tracter la remorque mais je te laisse ma place ! Ce champ n'est pas en pente, tout devrait bien se passer.

— D'accord, dit mémé, je m'occuperai des petits mais sois prudente et sois là à l'heure de la tétée !

— D'accord, dit Jānis. On se lance dans une nouvelle aventure : je te montrerai où sont les pédales de frein, c'est primordial !

— Ne te moque pas Jānis…

— Allez, bonne nuit à tous. Mettons nos réveils sur 5h du matin.

2.   Ave Sabailhus Bonus Maximus Dominus

Le lendemain au petit matin, nous étions au champ et voilà que Gérard notre carillonneur réveilla la grosse cloche de l'église du village. Le lugubre glas raisonna longtemps dans la vallée jusqu'en haut des coteaux. "Encore ? A qui le tour cette fois-ci ?" Maxime notre ancien maire nous a quittés… Pépé Giovanni a ruminé cette triste nouvelle toute la journée, cela entachait le plaisir du retour de ses arrière-petits enfants…

Puis, lorsque vint le soir, le ramassage des bottes de paille terminé, nous avons repris nos habitudes. Après le diner, toute la famille s'est réunie sur le banc bleu sous la glycine. Marija et François dormaient paisiblement dans leur double landau. Mémé, en tricotant, ne les quittait pas une seconde des yeux. Pépé Giovanni, qui fut deux mandats conseiller municipal de Sabaillan, voulut nous parler de Maxime, son copain disparu. Dans ces cas-là, il faut parler, raconter, ça aide. Et il entreprit un long monologue :

— Maxime, tout le monde le connaissait dans la région et même dans toutes les administrations du département. Il a été maire de Sabaillan dans les coteaux du Gers depuis le "Rey Seizet" (Louis XVI) ou peut-être même du temps de la construction de la villa gallo-romaine de Montmaurin ? Oh oui ! Au moins ! Maxime était le Patriarche de Sabaillan, le Noé de Sabaillan. D'ailleurs lorsqu'un Sabaillanais se présentait, il ne disait pas "J'habite à Sabaillan", mais plutôt : "Que soi d'en çò deu Matssimé !" (Je suis de chez Maxime) et là tout le monde comprenait.

Nous avons fait un bout de chemin ensemble ou plutôt deux : le premier lorsque j'étais tout jeune Paysan, c'est dans son entreprise de moissonneuses-batteuses "La batuso dou Pourrrriché"*(écrit en gascon phonétique)* que l'été, j'allais gagner 4 sous en conduisant les "Grandes Jaunes". Ce fut un patron comme il en existe si rarement, il était proche de chacun de ses employés et essayait en permanence d'arranger les choses dès qu'un souci se présentait.

Ce fut en deuxième temps l'épisode passionnant où je fus conseiller municipal à ses côtés. J'étais délégué au tourisme et développement rural. Mais seulement deux mandats car Nicole, dès qu'elle fut majeure, fut très intéressée de participer à la vie du village. Je lui proposais donc de me remplacer aux prochaines élections. Cela dura tant qu'elle était étudiante et jusqu'à ce qu'elle nous quitte pour la Lettonie. Ce fut ensuite son frère Joseph qui la remplaça. Dans les petits villages, il n'y a souvent qu'une seule liste électorale et chez nous, il est de tradition que celui qui quitte le conseil propose un candidat pour le remplacer. J'avais aussi un bon argument pour laisser ma place à Nicole, ne voyant toujours pas de femme entrer au conseil. Elle devint ainsi la première femme conseillère municipale de l'histoire de Sabaillan. C'est à ce moment-là que les réunions du conseil furent en français car auparavant tout se passait en patois.

A Sabaillan, chacun des administrés de Maxime aurait au moins cent péripéties ou souvenirs à raconter. Il fait partie de notre histoire, de notre culture, de nos coutumes, de nos traditions.

Tout le monde à Sabaillan connaissait la conduite distraite de son maire, si bien que lorsqu'on apercevait la vieille Peugeot 305 grise sur notre petite route du village, on se serrait sur le bas-côté et on attendait qu'il passe en faisant une rapide prière pour qu'il ne soit pas entrain de regarder dans les champs, des fois qu'il y apercevrait un tracteur, une moissonneuse ou une pelle mécanique.

Du temps où j'étais conseiller municipal, je me souviens de cette fin d'après-midi où il passa me prendre à la maison pour aller assister à une réunion à la salle Beaudran de Mirande. Ce voyage m'a tellement marqué que je me souviens encore du sujet : "L'intercommunalité" pondue du haut des tours de verre bleuté de Bruxelles et qui devait bientôt se mettre en place. Bien entendu à Sabaillan, dans la tradition gauloise, on était automatiquement contre le changement mais on s'informait quand même pour argumenter nos critiques !

C'est du voyage aller, de ces interminables 40 km jusqu'à Mirande dont je me souviens le mieux. C'est bien connu, Maxime conduisait sa voiture comme sa moissonneuse-batteuse et lorsque nous abordâmes les virages de Seissan, avec le soleil couchant de face, le pare-brise d'une soirée d'été du temps où il n'y avait pas encore d'insecticides, plus la conduite agricole de Maxime : trois éléments qui, rajoutés bout à bout, m'auraient fait accepter l'extrême-onction si on me l'avait proposée à cet instant. Nous prîmes sur la gauche, que dis-je, sur le bas-côté gauche, chacun de cette multitude de virages qui ce soir-là me parurent aussi longs que le plus long des cauchemars. Et à chaque virage sans visibilité, je pensais "Pourvu, Pourvu qu'il n'y ait pas une voiture en face !" et n'en pouvant plus, je lui demandais : "Ça va Maxime ?", "Tio ! bet n'i vedi pas arren, M…D…" (Oui, mais je n'y vois rien, Mille Doigts !) me répondit-il. Mais finalement, comme toujours, avec Maxime tout s'arrangeait aussi bien que les affaires de la commune : pas une voiture ce soir-là!

Une autre : Maxime savait que je m'intéressais bien au développement rural, donc, chaque fois qu'il y avait une réunion sur le sujet, il proposait que je l'y accompagne… Par exemple, cette réunion de campagne électorale à Simorre où le président du Conseil Général, le député et le sénateur de l'époque étaient là avec toute leur cour pour soutenir la candidature d'un élu local. Un beau panel face au public. Avec Maxime nous étions arrivés un peu trop tôt donc nous nous étions assis côte à côte, sur la première rangée de chaises. Mais tout le monde sait que Maxime était un homme très actif et dès qu'il se relâchait un peu, Pof ! Il s'endormait ! Donc, lorsque la réunion commença, je le réveillais et il tint les yeux ouverts au moins un quart d'heure ! Je le guettais un peu du coin de l'œil, le connaissant tellement bien. Et peu à peu, je vis d'abord les paupières se laisser aller, de temps en temps un petit soubresaut lui permettait de tenir 30 secondes de plus, puis progressivement c'est la tête qui partait de l'avant et cela dura toute la réunion. Et pour qu'il garde toute sa dignité de représentant de notre commune qu'il était, je passais toute la réunion à lui donner des petits coups de coude sous l'œil amusé des quelques hauts dignitaires et prétendants au trône qui étaient face à nous, juste séparés d'une table nappée de blanc.

Et encore cette rencontre mémorable à Agen ! C'était au début des années 90, avant la réforme de la PAC (Politique Agricole Commune). J'avais eu le contact avec un fonctionnaire de l'Union Européenne grâce à un de mes amis élu régional. L'eurocrate qui s'occupait du Sud-Ouest de la France venait à la rencontre de JF PONCET, élu du Lot et Garonne et député européen. Il me contacta depuis Bruxelles, me donnant rendez-vous à Agen pour échanger avec lui au sujet de l'avenir de la ruralité vu par un Paysan. Maxime et Joseph vinrent avec moi. Nous fûmes très bien accueillis, disant qu'il était très heureux de rencontrer des gens du cru, n'ayant à faire qu'à des élus et des technocrates souvent déconnectés de la réalité du terrain. Nous étions enthousiastes de comprendre ce qui se tramait pour notre avenir dans ces tours de verre bleuté de Berlaymont-Bruxelles. Ah ! nous laissa-t'il entendre : si nous étions en contact direct au lieu de transiter par une multitude de passages obligés tels que chambres d'agriculture, préfectures, ministères et autres, rien des attentes des agriculteurs ne serait déformé et les sommes leurs étant allouées ne s'égrèneraient pas d'étages en étages durant leur transfert... Nos 1800 bureaux sont capables de gérer individuellement chaque ferme européenne ! nous avoua-t'il.

De cette entrevue, j'en ai retenu deux thèmes. C'est là que nous avons appris qu'un satellite photographe serait mis à disposition de nos administrations de tutelle pour espionner au cm² près chacune de nos fermes. Et il nous avertit aussi d'une autre chose très inquiétante : Les aides compensatoires (PAC) ne sont que provisoires, le temps que les agriculteurs assainissent leurs finances pour être fins prêts à entrer dans le marché mondialisé, traité qui fut ensuite ratifié à Lisbonne. Maxime un peu démoralisé par cette nouvelle, argumenta : "En fait, on nous met un pansement sur une jambe de bois ! Même si nous arrivions à assainir nos finances, jamais nous ne pourrons être compétitifs avec toutes les charges qu'on nous inflige par rapport aux autres pays !"

Maxime, voyant le temps passer, disait toujours : "Oh, cette fois-ci, je me suis représenté comme maire, mais j'aurais dû le laisser. C'est vrai que j'ai Danielle notre secrétaire qui m'aide, mais il y a des coups où ils te feraient tourner en bourrique ! Il y aurait de quoi tout laisser là ! Par exemple cette histoire d'installer des poubelles dans le village et ce p... de SIVOM (Syndicat Intercommunal à Vocation Multiple) ou ce projet d'intercommunalité…". Il disait chaque fois cela, mais chaque fois qu'une nouvelle élection arrivait : "Ho, finalement ! Maintenant que je suis à la retraite, je pourrais faire "un còp dé mès" (un coup de plus) !". Et à chaque élection il repassait haut la main. On s'amusait bien de Maxime, c'est parce qu'on l'aimait bien ! Un petit village c'est comme une famille, tout le monde se connaît.

En quittant le conseil municipal, j'ai tenté de lui rendre hommage pour le féliciter de la bonne ambiance de notre village. Pour moi, il était devenu "Sabailhus Bonus Maximus Dominus" parce que Maxime était notre maire depuis…Hou là ! Encore plus que ça ! Oh oui, tu te rends compte ? Nicole n'était pas née ! Avec Louisette, on n'était même pas encore mariés ! Oh oui, au moins ! Au fait, c'est même lui qui nous a mariés…

Lors d'une formation "tourisme vert" au Château de Mons, j'avais interpellé Jacques, un intervenant archéologue bien réputé dans le Gers. Il m'avait renseigné sur mon questionnement quant à l'origine du nom "Sabaillan" et j'avais brodé à partir de ses informations. Puis, j'ai osé montrer mon texte à Maïa l'abeille qui butine les informations en vallée de Save, et elle le publia illico sur le journal départemental :

Sabaillan, Paradis expérimental n° 00002

Au cours du premier siècle après J-C, alors que le Sud-Ouest de la Gaule (Vasconnie) est déjà Romain depuis quelques décennies, l'empereur Néron, fils d'Agrippine, donna ordre à Sabailhus Bonus Maximus Dominus de prendre possession d'un petit territoire dans les coteaux entre Gesse et Marcaou. Là, une poignée d'irréductibles Gaulois avait jusqu'alors réussi à déjouer tous les plans du stratège Technocratus Nordicus Desertificatus.

Sabailhus Bonus Maximus Dominus, démocrate et diplomate réussit sa mission et transforma rapidement toutes les énergies locales revendicatives en énergies créatives. La famille Sapalii s'installa donc en ces lieux divins par la vox populi… Le petit village gaulois s'organisa et devint le domaine Gallo-Romain "Sapalhianus Fondus", rebaptisé Sabailhan au cours du Moyen Âge, jusqu'en 1789, puis Sabaillan lorsque fut enterrée la H de guerre pour la remplacer par les deux ailes. On y vénéra le dieu Mercure, dieu du commerce, dont une statuette a été retrouvée il y a quelques années près de l'église actuelle du village par l'association Archéosavès. Mercure fut exposé "au petit musée" de Lombez et parait-il qu'il est maintenant dans un musée toulousain. On aurait dû se le garder à Sabaillan…

La réussite, nous la devons surtout à l'astuce, l'audace et le travail opiniâtre de notre brave Sabailhus Bonus Maximus Dominus. Il avait diagnostiqué l'échec de nos ancêtres Adam et Eve. Il suffisait simplement, par arrêté municipal, d'interdire la plantation de pommiers pour éviter les pépins ! Son petit peuple veut maintenant faire partager sa découverte et son savoir Paysan pour les siècles futurs. Il fut donc décidé de créer une "Salle de découverte" (c'est le nom officiel de la salle des fêtes actuelle de Sabaillan) .

"Notre Maxime, nous ne sommes pas prêts de l'oublier !" termina Giovanni, les yeux humides.

3. Première réunion du conseil d'ARPEGES.

6 juillet 2024 à 18h, salle de réunion du Conseil Municipal de Sabaillan : Nous sommes un peu plus d'une trentaine, c'est-à-dire tous ceux, sans exception, qui avaient émargé sur le cahier de présence lors de la première rencontre le 28 décembre dernier. Des jeunes Gersois mais aussi de la Haute-Garonne, du Tarn-et-Garonne, de l'Ariège, des Hautes-Pyrénées. Oncle Joseph s'est proposé pour aider à l'intendance. Il est sur la place du village et installe le barbecue car vers 20h la suite des discussions se passera autour d'une bonne table. Elle est installée sur ses tréteaux à l'ombre, entre l'église et la salle des fêtes. Là, il y a toujours un peu d'air frais. Notre barde sera parmi nous !

Notre maire Louis est venu quelques minutes pour nous accueillir. C'est un geste sympa de la part de la municipalité.

Tous étaient enthousiastes lorsqu'Elise, la Paysanne sabaillanaise, leader du groupe, demanda le silence pour engager la réunion.

— Bonsoir à tous ! Merci d'avoir répondu à l'invitation et même pour certains, d'être venus en couple ! Génial ! En suivant l'actualité nationale et internationale, nous pouvons apprécier d'être une des meilleures alternatives pour recréer une ruralité vivante ! Mais à la différence des mouvements d'énervement qui prennent de l'ampleur, et on peut les comprendre, nous allons essayer d'être créatifs et toujours positifs. Notre but est de devenir, par l'exemple, une force de proposition, comme dit Jānis. Ce qui se passe dans notre société, nous en sommes bien conscients, un grand nombre le voyait venir depuis des décennies mais au lieu de continuer à subir ou de nous révolter, ce qui serait un aveu de faiblesse, nous essaierons d'être une force de proposition pour une société plus équitable, plus juste et plus en harmonie avec les impératifs écologiques, sociétaux et par déduction, économiques. Nous devons réussir, même s'il faut un peu de temps, à être l'exemple qui pourra faire tache d'huile. N'ayons pas peur de la décroissance, elle recréera l'équilibre sociétal et donc économique qui nous échappe. Heureusement, de nombreuses expériences du même type émergent ci et là, certaines sont même bien rôdées. Elles sont pionnières mais souvent à l'échelle d'une ou de quelques fermes familiales ! C'est le signe que ça peut marcher même à plus grande échelle ! C'est le but de notre association : S'unir pour rechercher, tester, partager, développer, valoriser !

— Bonsoir, dit Paul l'étudiant ingénieur agronome, merci à tous d'être là. Dès maintenant nous allons désigner le bureau de l'association. Il nous faut au moins trois personnes : une ou un président(e), une ou un secrétaire et une ou un trésorier(ère). Je propose que, même si tout le monde ne peut être là à chaque réunion, nous soyons tous les trente, membres du conseil d'administration. Il y aura possibilité de changer de lieu à chaque rencontre si vous le souhaitez, nous attendrons vos propositions. Et aussi, les plus éloignés auront la possibilité de participer en Visioconférence. Donc, avant de passer au vote : Qui souhaite nous représenter comme président, secrétaire ou trésorier ? …

Antoine de Castelnau-Magnoac prend la parole.

— Je ne sais pas ce que vous en pensez, vous tous, mais il semble logique que ce soit nos leaders Elise, Paul et Jānis qui soient nos représentants…

— Pas forcément, répondit Jānis. Moi, ce n'est pas que cela me déplairait mais je ne serai pas souvent en Occitanie, du moins dans un avenir proche, alors ce ne sera pas facile depuis la Lettonie. Il faut que ces personnes puissent être là lorsqu'il s'agira de démarcher les élus ou les administrations, participer à des rencontres départementales ou régionales par exemple. Il faut être sur le terrain, s'intégrer dans les groupes de réflexion pour faire passer notre message et aussi en ramener des idées.

Marine de Gimont se manifeste :
— Pour nous, c'est regrettable que tu ne puisses pas être notre leader car tu es déjà bien rôdé pour ce rôle. Tu as l'habitude des choses administratives à

l'Ambassade et j'ai entendu dire que lorsque tu étais étudiant, tu avais vécu une belle expérience en Pologne qui fut le point de départ du développement d'une région très rurale.

— Bien entendu, je serai le plus proche possible, surtout en été. Au cours de l'année, si nous pouvons faire les réunions les week-ends, avec Līva nous participerons en Visio. Si vous le souhaitez, tout à l'heure, après l'élection, nous reprendrons les idées ou même les projets que vous avez transmis à l'association par mèl. Nous n'avons pas encore ouvert le blog prévu car il devra être le reflet des grandes lignes que nous aurons choisies de débattre ensemble. Mais déjà nous avons du pain sur la planche pour aujourd'hui.

— Donc, quels seront nos représentants ? Il nous faut au moins trois noms pour engager le vote…

— Elise et Paul, c'est obligatoire, vous devez rester nos leaders ! Si vous voulez bien de moi, je me présente pour la troisième place, dit Jérémy de Martres Tolosane. Je sais que les médias m'ont fait paraître plus agressif que je ne le suis lors des manifestations paysannes sur l'autoroute Toulouse-Bayonne en janvier dernier. Mais lorsqu'on est acculé au désastre économique de sa ferme qui pourtant fonctionnait au mieux depuis plusieurs générations, il faudrait être un saint martyr pour ne pas s'énerver contre le système. Mais depuis, j'ai trouvé une solution qui correspond exactement à l'ambiance d'ARPEGES. J'étais là le 28 décembre dernier pour la première rencontre. Je n'étais habitué qu'aux réunions houleuses et revendicatives du milieu professionnel et là j'avais été tellement étonné de voir cet optimisme communicatif que dans un premier temps je vous pensais naïfs et utopistes… Mais ensuite j'ai beaucoup réfléchi et puis, il s'est aussi passé des événements positifs, alors ça y est ! j'ai été convaincu par des jeunes couples toulousains souhaitant devenir Paysans ou artisans ruraux ! Ils étaient également présents ici le 28 décembre. Alors si vous m'acceptez, je promets d'être cool car maintenant je suis optimiste. Les politiques ont essayé de nous acheter en jetant des miettes mais ce n'est pas une solution à court terme dont nous voulons. J'ai une famille, un bébé depuis récemment. Je vous expliquerai ce qu'est devenue ma ferme en quasi-faillite mais désormais résolument tournée vers un avenir plus radieux que celui proposé par les pseudos nouveaux maîtres du monde.

— Bravo Jérémy. L'avantage c'est que tu connais bien les ficelles politiques et syndicales locales, régionales, nationales et même européennes. Même si tu n'es pas élu au bureau, on aura quand même besoin de tes compétences, dit Olivier de Lartigue.

— D'autres candidats ? demanda Paul… Ce silence vaut-il acceptation ?

— Non, non ! dit Līva avec son accent occitano-letton. Mieux vaut respecter la démocratie participative que nous souhaitons rétablir. Nous devons voter à bulletin secret.

— Woww, dit Jānis en souriant. Tu es une vraie démocrate ! Une vraie de vraie !

— Passons-donc au vote, confirma Elise en préparant les petits papiers.

Il y eut 100% des voix pour les trois candidats. Toutefois Marie-Laure de Molas intervint après les résultats:

— Jérémy, excuses-moi, je vais être franche. Je dois t'avouer que dans un premier temps j'avais hésité pour ta candidature. Puis je me suis reprise en repensant, non pas à ton passé mais à ce que tu dois nous annoncer de positif pour l'avenir de ta ferme. Je suis un peu au courant par les rumeurs des réseaux "dits sociaux", mais tu dois nous l'expliquer clairement. Les rumeurs ne sont que des rumeurs.

Les trois élus remercièrent les votants et tout le monde se tourna immédiatement vers Jérémy pour en savoir plus sur cette fameuse bonne nouvelle.

— Ok, dit Paul, commençons donc par cela. Nous verrons les autres sujets plus tard.

— Bon, je me lance, dit Jérémy. Je suis agriculteur à Martes-Tolosane, j'ai 33 ans, marié, un enfant et cent quatre-vingt hectares : une quarantaine qui me viennent de mes parents et cent quarante que j'ai achetés il y a sept ou huit ans avec des prêts à 30 ans. Entraîné dans l'ambiance professionnelle quelque peu euphorique, cet achat irréfléchi fut la grande erreur qui faillit me faire plonger corps et biens… En m'installant "jeune agriculteur", j'avais choisi d'arrêter la production laitière de mes parents pour devenir céréalier, cela semblait idéal pour ma qualité de vie et les primes PAC qui vont avec. Pour cela j'ai dû m'endetter pour acheter ces terres contiguës à la ferme familiale dans une ambiance de concurrence et de surenchère. Elles étaient bien trop chères, mais je les voulais à tout prix et je me suis entêté, je dois le confesser. Puis il fallut aussi du matériel plus important et plus moderne pour me simplifier la vie. Alors encore de gros emprunts. Les premières années j'étais sur un petit nuage au volant de mon beau gros tracteur. Mais dès la quatrième année, il y eut une grande sécheresse et les ennuis économiques sont arrivés illico. Il n'y eut que la moitié de la récolte escomptée. Donc, impossibilité de rembourser une partie de mes emprunts annuels. D'autre part la Mutualité Agricole se mit rapidement à me harceler pour que j'honore mes cotisations sociales. Tous cela sans compter que depuis, j'ai dû réduire mon train de vie à quelques dizaines d'euros qui me restent désormais chaque mois. La banque me dépanna avec un prêt à court terme à un taux faramineux. On me conseilla d'installer un réseau d'irrigation sur mes terres à maïs pour sécuriser mon revenu. J'ai eu droit à des aides pour cela et encore à un gros emprunt de plus… Et la galère ne faisait que s'accentuer avec des emprunts pour combler ceux que je n'arrivais pas à rembourser et le travail physique qui se rajoutait : c'était l'engrenage infernal…

Heureusement, malgré tout, Christine accepta de m'épouser et nous avons eu un bébé qui nous comble de bonheur. Sinon, je le dis franchement… je ne sais pas ce que j'aurais fait de ma vie, seul devant ce ravin qui se creusait d'année en année. Alors je suis entré dans un groupe d'agriculteurs dans le même état économique que moi et voilà comment je me suis retrouvé en janvier, à barrer l'autoroute avec mon tracteur et ma remorque de paille… Comme je suis un non violent, assez diplomate, avec mon accent gascon sympathique, je fus désigné comme porte-parole de nos revendications. C'est pour cela que vous m'avez vu assez maladroit au micro de la télé, pour défendre notre cause. Ensuite, avec un peu de recul, j'ai compris que j'étais manipulé et j'ai refusé de monter à Paris au rendez-vous avec le ministre, j'étais trop stressé et aussi conscient que nous n'avions rien à attendre de ce théâtre politique, sinon des miettes pour calmer l'atmosphère. Le vrai problème, je l'ai compris durant le barrage routier où certaines personnes présentes semblaient bien connaître la situation. Ils nous soutenaient que cette dégringolade de notre agriculture, comme de notre organisation sociale, était voulue et que tout se préparait de longue date. L'agriculture familiale que nous avons encore la chance de vivre chez nous en Occitanie et assez généralement en France, dérange les plans des spéculateurs qui attendent nos faillites pour s'emparer de nos terres.

Nous, les agriculteurs, sommes accusés de tous les maux, d'empoisonner nos sols et aussi l'eau qui arrive jusqu'à nos robinets, d'empoisonner les produits qui nourrissent notre société. Ici je prêche devant des convaincus mais vous le savez bien, nous n'y sommes pour rien ! On nous impose ce système pour être encore et toujours plus performants, soi-disant pour faire face à la libre concurrence multinationalisée ! Nous savons que nous arrivons au bout de ce système. Nous sommes des otages conscients. Nous nous rendons compte du pillage de la nature et de l'engrenage dans lequel on nous a sciemment ou inconsciemment entraînés. Nous sommes impuissants devant ce problème, piégés par la finance. C'est une fuite en avant autodestructrice pour le peuple entier et pour la nature. Je me dis souvent que si tout cet argent dilapidé par l'UE pour soutenir ce système était donné à l'agriculture biologique, ce serait le paradis ! Autant pour les Paysans fiers de nourrir sainement la société et fiers de leurs pratiques respectant la Vie, que pour nos produits bios au même prix ou même moins cher que "les dits conventionnels"…En Suisse, les agriculteurs bios vivent économiquement mieux que les dits conventionnels. C'est juste un choix politique !

Suite à ce mouvement de protestation de janvier dernier, complètement démoralisés de voir que rien n'avait bougé, Christine et moi pensions tout plaquer et nous laisser saisir nos biens en nous disant que nous trouverions bien un petit boulot au SMIC. Cependant, comme nous ne sommes pas loin de Lourdes, il y eut un petit miracle ! Un dimanche de février nous avons reçu chez nous quatre jeunes couples toulousains qui avaient eux aussi assisté à la grande rencontre ici à Sabaillan le 28 décembre dernier.

Ils avaient ensuite entendu ma complainte à la télé et sont venus chez nous à plusieurs reprises le week-end, certains avec leurs enfants en bas âge, pour que nous réfléchissions à notre avenir qui, peu à peu, se dessinait comme pouvant devenir commun. Ils souhaitaient, comme leurs grands-parents l'avaient été, redevenir Paysans ou petits artisans ruraux. Pour faire un peu court, sinon on y serait pour la nuit, je résume la suite :

Nous avons pris rendez-vous chez un conseiller juridique avec une idée en tête sans bien l'affiner pour donner plus d'ouverture à notre réflexion : Et si ces couples citadins s'installaient avec nous sur nos terres ?

Comment ? Nous ne voulions pas partir sur une idée précise mais y réfléchir. L'idée est devenue projet et voilà où nous en sommes à ce jour :

Nous pourrions transformer le capital de nos terres et du matériel en parts sociales. Les entrants nous rachèteraient des parts qui, dans l'urgence, nous permettraient d'assainir nos finances désastreuses. En contrepartie et selon leur possibilité de rachat, ils auraient une partie de nos terres en propriété ou le cas échéant, en location. Pour l'instant, l'idéal pour tous serait de laisser le matériel et les bâtiments agricoles en commun sous forme de CUMA (Coopérative d'Utilisation de Matériel Agricole). Quant à l'exploitation des terres, soit en GAEC (Groupement Agricole d'Exploitation en Commun) soit en EARL (Exploitation Agricole à Responsabilité Limité), soit sous une autre forme. Il y a aussi possibilité de simplement partager en plusieurs parts en laissant la liberté à chacun de produire selon son projet à condition que ce soit en agriculture biologique en vente la plus directe possible sous une marque commune. Nous parlons de maraîchage, de serres, de vergers, de moutons, de volailles, de vaches laitières puisque j'ai toujours les installations de mes parents pour cette production. Le lait, un des couples artisan envisagerait que nous le transformions en fromages ou yaourts et le reste des terres en rotation de prairie et cultures céréalières de qualité boulangère. Tout cela en agriculture biologique bien entendu et en valorisant localement au maximum. Il y les villes de Toulouse, Saint-Gaudens, Bagnères de Luchon… qui ne sont pas très loin. Et pour faire du vrai développement rural nous ne transformérions ni ne vendrions pas forcément sur la ferme mais pourquoi pas nous associer avec d'autres fermes, d'autres artisans, des meuniers, des boulangers, des commerçants locaux existants ou des jeunes qui pourraient s'installer dans ces professions. Des groupements de consommateurs toulousains se sont déjà manifestés et participeront à la réflexion. Nos productions au label bio porteraient notre identité locale. Quel statut juridique ? il existe de nombreuses formules, tout cela reste à définir. Nous avons contacté des artisans, des commerçants locaux, l'office de tourisme et même le centre de formation qui sera un passage obligé. Tous veulent en savoir plus. Nous organisons avec eux et les associations de consommateurs, une rencontre samedi prochain à la mairie de Martres Tolosane. Il faudrait que tout soit clair dès cette fin d'année pour commencer à s'organiser et que chacun puisse se former en 2025 pour progressivement devenir opérationnels dès 2026.

Je suis un peu pressé à cause de mes dettes qui s'accumulent et les quatre couples sont pressés de quitter la ville. Pour le logement, ils y réfléchissent. Ils peuvent bâtir, racheter ou louer une maison du village ? Pour les élevages, il est impératif de loger au plus près possible de la ferme. Certains ont des avoirs, des biens immobiliers en ville éventuellement à vendre ou des bons salaires dans l'aéronautique et l'aérospatiale pour assurer leur transition. Bref, voilà où en est ma ferme. Et du coup mon énergie et mon enthousiasme refont surface ! J'ai exposé ce projet encore assez vague à la banque et à la MSA. Dans la mesure où tout s'engagerait, elles accepteraient d'attendre un an de plus avant de me saisir. Donc pas de temps à perdre.

— Quel plaisir d'entendre enfin un agriculteur qui ne se démoralise pas et qui ne s'entête pas jusqu'à tout perdre ! dit Paul. Je fais mes études en ingénierie rurale parmi des étudiants qui ne seront probablement pas Paysans mais sans doute agri-managers de multinationales ? Ils ne parlent que de centaines voire de milliers d'hectares, d'OGM, de pesticides et tutti quanti et lorsque je leur dis qu'une famille peut vivre décemment avec une vingtaine d'ha en bio, ils me prennent pour un extra-terrestre et se marrent en caricaturant "la Petite Paysannerie folklorique avec leur pioche et leur râteau". Ici, en Occitanie, il y a encore pas mal de petites fermes familiales de moins de cinquante hectares mais jamais je n'ai vu des pioches et des râteaux dans les champs… Oui, peut-être au potager ou au parterre de fleurs près de la maison…(sourires)

— Merci Jérémy pour ton intervention, dit Elise. Nous sommes fiers de te compter parmi nous, comme secrétaire de l'association ARPEGES. Paul sera le trésorier et moi, puisque vous insistez, je serai présidente. Mon papa Aimé en serait fier. Je me sens pleine d'énergies positives pour faire partager notre élan ! C'est vraiment un projet de Vie que nous engageons !

— Līva reprit : Tu ne dois pas dire "Mon papa en aurait été fier" mais dire "Mon papa en est fier !" Il nous voit depuis son Ciel ! Nous aussi nous sommes fiers de notre présidente ! C'est une battante !

— Paul, avec bonne humeur ajouta : Bon, puisque je suis trésorier, il me faut des sous ! Fixons le prix de l'adhésion annuelle. Mais l'association n'est pas là pour racketter, faisons à minima sans léser personne. Je

propose 5€ par an. En votant à main levée cette fois-ci :
Qu'en pensez-vous ? Qui est contre ? Qui s'abstient ?
Proposition acceptée à l'unanimité !

— Elise enchaîna : Bon, après ce super projet de
Jérémy que nous espérons voir aboutir car il sera un bel
exemple pour beaucoup de gros agriculteurs en
difficulté, nous voudrions entendre Jānis avec
l'aventure qu'il vécut en Pologne ! Ensuite, nous irons
nous installer à table à l'extérieur et nous continuerons
nos débats. Sur nos trente membres du conseil, nous
espérons encore plein d'idées, de projets ou même de
réalisations qui vont dans le sens du développement tel
que nous l'entendons à ARPEGES. Partageons nos
idées pour faire revivre nos campagnes face à cette
civilisation du fric qui a oublié son peuple. Pour cette
raison, elle est vouée "à partir en cacahuète" !

— Jānis se leva pour prendre la parole : J'ai
beaucoup apprécié l'intervention de Jérémy et surtout
le projet qui se réfléchit sur ses terres. Encore une fois,
il faut se dire que seul, on n'est rien. L'individualisme,
ce fut une époque après-guerre, il faut le laisser de côté
une bonne fois pour toute ! C'est une technique qui a
été décidée dans les prémices de l'Union Européenne.
Dans les premières années de 1950, après la guerre,
tout était à reconstruire. Ce furent ensuite les trente
glorieuses mais pas si glorieuses qu'il n'y parait…
Durant mes pérégrinations, sous la halle du marché à la
volaille de Samatan, lors d'un salon des antiquaires, j'ai
rencontré "pas par hasard", un des décideurs qui
participa à la construction de la CEE (Communauté
Economique Européenne). Cela commença par la
sidérurgie qui ne fit pas long feu face à la concurrence.

Puis vint l'organisation de l'agriculture qui semble prendre le même chemin. Il regrettait amèrement les décisions prises à Strasbourg à cette époque, en disant : "Jamais nous n'avions pensé que nos décisions allaient entraîner tant de déséquilibres économiques et par déduction, tant de déséquilibres sociaux. Nous avions analysé la réussite du concept militaire de nos alliés guerriers pour chasser les nazis. Il y avait un commandement suprême qui organisait tout, chaque soldat était positionné et avançait sans même connaitre la mission de son équipier, sinon obéir aux ordres. Et cela a marché ! Mais dans le monde du commerce et de la finance cela s'orienta vite vers le chaos, chacun tirant la couverture à soi. Et voilà où nous en sommes…Tout est déstabilisé, les plus malins empiétant et même rackettant les plus faibles alors que ce sont eux qui produisent les richesses. Il conclut en affirmant, que malgré son âge déjà avancé, il culpabilisait encore d'avoir participé à ces décisions. Elles sont difficilement rattrapables à part une révolution et un repartage équitable qui mettrait à genou tous ces tsars de la finance qui ont pris la planète en otage !", disait-il.

A ce propos, reprit Jānis, je connais une des méthodes douces, à dimension territoriales, pour bifurquer sans provoquer de révolution ni de soulèvement de la population. Je vais donc vous raconter ou vous remémorer pour certains, ce que j'ai vécu en Pologne et aussi ce qu'il en résulte. Je pense que cela pourrait vous donner des idées pour agir ensemble sur nos petits territoires !

J'étais en onzième classe au lycée français de Rīga en Lettonie, ce qui correspond à la classe de première en France. Grâce au programme de mobilité

ERASMUS pour les lycéens européens, j'avais choisi d'étudier dans un lycée rural au sud de la Pologne. Il s'appelle Sichów (prononcer Chirouf). J'y ai vécu plus de six mois avec les élèves polonais. Ce fut fantastique ! Et il se trouve qu'à ce moment-là il y avait un échange en cours avec le lycée agricole gersois de Masseube, dans un autre programme européen. Et c'est Bernard, formateur en agri-bio qui s'en occupait.

En compagnie de Jolka (Jolanta), la prof de français polonaise, Bernard proposa aux étudiants de ma classe et à son groupe d'étudiants français qui viendrait en mai, un "Diagnostic-prospective de territoire partagé". Parrainé par Maïté et Maud, il avait récemment participé à ce genre d'exercice en Dordogne et aussi dans le Tarn, dans le cadre d'une formation AAP (Agriculteur Animateur de Projets) avec les FRCIVAM de Midi-Pyrénées et Aquitaine (Fédérations Régionales des Centres d'Initiatives pour Valoriser l'Agriculture et le Milieu rural).Tout se déroula sous la houlette de François PLASSARD, un ingénicux ingénieur agronome spécialisé dans le réaménagement du territoire tel que le souhaiteraient tous les ruraux. Les participants à cet exercice avaient à étudier deux territoires en quête de devenir. Pour l'un c'était comment articuler l'intercommunalité sur quatre communes de Dordogne: Monestier, Saussigac, Sigoulès et Flaugeac, et pour la deuxième expérience, comment valoriser une friche industrielle conséquente. Il s'agissait de "la Grande Découverte" entre Blaye-les-Mines et Cagnac-les-Mines, pas loin d'Albi dans le Tarn. Il fallait trouver une idée pour valoriser cette immense mine de charbon à ciel ouvert qui à cette époque était déjà désaffectée. Ils avaient à réfléchir à un éventuel aménagement touristique. Il a été réalisé plus tard, il s'appelle "Cap Découverte".

Commandité par des élus locaux, le jeu consistait à interviewer toute la population locale sur sa façon d'imaginer l'avenir de son territoire en se projetant à 15/20 ans. Et à partir de cette manne piochée dans les interviews, organiser une restitution publique qui clôturerait la démarche du diagnostic et donnait le projet aux communautés concernées.

Bernard qui avait participé à ces diagnostics comme stagiaire, nous avait expliqué que cette démarche vraiment géniale redonnait pouvoir à la population locale de faire naître un projet correspondant au territoire et à l'attente de ses habitants en tenant compte du contexte régional et même international. "C'est de la vraie démocratie participative !" disait-il. Mais il y trouvait quand même quelques inconvénients (à son goût). Par exemple, il ne fallait pas trop gêner les idées de certains commanditaires politiques qui tenaient les cordons de la bourse locale et aussi, personne ne s'était intéressé à la jeunesse. Bernard pensait que ce projet de territoire qui en ressortirait serait de longue haleine et que d'ici là, les lycéens actuels seraient aux commandes de leur territoire. Ils étaient donc concernés mais on ne les invitait pas à cette réflexion.

Fort de cette expérience, il eut l'idée de reprendre un peu le même concept mais en le réalisant avec des lycéens. Ils n'avaient pas encore franchi le cap de l'entrée en fac, c'était le moment de leur donner des pistes pour qu'ils imaginent leur avenir sur leur territoire au lieu d'idéaliser le rêve américain. Il en parla tout d'abord à plusieurs entités en France mais personne ne réagissait."C'est compréhensible, disait-il. Lorsqu'on se croit les meilleurs et déjà arrivés, il est évidemment difficile de se remettre en question..."

Alors il eut l'opportunité de proposer son idée au lycée rural de Sichów en Pologne du sud où la moyenne des fermes de cette région est de sept hectares avec le poids du récent passé soviétique. Suite à un concours, la Région Midi-Pyrénées et quelques mécènes financèrent le voyage des étudiants gersois qui participeraient à ces travaux et à la restitution publique en mai.

Bernard expliqua en détail ce diagnostic à Ana la directrice polonaise aidée de Jolka, la prof de français pour interprète. Ana y vit immédiatement une opportunité pour mettre en valeur son établissement aux yeux du Powiat (petite région). Et elle prit immédiatement les choses en main. Le staroste du Powiat de Stasów (élu local faisant aussi fonction de préfet) fut mis au courant. Lui aussi y vit une opportunité pour sa population et aussi pour les prochaines élections et vint au lycée avec son chauffeur. Il sympathisa très vite avec Bernard et l'entraîna à Warsaw (Varsovie) à la rencontre des responsables du développement rural du ministère de l'agriculture, à la maison de l'Europe, à l'Ambassade de France et même chez la présidente nationale du groupe écologiste. Le staroste était lui-même petit agriculteur bio. Après avoir donné des explications sur la démarche proposée, tous promirent d'envoyer un représentant de leur entité pour la restitution publique.

Du coup, Bernard enthousiaste d'avoir trouvé un territoire, baptisa son concept de diagnostic prospective : "Drabina", qui signifie "échelle" en polonais. L'échelle permet aux plus petits d'accéder aux plus beaux fruits qui se trouvent sur les hautes branches de l'arbre.

— Jānis continua : Je maîtrisais parfaitement le français, cela aida bien Jolka, la prof de français polonaise qui s'engagea dans le projet à 100%. Donc la première étape de cette démarche fut de préparer des questionnaires destinés à interviewer la population.

Toutes les questions, nous les lycéens, les préparions en cours de français et parallèlement les étudiants français faisaient de même depuis le Gers pour apporter le regard extérieur. Ces questions demandaient toutes des réponses sur une vision positive de l'avenir de ce territoire à 15 ou 20 ans. Les élèves polonais réalisèrent les interviews autour de chez eux durant les vacances scolaires. Comme ils étaient en internat, ils venaient d'assez loin et c'est donc une bonne partie de la région qui fut interviewée ! Des habitants lambda mais aussi les commerçants, les artisans, les agriculteurs, les élus, les organismes publics ou privés, bref, tout le monde !

Les élèves sont revenus à la rentrée avec des centaines de fiches complètes… Un travail fastidieux s'annonçait ! Il fallait d'abord classer les réponses et ensuite les traduire en français pour faire participer les étudiants du Gers ! Ainsi Bernard depuis la France, avec ses étudiants en agri-bio, travailleraient également sur la mise en forme des dominantes qui serviraient à écrire de petites pièces de théâtre par thèmes. Ce qui fut fait durant les deux mois suivants. Puis aux vacances de Pâques, Bernard monta de nouveau en Pologne pour travailler avec Jolka et moi sur la traduction des scénettes "effet miroir" en polonais. A cette occasion, nous nous sommes rendus compte que l'humour français et polonais rapprochaient beaucoup nos cultures. Et à chaque fois que Bernard arrivait à Krakòw (Cracovie) pour préparer le grand jour, le Staroste avec son chauffeur l'attendait dans le hall de l'aéroport ! Et à la rentrée suivant les vacances, les élèves du lycée polonais avec l'implication de la professeure de théâtre commencèrent les répétitions pour le grand jour prévu courant mai.

Arriva le grand jour où les étudiants français nous avaient rejoints. Toutes les entités polonaises nationales, régionales et locales qui s'étaient annoncées étaient représentées ainsi que les parents d'élèves. L'ambassade de France était là ainsi que les personnes intéressées qui avaient été prévenues dans la presse. La salle de théâtre de l'école s'avérait bien petite…

Durant l'étude des réponses aux interviews, nous nous étions rendus compte qu'un village entier était planté de pruniers d'Ente, la variété des pruneaux d'Agen. Tous ces petits producteurs étaient indépendants et se retrouvaient chaque semaine avec leurs pruneaux de qualité très moyenne sur les mêmes marchés à Cracovie et même à Varsovie, à plus de 3h de route ! Le directeur du développement du Pruneau d'Agen prévenu avait fait le déplacement spécialement pour les rencontrer. Il était en même temps secrétaire général de l'association mondiale des fruits et légumes. Il surveillait particulièrement en Amérique du Sud, en Californie, en Australie, etc., le développement de la production des pruneaux concurrents de ceux d'Agen qui étaient en démarche d'Appellation d'Origine Protégée. Il était venu prodiguer ses conseils aux petits producteurs polonais pour s'organiser ensemble et aussi améliorer les techniques de séchage archaïques de leurs pruneaux qui avaient un arrière-goût de suie...

La journée de restitution a été une grande réussite ! La télé et de nombreux médias régionaux et nationaux était présents. Les scénettes de restitution ont été jouées par les lycéens polonais devant plusieurs centaines de personnes. Les étudiants du Gers étaient venus spécialement participer à l'événement. Toutes les scènes de théâtre avaient été volontairement écrites dans une ambiance détendue, voire quelquefois humoristique (car Bernard ne souhaitait pas que les décideurs Polonais prennent les Français pour des donneurs de leçon, comme cela arrive fréquemment dans les pays étrangers.) Le message est passé dans la bonne humeur. Il encourageait les jeunes et aussi chaque corps de métier, chaque habitant parfois encore un peu perdus dans cette société postsoviétique, à s'organiser ensemble pour un développement harmonieux de leur territoire. Les élèves du lycée comprirent également que le message pouvait se résumer ainsi : "En mettant en place le puzzle du développement rural respectant l'identité locale, chacun pourra y trouver sa place. Inutile d'idéaliser l'Occident, l'avenir dont nous rêvons est probablement ici !"

Effectivement, dit Jānis, j'y suis revenu quelques années plus tard et la région n'était plus la même ! Des leaders s'étaient détachés pour encourager et organiser les productions et leurs valorisations locales. L'école qui avait bien joué le jeu s'en trouva récompensée. Des formations avaient été mises en place en fonction des besoins des projets. La médiatisation redonna des idées positives à cette petite région. Le lycée rural qui était en réelle perte de vitesse s'en trouva boosté et à la rentrée suivante, il dû refuser des inscriptions ! Une petite coopérative locale des pruneaux était née…etc.

Bon, je crois que je vais m'arrêter là. Je boirais bien un verre d'eau !

Ce fut de longs applaudissements avant qu'Elise ne reprenne la parole :

— Avec un tel outil de démocratie participative, nous savons maintenant ce qui nous reste à faire dans chaque petit territoire pour réorienter notre région sur la voie de l'avenir que nous souhaitons et non celle qu'on voudrait nous imposer !

— Il est vrai que ce fut aussi une réussite grâce au Staroste qui resta neutre et laissa la population s'exprimer librement, sans pression politique, ajouta Jānis. Peu d'élus en ont conscience mais c'est un sacré avantage pour eux et pour l'administration ! On leur offre des projets sur un plat d'argent et leur engagement sera de faciliter la mise en place de la ruralité telle que l'attendent leurs électeurs ! Il faut se dire que nous arrivons à la fin d'un modèle. Proposons des solutions qui nous conviennent, sinon on nous en imposera d'autres qui seront inadaptées, c'est sûr. C'est quoi la liberté ? Sûrement pas des contraintes ! L'écologie et la démocratie ne doivent pas être punitives. Notre liberté est basée sur les savoirs, les droits, les devoirs et le respect de chacun.

Merci Jérémy et Jānis pour ces belles et optimistes perspectives que vous nous donnez ce soir ! Vous aurez la mission de répéter à nouveau tout ce que vous venez de nous raconter, lors de la prochaine AG en décembre prochain (Assemblée Générale). Et pour boire un coup, allons maintenant rejoindre la table à l'extérieur, je vois que le barbecue est en route et l'apéro aussi.

Après un apéro léger, nous attendions les grillades de porcs noirs gascons bios de chez l'oncle Joseph. Le fumet émanant du barbecue nous mettait l'eau à la bouche ! Nous allons nous régaler ce soir avec un accompagnement de pommes frites et de salades fraîches du jardin de mémé Louisette. Durant cette "mise en bouche", les questions reprirent.

— Plusieurs d'entre-nous sommes citadins. En début de réunion, nous avons été enthousiasmés par le projet de Jérémy. Ce système est idéal pour nous les citadins qui souhaitons revenir à la ruralité. Il peut nous mettre le pied à l'étrier. Débuter dans la profession sur une structure existante, avec une formation adaptée en profitant de l'accompagnement permanent de celui qui sait… On ne peut trouver mieux pour nous lancer. Mais c'est un projet isolé. Comment faire profiter de cette aubaine au plus grand nombre ? En ville nous sommes nombreux jeunes couples à rêver de ça.

— Jérémy répondit : Celui qui sait ? Oui, je comprends ce que tu veux dire mais moi, je me lance dans l'agriculture biologique sans vraiment trop savoir car les pesticides étaient bien plus simples malgré tout. J'ai bien dit "malgré tout". Comme le chantait Jean Gabin : "Ce que je sais, c'est que je ne sais rien !"

— Jānis rajouta : Oui, Jérémy a raison. Les agriculteurs dits conventionnels sont quelquefois désarmés en entrant dans le monde de l'agriculture biologique. J'ai constaté cela même en Lettonie où les pesticides étaient largement épandus durant l'URSS. Il faut réapprendre à comprendre la terre, la vie des plantes adventices et leur cycle de vie (mauvaises herbes), les rotations et les associations de plantes complémentaires. Mais il y a des formations, des groupes et des conseillers pour aider à franchir le pas dans de bonnes conditions. Il faudra bien sûr accepter de temps en temps qu'un pied de folle avoine dépasse de ton champ de blé et que ton rendement soit un peu inférieur ! Mais tu auras la satisfaction d'œuvrer pour préserver la Vie de ceux que tu aimes, de ceux qui consomment tes produits et aussi la Nature dont nous faisons partie intégrante. De tout cela nous passons à côté en ne pensant qu'à devenir riches avec une belle carotte tendue à la bonne distance pour que nous ne puissions pas l'attraper…

Mais j'ai une petite anecdote pour vous rassurer quant aux consommateurs de produits bios. Dans le "dit conventionnel", le commerce et les consommateurs ont été mal habitués et ne supportent plus les produits ayant quelques petits défauts d'aspect. Mais savez-vous que des consommateurs japonais choisissent les fruits à défauts et les salades avec des limaces pour être sûrs qu'elles n'ont pas été sulfatées ?

— Philippe de Tournefeuille, ajouta : Moi, je pense que l'idée de Jérémy est très séduisante pour nous les citadins. Bien entendu, les Paysans qui raisonnent comme lui sont encore anecdotiques mais le projet de diagnostic de territoire proposé par Jānis peut aussi inciter à une autre voie plus digne que la faillite pour des agriculteurs qui se retrouvent dans la même situation que Jérémy. C'est une conversion honorable pour ces grosses exploitations qui se sont endettées à vie pour survivre avec des salaires minables alors qu'avec peu de terres, peu ou pas de dettes, les circuits courts et cette notion d'entraide et de partage, l'idée pourra séduire ceux qui réfléchissent vraiment sur leur avenir à long terme en connaissance de cause.

— Jānis, dit Jérôme de Saint Blancard. Tout cela est très intéressant ! Pourrais-tu contacter François PLASSARD ? Exerce-t-il encore ? Ce que tu nous as exposé au sujet du diagnostic de territoire commence à dater, peut-être est-il en retraite ?

Tous trouvèrent que la question de Jérôme tombait bien à propos car plusieurs avaient eu la même idée : Ce diagnostic est un préalable à tout projet de territoire. Il faut que nous avancions sur cette logique.

— Merci pour ta question Jérôme. Je vais m'en informer. Mais si toutefois ce n'était pas possible avec François, j'ai toujours des relations amicales avec Bernard qui est maintenant à la retraite à Monbrun, près de L'Isle Jourdain. Et puis en dernier ressort, j'ai participé activement au montage de ce projet en Pologne que j'ai encore en tête et aussi les documents d'accompagnement. Alors, pourquoi pas ?

— Sylvie de Toulouse intervint : Je suis consultante, pas du tout de la partie qui nous intéresse mais je me joindrais bien à l'équipe qui se formera pour mener ce diagnostic. Il y a longtemps que nous souhaitons vivre à la campagne avec mon conjoint et mes enfants… Une piste s'ouvrirait-elle ?

— Robert de Bézéril ajouta : Oui moi aussi je veux participer mais dès que l'équipe sera formée et le territoire défini, il serait bon d'inviter tous les maires, les conseillers départementaux et régionaux concernés pour qu'ils comprennent bien notre action en espérant qu'ils s'y impliquent aussi ! Nous ne voulons pas empiéter sur leurs plates-bandes mais au contraire les intégrer et même qu'ils soient porteurs de nos projets auprès des instances.

— Bon, dit Elise, je vois que vous avez déjà mis la machine en route ! S'il vous plait, qui d'entre-nous aurait un peu de temps disponible de temps à autre pour lire tous les mèls que nous avons reçus depuis le début de l'année ? Je dois vous avouer qu'il y en a beaucoup et que je n'ai pas trop de temps libre. Parmi ces messages doivent se trouver quelques pépites, il ne faut pas les laisser passer.

— Tout l'été nous sommes à Sabaillan, répondit Līva. Avec Jānis nous pourrions peut-être aider ? Je ne maîtrise pas à 100% la langue française ni l'informatique mais cela m'obligera à m'améliorer. Nous avons pour projet de vivre à la campagne, nous avons déjà la ferme familiale ici en haut de la côte, à 1km. Pardon, mon téléphone sonne…

"Oui, Mémé, Non, je n'avais pas oublié, j'arrive tout de suite !"

Pardon, je n'avais pas pensé à mettre mon mobile en sourdine. C'était Mémé Louisette, c'est l'heure de la tétée pour nos jumeaux. Alors à bientôt vous tous ! J'ai été ravie de cette soirée formidable ! Jānis me racontera la suite ! A bientôt !

— Jānis, tu as une femme fantastique, dit Emmanuelle maire de Tournan. Nous avons suivi sur les médias, elle a été courageuse d'oser expliquer votre histoire de vie. En même temps, cela nous a rassuré ! Nous avons compris ce que nous faisions sur Terre !

— Merci Emmanuelle. Oui, c'est bien le mot ! Elle est fantastique ! Si elle a pris le risque de médiatiser, c'est justement pour rassurer tout le monde !

— Bon, on n'est pas d'ici, rappela Antoine de Castelnau-Magnoac. Je dois vous quitter !

— Reste encore un peu Antoine !

— "Je peux pas j'ai rugby !" demain tôt, c'est l'entraînement pour le match de dimanche au Stade !

— Oui, peut-être nous ne nous attarderons pas plus, dit Paul. Nous continuerons à correspondre par mèl et, avant que les Lettons nous quittent au 15 août, nous programmerons une autre rencontre. Ces horaires vous conviennent-ils ? On refait comme aujourd'hui ? Fixons la date maintenant. Mardi 13 Août, ça vous va ?

— Plutôt en week-end, le samedi 10 Août, s'il vous plait ! Pensez aux citadins qui travaillent en semaine.

— Oui, pardon, c'est vrai, tu as raison. Nous ne sommes plus entre Paysans, nous devons penser à tout le monde ! dit Annie de Montadet. Mais cette fois, ce sera à la salle des fêtes de mon village sur le coteau d'en face, coté soleil levant ! Si vous le souhaitez, nous referons le même programme. Nous n'aurons pas le même menu car en Gascogne il y a tant de choix pour se régaler ! Même si nous sommes cinquante, ce ne sera pas un problème.

— Avant de partir, je propose d'aider à faire la vaisselle et à ranger tables et chaises, dit la présidente Elise.

— Merci Elise répondit oncle Joseph qui était revenu pour aider au rangement après avoir fait un tour dans ses élevages.

— Merci oncle Joseph, tes grillades étaient un vrai régal dit Jānis. Va te coucher, tu es fatigué, je vois que tu boîtes. Nous rangerons, il ne manque pas de bras ici !

La soirée traîna un peu en longueur. Beaucoup étaient encore là pour aider à ranger mais aussi pour rester dans cette ambiance. Quelques questions, quelques idées encore ? Mais il fallut se résigner. Certaines personnes avaient plus de 100 km à faire. Si bien qu'à 1h du matin il ne restait que Paul, Elise, Jānis, les Sabaillanais et Claire de Boulaur.

— On se dit à très bientôt, dit Jānis. Comme d'habitude cette rencontre a été créative ! Je suis certain que nous réussirons ! Bon je vais rentrer à la maison à pied, Līva est partie en voiture. Hum hum, sans permis de conduire… Mais je vois qu'elle se débrouille bien, même pour le démarrage en côte. Le permis ne sera qu'une formalité.

— Mais non, Jānis, ne rentre pas à pied, je vais te ramener au Cap du Bosc ! c'est sur ma route, dit Claire de Boulaur.

— Non, non, merci Claire, je veux rentrer à pied, maintenant je n'ai plus peur !

— Peur ??? dit Paul.

— Oui, je me souviens lorsque j'étais ado, j'étais allé à vélo pêcher à la Gesse sur le passage à gué du chemin de Cadeillan et en rentrant il faisait déjà nuit noire. J'étais très angoissé de passer devant le cimetière, j'avais entendu raconter des histoires de feux follets. Alors pour l'éviter, je suis passé à travers champs dont celui de Marcel qui venait d'être labouré. Je ne vous dis pas dans quel état j'étais lorsque j'ouvris la porte et que Mémé Louisette m'attendait, très inquiète. Heureusement j'avais pris des petites ablettes qui suffisaient à faire une friture pour trois.

— Tu es étonnant Jānis ! dit Elise. Tu travailles dans une Ambassade avec des cols blancs, tu es même directeur et tu pourrais être hautain comme le sont certains envers nous. Mais au contraire tu nous envies et tu nous donnes du courage, nous les Petits Paysans ! Merci pour tout ! Avec toi nous avons retrouvé l'optimisme qui commençait à nous faire défaut dans ce contexte de société "médiévalisante".

4. Papa Aimé est passé me voir !

Quelques jours plus tard, en fin de matinée, Līva reçut un coup de téléphone d'Elise.

— S'il te plait Līva, pourrais-tu venir me voir à la Bourdette, il faut que je te parle.

— Avec plaisir, mais je te sens inquiète. Quelque chose ne va pas ?

— Je te dirai. Non, ce n'est pas grave mais il m'arrive des choses très bizarres depuis la réunion d'ARPEGES.

— Ok, c'est bientôt l'heure de la tétée puis je dirai à Pépé Giovanni de m'amener. Jānis est occupé à la ferme avec oncle Joseph.

— Sinon, je viendrais te chercher ?

— Non, non, ce sera bon comme ça. A tout à l'heure Elise !

Quelque chose de bizarre a dit Elise ? Comme c'est bizarre ! Ce n'est pas du tout l'Elise que je connais. J'espère qu'elle n'a pas de gros soucis ?

Et une heure plus tard la Peugeot 104 verte déposait Līva devant la porte de la maison d'Elise, sur le coteau d'en face.

— Merci d'avoir répondu à mon appel, ma chère Līva. Je vais quand même t'annoncer une bonne nouvelle que je connais depuis une semaine : Je suis enceinte ! Pour nous, c'est vraiment une très bonne nouvelle depuis le temps que nous espérions ! Personne ne le sait à part Pierre et ma mère. Je t'ai mise dans la confidence mais n'en parles pas encore, car c'est un peu récent. Il faut attendre quelques semaines pour être sûre.

— Je connais, j'ai aussi vécu ce moment de joie mesurée il y a un an, justement nous étions au Cap du Bosc. Tu verras, c'est ce que le Ciel peut nous envoyer de plus beau ! Mais tu me parlais de choses bizarres, de quoi s'agit-il ?

— La nuit après la grande réunion, j'étais presque endormie auprès de Pierre, lorsque mon papa Aimé qui est décédé l'an dernier, apparut dans la chambre. Je le voyais et pourtant la lumière était éteinte. Il traversa la chambre lentement, comme s'il flottait dans un halo flou. Il s'est arrêté face au lit, s'est retourné vers moi en me faisant un clin d'œil, en souriant comme il le faisait souvent de son vivant. Puis il s'est évaporé… J'ai secoué Pierre, mais il n'avait rien vu ni entendu. Il se rendormit aussitôt et je restais avec cette image de mon papa. Devais-je en être inquiète ou heureuse ? Le lendemain au petit déjeuner j'en ai reparlé à Pierre mais il a souri en disant que j'avais fait un beau rêve. Je n'en ai pas parlé à maman, je ne voulais pas remuer des souvenirs qui la chagrineraient.

— Oui, je comprends très bien ce qui t'arrive et je sais que c'était réellement ton papa. Cela arrive de temps en temps. Cela est déjà arrivé au Cap du Bosc il y a quelques décennies. Et moi-même je l'ai déjà vécu avant ma réincarnation lorsque j'étais seulement mon âme et que je recherchais Hans qui en fait s'était réincarné en Jānis.

— Oui, je connais ton histoire de vie. Que penses-tu que mon papa soit venu faire dans ma chambre ?

— J'ai ma petite idée. Lors de la réunion, je t'avais bien dit que ton papa était fier de toi et qu'il voyait tout depuis son Ciel : t'en souviens-tu ?

— Je n'ai pas oublié ta phrase en effet. Elle m'avait interpellée.

— Si tu veux mon avis, il est venu t'encourager dans ta mission qu'il aurait aimé faire s'il avait été un meneur d'hommes. Il était plutôt meneur de bonnes idées qu'il a essayé de faire partager par l'écriture. Tu as le rôle qu'il rêvait d'avoir. Il aurait rêvé de voir cet enthousiasme des gens qui s'unissent pour changer les choses comme il l'espérait.

— Mais ce n'est pas tout Līva… Il est revenu ce matin, c'était juste avant que je te téléphone. Il était assis sur son banc habituel à l'ombre de la grange, ici au fond de la cour.

— Et alors, qu'as-tu fait.

— En réalité je ne savais pas quoi faire, j'étais comme paralysée, incrédule. Mais je me suis dit que c'était bien mon papa et que je me devais de me rapprocher de lui. Ce que j'ai fait avec beaucoup d'émoi. Plus je m'approchais, plus je voyais qu'il était immatériel, il était flou, je ne sais pas comment l'expliquer.

— Oui tu l'expliques bien, c'est bien ça. J'ai aussi vécu cet état lorsque je souhaitais que Jānis se rende compte que j'étais bien là, que mon âme était auprès de lui en permanence. Alors, continue ton récit ?

— J'ai hésité puis, prudemment, je me suis assise près de lui toute tremblante, sans toutefois le toucher. Je n'ai pas osé lui parler. Je ne savais pas quoi faire. Nous nous sommes regardés en souriant, longtemps, longtemps, plusieurs minutes, je ne saurais te dire combien. Puis il me fit un clin d'œil et je l'ai vu se transformer en fumerolle que la brise emporta… Alors toute déboussolée, connaissant ton vécu, je t'ai immédiatement appelée. Pierre n'est pas encore rentré des champs et maman des parcs à volailles, alors dis-moi, que dois-je faire maintenant ?

— Comment pourrais-je te rassurer ? Ce qui t'arrive est merveilleux ! Je sais que pour pouvoir venir ici, il a dû implorer le Ciel, insister même ; il se sentait investi d'une mission. Et tu vois, au Ciel comme sur la Terre, lorsqu'on désire ardemment quelque chose de juste, elle arrive presque automatiquement. Il voulait te voir. Tu dois être heureuse de ce qu'il t'arrive, vraiment !

— Dans le fond, je suis heureuse mais c'est tellement spécial, comme incroyable, irréel. Si je raconte cela à quelqu'un de non initié ou qui se pense simple mortel, il va me prendre pour une folle !

— Non Elise, ne t'inquiète pas de ce que pourraient penser les gens, n'en parle à personne, du moins pas encore, car ce que tu vis en ce moment est bien réel et sans doute ton papa reviendra. Essaie de communiquer avec lui, parle-lui. Vous trouverez bien un moyen de communiquer ? Sois heureuse de ce qu'il t'arrive !

— Oui mais maman ? oui mais Pierre ?

— Prends toi-même la décision d'en parler ou non, mais peut-être attends la suite ? A mon avis il reviendra, je suis sûre qu'il souhaite participer à cet élan dont il avait rêvé toute sa vie. Il a sûrement des conseils à te donner. Au fait, as-tu fini de transcrire tous ses écrits ?

— Oui mais pour le moment aucun éditeur n'est intéressé, même les régionaux... Ils disent que ça ne se vendra pas. Seul le titre leur plait : "Contes, Comtes et Comptes Gascons".

— En effet c'est sympa. Il existe aussi l'autoédition. Si nous avons un peu d'argent avec les cotisations d'ARPEGES, pourquoi ne pas éditer par ce moyen et ensuite vendre les livres nous-mêmes. Peut-être même les librairies et les médiathèques de la région seront intéressées ? Il faut diffuser les écrits de ton papa. Même les plus anciens sont toujours d'actualité ! Maïa, notre journaliste locale, peut nous aider à médiatiser. Elle était bien copine avec ton papa.

— Pas mauvaise idée ! Merci pour tous tes conseils Līva. Tu m'as bien rassurée et je suis même pressée de le revoir. Je tenterais de communiquer, nous trouverons bien une solution. Il doit vouloir nous aider…

— Voilà Pépé Giovanni avec sa 104, ce sera bientôt l'heure de la tétée, je dois rentrer. Tu peux venir à la maison quand tu voudras ! J'aime bien ta compagnie agréable, tu es formidable ! Je suis là jusqu'au 15 Août. Tu feras la connaissance de mes jumeaux. Mémé Louisette ne les quitte pas une minute, je lui laisse ce plaisir, elle est tellement gentille. Mais de ce fait, depuis que nous sommes revenus de Lettonie, ils n'ont jamais quitté le Cap du Bosc…

— A bientôt Līva. Tu m'es d'un grand réconfort. Mon angoisse s'est traduite en bonheur grâce à toi !

— Pas d'angoisse pendant ta grossesse, il faut que le bébé ressente de l'apaisement en toi, de la plénitude. Il doit déjà se forger une idée de ce qui l'attend sur Terre.

— Le bébé ou les bébés ? (gros éclats de rire)

5.   Des nouvelles de la campagne lettone.

Notre oncle Imants a téléphoné plusieurs fois depuis la Lettonie. On ressentait bien qu'il avait envie de discuter, mais à chaque fois, pas de chance, il tombait comme un cheveu sur la soupe. Alors nous devons quand même prendre le temps de passer un moment avec eux. Où en est la construction de Zēmites, la vie à deux avec Agnese, les foins… ?

— Bon, je l'appelle, dit Jānis, en prenant son smartphone sur le buffet en chêne massif de la cuisine. Tiens ? j'ai reçu un SMS avec un numéro letton inconnu ? Je l'ouvre. Oh là là…encore… ???

— Qu'y a-t-il ? s'étonna Līva. Rien de grave j'espère ?

— Oh non ! encore la stagiaire qui m'envoie un poème dans son français approximatif…

— Puis-je en profiter moi aussi ? dit Līva en souriant.

— Avec plaisir, je te le lis !

L'allée du Soleil

Je me suis réveillée
De la bonne heure ce matin.
J'ai jeté un regard sur ton jardin,
Oh, mon Dieu !
Ton optimisme m'a rendu
En petite fée.
Je rêve ? Je danse ?
La vie donne-moi une nouvelle chance ?
Ce jour, j'ai décidé que
Je dois casser ce mur obscur
Qui nous sépare.
Ce jour là,
Je casserai ces branches noires
Qui te dérange toujours.
En lieu de chaque branche cassée
Je planterai un arbre de Soleil,
Qui n'amènera des peines ou deuils.
Et il n'y aura plus des arbres obscurs
Je ne permettrai les voir grandir.

— Apparemment, s'amusa Līva, cette petite fée te croit malheureux derrière ce mur obscur et ces branches noires, elle veut te sauver. N'est-ce pas beau tous ces sentiments ?

— Pauvre petite fée… si elle savait, elle ne se rendrait pas malheureuse pour rien, c'est peine perdue !

— Mais comment a-t-elle eu ton numéro ?

— Il est sur tous les documents de l'Institut Français. Je pensais bien faire pour être joint facilement par nos administrations. Est-ce une erreur ?

— Non Jānis, c'est une très bonne idée de vouloir être facilement à la portée des gens avec qui tu travailles. C'est aussi ça la démocratie…

— Merci Līva. Comme d'habitude tu as raison. Alors il faut de temps en temps accepter des communications poétiques *(éclats de rire)* !

— Bon, revenons à nos Lettons. Appelle ton oncle. Nous prendrons le temps de discuter de tout si, bien entendu, il est libre…

— Bonjour oncle Imants ! Comment allez-vous tous les deux ?

— Ah quel plaisir de t'entendre…enfin ! Mais attend quelques secondes. Il y a la Visio sur le téléphone d'Agnese. Raccroche, on te rappelle.

— Ah, Agnese et Imants, les deux tourtereaux revenus ensemble dans leur nid ! Alors quelle bonne nouvelle à nous annoncer ? Où en est la construction de Zēmites, notre future maison commune ?

— C'est justement ce pourquoi Imants cherchait à vous joindre depuis quelques jours, mais chaque fois tu lui raccrochais au nez, s'amusa tante Agnese.

— Vous avez l'air radieux tous les deux ! rajouta Līva

— Nous le serions à moins ! répondit Agnese. On s'aime comme des adolescents et en plus le chantier de Zēmites a bien avancé, le potager et le poulailler souterrain aussi !

— Ah, au fait ! dit oncle Imants. Nous avons depuis hier une jeune pouliche ! Elle a un an. Elle s'appelle Zirga et remplacera progressivement notre vieux Zirgs qui boitille souvent malgré les massages à la vodka… Nous sommes heureux, elle est très belle, une vraie lettone bien noire et luisante, la race pure. Elle était un peu chère mais on a craqué pour sa beauté. Vitolds, mon copain vétérinaire est venu ce matin, son carnet de santé est maintenant à jour.

— Nous attendons une photo, nous sommes impatients de la voir, dit Līva.

— Mais parlez-nous de Zēmites ! dit Jānis. Où en est la construction ?

— Elle ressemble à une maison depuis une semaine. En effet, l'assemblage a été simple malgré le poids des poutres. Nos six voisins sont venus et en plus nous avions 3 jeunes du Village d'Enfants de Graši qui étudient à Ērgli. Ils dirigeaient le chantier comme des pros ! Ils connaissaient cette carcasse, ils avaient participé à son premier assemblage au centre de formation Arodvidusskola. Avec les petits détails de renforcements et de fixations, il a fallu deux petites semaines. Mais tant que les fenêtres, les portes et le porche n'étaient pas découpés, elle avait l'air d'un blockhaus. La semaine dernière, un formateur d'Ērgli est revenu avec les trois jeunes et ils ont découpé les emplacements de toutes les huisseries et du porche d'entrée ! La charpente attend maintenant la livraison des plaques isolantes où seront fixés les panneaux photovoltaïques. Lorsque la maison sera hors d'eau, alors la menuiserie de Valmiera livrera portes et fenêtres !

— Woww, super ! mais où mangeait tout ce monde et où logeaient les jeunes de Graši ?

— Nous sommes en juillet, donc ils sont venus pendant leurs vacances. Ils avaient une tente pour dormir et avaient l'air heureux. Et pour les repas, c'est Agnese qui avait assuré l'intendance. Nous avons des légumes comme jamais nous n'en avons eu et nous avons fait deux fois des chevreaux à la broche ! Deux voisins sont chasseurs donc nous avons eu des steaks d'élan et de cerf. Tout le monde s'est bien régalé ! Je ne connaissais pas bien nos voisins mais maintenant nous pouvons considérer que ce sont des amis ! Merci Jānis d'avoir fait le premier pas pour les inviter. Nous n'osions pas, vieilles séquelles soviétiques… Dans quelques jours, je dois aller chez l'un d'eux pour aider à installer une pompe dans leur puits pour avoir l'eau courante dans leur habitation, ce que nous avons déjà fait à Rozkalnis il y a un mois !

— Agnese changea de sujet : Et les bébés, comment vont-ils ? Merci pour les photos mais il nous tarde de les revoir !

— Ils vont très bien, ils sont très souriants comme des Latins. Le 15 Août nous rentrons en Lettonie et avant que Jānis ne reprenne son travail, nous viendrons vous les présenter. Il nous tarde aussi de voir le chantier de Zēmites, le potager et le poulailler d'oncle Imants.

— Zēmites n'est plus un projet ! Il ne manque que la porte, les fenêtres et le branchement des panneaux photovoltaïques ! Tout sera opérationnel dès l'automne. Nous passerons le meilleur hiver de notre vie !

— Bien, nous sommes très heureux pour vous ! Nous vous quittons, à bientôt !

— Attendez, attendez ! Agnese veut encore vous dire autre chose !

— Une bonne nouvelle ?

— Oui…répondit Agnese. Līva ne savait pas et Jānis tu étais peut-être encore bien jeune pour t'en souvenir mais lorsque j'ai quitté la Lettonie pour l'Irlande j'avais presque terminé mes études de druidesse. C'était très passionnant, il y avait tant de choses de la nature à connaitre pour pouvoir les transmettre… De quitter cette formation fut presque une déchirure. Quelques années après m'être installée à Dublin, au fur et à mesure que j'apprenais la langue anglaise, j'ai compris qu'en Irlande, la culture celte était restée aussi vivante que la nôtre. J'ai voulu en savoir plus pour essayer de m'y intégrer mais j'ai dû abandonner pour plusieurs raisons : je ne maitrisais pas assez leur langue et encore moins les dialectes de la campagne. Je n'ai pas trouvé de contacts et je n'avais pas de moyen de locomotion car tout se passe loin des sentiers battus. Ce fut une grande déception pour moi. Alors je contactai l'école Janasskola de Drusti en Lettonie. Le druide très sympathique m'envoya un livre et aussi des adresses internet qui me permirent de continuer d'étudier depuis le huitième étage de ma cage à lapin de Dublin.

Lors de mon retour à Rozkalnis, j'en ai parlé à Imants qui m'encouragea à reprendre les cours. Comme il ne boit plus, il a ressorti notre vieille voiture Moskovitšs et il me conduit là-bas un jour par semaine. Et le soir, en passant à Cēsis, je prends des cours de conduite. J'espère avoir prochainement mon permis de conduire. Ainsi, je serai autonome pour arriver à mon diplôme de druidesse. Vous voyez, plusieurs de mes rêves inassouvis sont sur le point de se réaliser !

— Génial, dit Līva ! J'aimerais tant faire ton parcours. Je connaissais la nature lors de ma première vie. Agnese, initie-moi à nouveau !

— Avec plaisir ! Tu pourrais venir à Janasskola avec moi ?

— J'aimerais beaucoup mais tant que les enfants sont petits, ce sera pratiquement impossible. Et puis, comme toi, je dois passer mon permis de conduire…

— En France, dit Jānis, la culture païenne est toujours vivante en Bretagne ! Nous essaierons de prendre des contacts si tu veux ?

— Oh, oui, super ! pas forcément pour devenir druidesse mais pour me remémorer tous les savoirs de ma jeunesse et les transmettre à Marija et François.

— En s'excusant de s'immiscer dans les dialogues, Jean l'Occitan rajouta : Si vous avez besoin d'infos, je dois encore avoir le numéro de téléphone ou l'adresse mèl de mon amie Gundega la druidesse.

— Ah oui, je me souviens, dit Jānis. Elle est proche de ta petite maison en bois dans une clairière de Karzdaba où j'allais quelquefois te voir. Tu m'avais dit que sur un flanc Est de la colline, sur ses terres, se trouvaient des vestiges d'un temple païen dont l'âge a été estimé par des archéologues comme étant bien plus ancien que Stonehenge en Angleterre.

— Tu te souviens bien ! Il avait été construit sur un site où s'entrecroisent de puissantes énergies que l'on peut nous aussi ressentir. Il y a environ un demi-hectare borné par des alignements de très grosses pierres dont certaines doivent peser plusieurs tonnes. Ce qui est étonnant c'est qu'on ne trouve pas ces pierres dans un proche environnement, un peu comme les menhirs de Carnac en Bretagne. Les arbres de la clairière qui l'entourent ont des comportements bizarres, ils penchent tous vers l'extérieur et pas une branche ne pousse droite. "C'est à cause des puissantes énergies de Saule, la divinité féminine (soleil). A chaque Līgo (solstice d'été le 24 juin), j'y cueille toutes les plantes qui servent aux décoctions pour toute l'année", m'avait dit Gundega qui possède 70 ha de prairies naturelles et de forêts gérées "en bonne mère de famille".

6.   Histoire de fromage auvergnat.

Ce soir, pour le repas, Līva, Jānis et les bébés sont invités par la famille de Louis le voisin-maire de Sabaillan.

Céline, la maman de Paul, accueille les invités.

— Ah, quelle joie de faire la connaissance de nos petits voisins Marija et François ! Comme ils sont mignons et souriants tous les deux ! Soyez les bienvenus ! Entrez, je vous en prie !

— Céline, dit Louis. Nous avons prévu de manger sur la terrasse, alors il vaudrait mieux s'y installer dès maintenant.

— Oui, tu as raison Louis, dit Līva. Je comprends bien Céline qui a de suite pensé à nos bébés. Mais ne t'inquiète pas Céline, ils passent presque toutes leurs journées à l'extérieur avec grand-mère Louisette qui ne les quitte pas. Le bon air de la campagne les fortifie !

Paul est là. Pour la première fois, il passe les vacances d'été sur la ferme familiale. Il participe activement à tous les travaux de saison. On s'en étonna.

— Oui, se justifia Paul. Auparavant, en été, je m'arrangeais pour organiser des séjours à la Mer ou dans les Pyrénées avec mes copains. Mais depuis que j'ai été séduit par l'avenir que vous nous proposez, mes projets de vie deviennent excitants. Vu le contexte, je crois comme vous au retour des Petits Paysans qui est l'alternative la plus honorable à… rien.

En effet, si on regarde bien l'état de notre société sans projet : l'industrie s'est barrée en Orient et nous renvoie la pollution plastifiée en porte-containers ; l'agro-industrie import-export détruit la ruralité. On nous propose une société de services et si en plus on y rajoute l'Intelligence artificielle… Tout ça, c'est du pipeau pour l'emploi ! Il y a de plus en plus d'humains sur Terre et tous les projets de l'oligarchie qui tente de nous diriger suppriment les possibilités d'emploi au lieu d'en créer. Et on n'a pas trouvé pire que de chercher à entasser la population désœuvrée dans les villes qui deviennent des ghettos… C'est une bombe à retardement ! C'est pour cela que ce projet ARPEGES m'a immédiatement séduit et même si le contenu de mes études à l'école d'ingénieur me semble désuet, j'en tire des leçons et me sentirai quand même plus fort. Je veux participer à cet élan vers un avenir logique qui prend en compte les Humains autant que la Nature. Je ne crois plus beaucoup à l'agriculture de compétition que nos parents ont vécue durant les "trente glorieuses" et leur fameuse croissance déjà HS depuis longtemps. Tenez, je vais vous dire de tête un petit texte que notre voisin Aimé notre penseur sabaillanais avait écrit avant de mourir :

*Le Petit Paysan est à l'Agriculture
Ce que le Petit Artisan est à l'Industrie.
De leurs mains ils ont façonné
La Grande Agriculture et la Grande Industrie.
Le temps est venu d'inventer d'Autres Futurs,
Le temps est venu de créer
Le Ministère de la Paysannerie.*

— Paul, dit Louis. Laisse nos invités tranquilles. Nous aurons le temps de discuter de tout cela dans la soirée ! Prenons l'apéro !

— Oui, papa a raison. Je suis tellement rassuré par l'avenir que vous essayez tous les deux de faire partager à notre région ! Depuis quelques mois je suis très enthousiaste, j'ai trouvé la piste de mon Avenir !

— En fait, dit Louis, c'est Paul qui a eu la bonne idée de vous inviter. Nous sommes vraiment ravis que vous ayez accepté. Un floc ? des fritons de canards ?

— Pardon Louis mais je ne bois pas d'alcool.

— Oh excuse-nous Līva. Le jus de fruit est au frais, je vais le chercher ! C'est maman qui l'a fait, dit Paul.

Après la salade de saison toute fraîche cueillie du potager, voici les grillades en cours sur le barbecue.

— Vous cuisinez tous au barbecue dans la région ? s'étonna Līva. Chez pépé et mémé ou au village, c'est pareil !

— En été seulement ! dit Céline. Nous mangeons souvent le soir sur la terrasse, nous trouvons cela agréable. Vous savez que nous avons un troupeau de vaches "Blondes d'Aquitaine" qui est une race à viande de grande qualité. Mais au lieu de l'expliquer aux consommateurs, le commerce a suivi leurs habitudes à manger de la viande blanche, souvent anémiée d'ailleurs… Alors il a fallu que la production s'aligne pour mettre en valeur "le veau blanc élevé sous la mère". Mais nous, nous transformons nous-mêmes notre production que nous vendons en direct sur commande. Nous avons habitué nos clients à la viande de veau rosée. Il suffisait de leur expliquer.

— Rosée ou blanche ? Quelle différence ? demanda Līva.

— Paul expliqua : La viande rose, c'est la couleur naturelle des muscles pour les veaux en liberté. Ils ont grandi dans les prés, ils ont mangé de l'herbe contrairement à la viande blanche que demande le commerce qui a été élevée dans la pénombre, avec du lait reconstitué et donc il en ressort une viande triste…

— Alors goûtons à liberté, dit Jānis. Cette viande est excellente ! un vrai régal ! Vive les élevages qui gambadent dans les prés !

— Louis rajouta : D'ailleurs les animaux élevés dans les prés sont bien plus résistants aux maladies et ne nécessitent que très rarement le vétérinaire. C'est un peu comme les humains qui vivent à la campagne !

— N'exagère pas Louis, dit Céline. Et tous les pesticides répandus dans la nature, crois-tu que ce soit vraiment bon pour la santé de ceux qui les utilisent ?

— Sans être encore en bio, bien que le dossier de demande soit sur mon bureau, dit Louis, sur nos terres nous avons très rarement utilisé ces saloperies. Grâce à l'élevage, nous faisons des rotations de cultures en y incluant au moins deux ou trois années de prairies pour préserver l'humus et casser le rythme des adventices (mauvaises herbes). Ensuite il y a le fumier des animaux que nous compostons, ainsi il n'y pas besoin ou très peu d'engrais chimique. Dommage que la plupart des agriculteurs aient cessé la polyculture-élevage à cause de ces cases à cocher de l'UE. Elles incitent à la production de céréales pour respecter les arrangements de Mercosur qui, bien avant d'avoir été signé, nous envoie quand même de la barbaque infâme d'Argentine et du Brésil ! Mais voilà que l'Ukraine se présente ! Autrefois elle fournissait la Russie et désormais va nous envahir de céréales empoisonnées et de viande molle… Notre agriculture française n'est pas sortie de l'auberge. Vraiment on se demande qui défend les intérêts de notre pays et pas seulement de l'agriculture ? On dirait que ceux qui se battent pour accéder à la gouvernance, le font simplement dans leur intérêt personnel… ? J'espère que ce n'est qu'une impression… En tout cas, nous sommes partants pour ARPEGES et sa philosophie. Paul s'installera avec nous sur la ferme dès ses études terminées et nous nous intégrerons facilement à votre projet commercial, car nous sommes déjà rôdés à la qualité et à la vente directe.

— Génial ! je vois que l'élan que nous voulons initier va aussi dans le sens de l'attente des Paysans locaux bien installés ! Ils pourront initier les nouveaux arrivants dans le rural !

— Vous discutez beaucoup et tout refroidit sur la table ! Servez-vous à nouveau ! dit Céline.

— Tout est excellent mais pour ma part, j'ai déjà bien mangé. Merci Céline.

— Alors passons au dessert… Mais calmez-vous les hommes ! laissez aussi parler les femmes !

— Ne t'inquiète pas Céline, tout ce que racontent nos hommes est vraiment passionnant. Que pourrais-je ajouter ? répondit Līva

Alors, dit Louis, pendant le dessert, je vais quand même vous raconter une histoire de fromage. Il y a quelques années, je n'étais pas encore maire mais simplement conseiller municipal et Maxime qui m'avait précédé, m'avait proposé de le remplacer pour assister à un séminaire sur l'aménagement du territoire qui durait deux jours. Il se passait à Saint Jodard, près de Roanne, département de la Loire. Immédiatement, connaissant Aimé notre voisin papa d'Elise, je l'avais invité à venir avec moi, la réflexion sur l'avenir des Paysans le passionnait au plus haut point. La Loire c'est loin mais ça valait le déplacement !

— Attends une seconde, dit Céline. Je connais l'histoire et elle sera longue, alors tout d'abord, je vais vous présenter le dessert parce qu'il me semble que vous ne le connaissez pas. Ce sont des Armottes. C'est une spécialité locale très ancienne qui doit exister ailleurs mais sous un nom différent. C'est simplement du lait entier de nos vaches, des œufs, un peu de sucre vanillé ou pas et sans arriver à ébullition, y rajouter de la simple farine de blé en saupoudrant pour éviter les grumeaux. Laissez refroidir, cela deviendra un peu consistant comme une crème épaisse et c'est tout. C'était le dessert des dimanches ordinaires des Petits Paysans.

— Tu me donneras le dosage, c'est tellement bon et si simple, dit Līva. Excusez-moi, je vois que mes bébés s'agitent, je vais leur donner le sein, c'est l'heure. Mais j'écoute la suite du récit de Louis.

— Du temps que vous parliez de marmites, je suis allé imprimer le rapport qu'Aimé avait rédigé à sa façon, suite à ce séjour dans la Loire. C'est mieux que je le lise car il y a quelques années de cela et je risque d'oublier des passages importants dans la chronologie. C'était le témoignage d'un des participants qui venait des monts d'Auvergne.

Voici donc le rapport tel qu'Aimé l'avait retranscrit en 1993. Je pense d'ailleurs qu'Elise l'a inclus dans le recueil des textes écrits par son papa.

Il était une fois, dans un merveilleux petit coin de France, des bergers heureux qui, tout en haut de leurs alpages, fabriquaient avec passion et amour, un des meilleurs fromages au lait cru de notre pays. Ils perpétraient une recette jalousement gardée de générations en générations depuis des siècles…

De plus en plus sollicités, ils avaient beaucoup de mal à fournir la demande grandissante d'un marché qui, jusqu'alors, était resté confidentiel.

Alors, il y a une trentaine d'années, tout fut repensé par de grands spécialistes du développement afin de répondre à l'appel du consommateur :

-La production fut déplacée en bas, dans les vallées fertiles bien plus performantes.

-Les vaches de race locale furent remplacées par des étrangères bien plus performantes.

-Les pâtures naturelles de l'alpage furent remplacées en vallée par de l'ensilage de maïs irrigué, bien plus performant.

-La fabrication fut regroupée sur un seul site. Il fallait offrir au consommateur un produit uniforme, aux normes européennes, dans une vallée proche des unités de production laitière pour limiter les coûts et ainsi être bien plus performants.

-Bien entendu, il était aussi impératif d'être proche de l'autoroute pour que les coûts de distribution soient bien plus performants.

- Les archaïques cuves de cuivre ou de bois furent remplacées par de l'inox rutilant pour s'adapter aux nouvelles normes européennes.

- Dans ce même but, il fallut stériliser le lait avant la fabrication. Ce qui nécessita, pour un fromage au lait cru, l'installation d'un laboratoire récréant artificiellement des ferments, injectés aux rythmes imposés par l'organisation du travail de l'entreprise devenue ainsi bien plus performante.

Bref, c'était le progrès…Tout avait été prévu pour fonctionner au mieux dans le meilleur des mondes : rationnel, informatisé et aseptisé aux normes. Les petits bergers et leurs bovins archaïques s'éteignirent peu à peu, mais c'était normal, c'était le progrès. La friche gagna une grande partie de l'alpage devenu désert et, signe de modernité en matière de sécurité, les Canadairs (bombardiers d'eau) firent leur apparition. Les casernes de pompiers environnantes durent s'équiper en conséquence.

Bien que les lisiers et les nitrates drainés vers la rivière commençaient à déranger, on acceptait. C'était normal, c'était la rançon du progrès ! Bien sûr, un autre monde plus moderne, plus "propre", créateur d'emploi et bien plus performant était né…

MAIS… dans le rayon des produits de terroir "haut de gamme", ce nouveau fromage aseptisé, sous vide, ne ressemblait plus guère à l'original et les consommateurs déçus le boudèrent rapidement. La stratégie marketing avait beau redoubler d'imagination et de promotions, rien n'y faisait.

ALORS… pour respecter les cadences de production savamment liées à celles de la production laitière, à celles des rutilantes installations, à la performance maximale des salariés, on dut baisser le prix pour se placer sur de nouveaux segments de marché. Ce produit banalisé fut relégué au rayon du plus ordinaire des fromages. Du même coup, son identité, ou plus précisément l'identité qu'il avait usurpée, fut bradée...

Bien vite le château de cartes fut pris dans la tempête économique. L'entreprise, après avoir été soutenue quelques temps par des fonds publics, plongea dans la faillite. Elle entraîna avec elle des dépôts de bilan en cascade, chômage et agriculteurs en difficulté... La région fut classée "Zone sinistrée".

Après cette "tornade imprévisible", une poignée de "marginaux", anciens bergers ou écolos (les ploucs...), qui avaient précieusement préservé l'ancestral savoir-faire et quelques vaches de race locale, transmirent peu à peu, à quelques jeunes néo-montagnards courageux, l'héritage qu'ils avaient porté à bout de bras pendant les années du progrès.

Ces jeunes Paysans, avec persévérance et passion, sont en train de faire renaître le Vrai Fromage Traditionnel dans de nouvelles petites fromageries artisanales installées dans les alpages. Ils ont conscience que le contact avec les consommateurs, grâce au tourisme rural qui se développe dans la montagne à nouveau verte et ouverte, les aidera à valoriser ce nouvel élan. Ils ont heureusement pris soin d'identifier leur savoir-faire et leur production encore modeste avec un signe de qualité A.O.P. (Appellation d'Origine Protégée).

Les consommateurs reprennent peu à peu confiance et acceptent à nouveau de payer le vrai prix de la Vraie Qualité retrouvée. Une petite région de montagne, classée arbitrairement "Zone en voie de désertification", est en train de renaître sur les cendres de la modernité. De nouveaux jeunes Paysans continuent de s'installer et bientôt, avec l'équilibre retrouvé, chacun y retrouvera son compte. Bientôt ils seront aussi nombreux que ceux que faisaient vivre l'usine à fromage désaffectée et classée "friche industrielle".

La montagne recommence à vivre, les Canadairs se font de plus en plus rares. En septembre dernier, l'école primaire du petit village d'en haut a été rouverte...

Cette leçon vaut bien un fromage sans doute ?

— Au fait, dit Céline...En parlant de fromage... J'ai oublié de vous en proposer en fin de repas.

— C'est très bien comme ça, nous nous sommes régalés. Pas besoin d'en rajouter, dit Jānis.

Louis souhaita nous faire part d'une autre anecdote dont il se souvenait de ce séminaire dans la Loire :

— Nous représentions le Gers et parmi le groupe, deux gros agriculteurs bios représentaient un département de la Lorraine, j'ai oublié lequel. Lorsque nous parlions de l'utilisation controversée des pesticides en agriculture, ils témoignèrent que sur leurs exploitations bios, ils avaient des problèmes d'invasion de petits et gros gibiers qui faisaient des dégâts dans leurs cultures. Nous en avons conclu que les bêtes étaient moins bêtes que les Humains puisqu'elles savaient choisir leur nourriture là où elle n'était pas empoisonnée.

— Nous allons vous quitter, il est tard, conclut Līva. Un grand merci pour votre invitation, pour ce festin et pour cette bonne ambiance familiale ! J'ai aussi bien aimé la façon qu'Aimé avait raconté son histoire de fromage ! Une leçon qui peut s'adapter à de nombreux petits territoires. Je pense aux transhumances des troupeaux dans les Pyrénées qui pourraient être remises en question à cause des ours et des loups ; aux immenses forêts incendiées des Landes ou de Gironde et à tous ces territoires hors des convoitises des rapaces de l'agro-industrie qui pourraient être rendus aux Petits Paysans exilés en ville…

— Hé bien Līva, je vois que tu as vite compris la situation de l'Occitanie et du Sud-Ouest de la France ! dit Paul.

— Ah, ah ! vous voyez que je m'intéresse au pays natal de mes enfants ! Bonne nuit et à très bientôt. Vous viendrez un soir au Cap du Bosc ! Nous continuerons nos discussions autour d'une table comme il est de coutume chez Astérix et Obélix !

— Ah tu connais aussi Astérix et Obélix ? Ils symbolisent quelque part notre culture rurale conviviale

7. ARPEGES multinationale ?

20 juillet : Petite rencontre des trois membres du bureau de l'association pour préparer la prochaine réunion du conseil d'administration qui aura lieu à Montadet le samedi 10/08, avant le départ des Lettons. Regardons tout d'abord notre messagerie.

— Woww, tant de mèls ! Et même de l'étranger, ça commence bien ! J'avais remarqué lorsque j'ai enregistré les adresses des participants à la première rencontre du 28 décembre, qu'une était espagnole, dit Paul en découvrant un message venu justement de cette adresse.

— Je vous la lis : "Chers amis Occitans. Je ne m'étais pas présenté lors de la fantastique réunion du 28 décembre dernier à Sabaillan mais j'avais laissé mes coordonnées sur votre cahier parce que j'ai été très enthousiaste de tout ce que j'ai entendu. Mon nom est

Jesus Gonzales Sanchez Martinez De La Mancha. Je suis journaliste observateur du développement rural, correspondant pour une multitude de titres des pays hispanophones : Clarin (Argentine), La Opinión (Mexique), El Espectador (Colombie), El Universal de Caracas (Venezuela), El Mercurio (Chili), La Republica (Pérou), Los Tiempos (Bolivie), Granma (Cuba) et Diario de Manila (Philippines). J'avais rédigé un petit papier sommaire sur ce que j'ai compris de votre association ARPEGES. Tous l'ont diffusé et j'ai reçu beaucoup de commentaires. Des petites communautés Paysannes de ces pays vous invitent ou souhaitent connaître l'évolution de votre association ! Même les Kogis de Colombie !

Ils ont perçu très clairement votre projet et plusieurs veulent s'en inspirer pour leur propre territoire. Comme ce n'est pas la porte à côté, je voudrais vous proposer, si bien entendu vous en étiez d'accord, que je traduise les messages d'information que je reçois de votre association et que je leur transmette automatiquement. Pas seulement aux journaux, mais directement aux groupes de Paysans qui se sont manifestés. Je ne ferai rien sans votre autorisation.
Hasta la vista !
Jesus"

— Ben dis donc ! s'exclama Elise. Qu'en pensez-vous ?

— Je trouve cela génial, dit Jérémy. Toutefois, il serait intéressant de connaître la teneur de son article ?

— Oui, tu as raison, dit Paul. A priori je serais assez d'accord, surtout si ce sont des Petits Paysans qui ont à résoudre les mêmes problèmes que nous. Partager des idées, ce ne peut-être que constructif, même pour nous !

— Alors on lui demande de nous envoyer son article ?

— Oui ! dit Paul. Je m'en occupe dans deux minutes. Mais je dois vous dire que ce message m'a aussi donné une idée un peu plus personnelle. Ici on se dit tout. Dans le cursus de ma formation d'ingénieur, j'ai une thèse à documenter et rédiger. Elle servira pour la soutenance de l'examen final. Et justement je pourrais m'intéresser à ce qui correspond à notre ambiance. Je sais que notre ancienne voisine Ditas qui est rentrée aux Philippines son pays d'origine, nous avait raconté qu'il y a une trentaine d'années, il y eut une révolution contre les familles milliardaires qui possédaient toutes les terres du pays divisées en une multitude d'îles. Le peuple Paysan, femmes et enfants compris, était esclave des grandes plantations et notamment celles de canne à sucre. Suite à la révolution, les terres ont été redistribuées à ceux qui la travaillaient. Exactement comme ici en France lorsque les terres des seigneurs et des abbayes ont été redistribuées aux Petits Paysans à la fin du Moyen Âge. Ces nouveaux petits propriétaires construisirent leurs maisons sur leurs terres : c'est pour cela que chez nous en Occitanie, l'habitat rural est si épars. Nous avons à nous battre pour préserver notre art de vivre à la campagne ! et à reconstruire ainsi.

— Je pense également à la chute du mur de Berlin où les terres de l'URSS furent redistribuées. Ton idée est excellente, dit Jānis. Contacte notre amie Ditas, tu la trouveras sur les réseaux "dits sociaux". Elle aimait bien Sabaillan et reste toujours à l'affût des nouvelles du coin. Si tu veux aller là-bas, elle t'accueillera, c'est sûr ! Elle l'avait plusieurs fois proposé à Giovanni et Louisette. Il serait intéressant de voir comment tout avait été organisé pour la redistribution des terres par le gouvernement. C'est assez récent, peut-être une trentaine d'années ? Cela n'a pas dû être simple ! Mais ils y sont arrivés.

— Génial, j'ai trouvé le sujet de ma thèse ! mais j'ai intérêt à être au top, car je ne sais pas si ce thème plaira à tous les correcteurs ? Dans ce milieu, nombreux sont endoctrinés par l'agro-industrie. Savez-vous qu'en URSS, chaque hectare que possédait chaque ouvrier de kolkhoze était plus productif que le Kolkhoze lui-même ? Regardez aussi les Amish et leurs petites fermes travaillées avec des chevaux, elles sont plus productives que les grandes cultures des immenses exploitations qu'on voit à la télé !

— Revenons à nos moutons, dit Jérémy. J'habite à une cinquantaine de kilomètres…Il faut avancer sur les sujets à débattre ce soir. Il est déjà 19h.

— Ah oui, c'est vrai, pardon, dit la présidente Elise. Définissons l'objectif de notre réunion.

Et les différents thèmes propres à relancer le débat du 10 furent notés en laissant une grande ouverture au débat…. Démocratie participative oblige !

8.   L'âme d'Aimé est restée à La Bourdette.

Exactement comme l'âme de Līva s'était installée durant deux siècles à Rīga pour rechercher son amour disparu, Elise peut affirmer que l'âme de son papa Aimé est bien restée à Sabaillan, sur sa ferme de La Bourdette.

— Allo Līva ?

— Oui Elise, bonjour ! Quelle joie de t'entendre après ces quelques jours de silence depuis la dernière réunion.

— Tu m'avais proposé de venir te voir au Cap du Bosc, est-ce que cette après-midi ce serait possible ?

— Avec grand plaisir ! Tu feras la connaissance de Marija et François !

— Merci Līva. J'ai besoin de me confier et il n'y a qu'avec toi que je puisse aborder ce sujet.

— Je comprends de quoi tu veux parler. Merci de ta confiance. Je t'attends à l'heure du café ? A moins que tu fasses la sieste ? Moi, ce n'est pas mon habitude, en Lettonie la sieste n'existe pas mais le climat n'est pas le même, ça se comprend.

— Non, pas de sieste. Ta présence et ton écoute seront du repos pour mon esprit quelque peu perturbé ces temps-ci.

— Alors je t'attends ! Nous nous installerons sur les fauteuils de rotin sous le grand tilleul, il y fait bon. Viens à l'heure que tu voudras, de toute façon je ne bouge pas d'ici. Giovanni et Louisette ont été invités chez des amis à Saint Elix d'Astarac. Jānis est à la ferme avec son oncle. Nous serons tranquilles avec les bébés qui feront leur sieste dans le landau.

Vers 14h, Elise arriva avec un peu d'émotion à faire partager. Le café était prêt à être servi.

— Līva, comme je t'envie ! Tes enfants sont magnifiques ! A quatre mois, ils sont très éveillés. Quels beaux sourires !

— Ils viennent de téter, ils se rendormiront bientôt et feront la sieste comme de vrais occitans ! Elise, comment se passe ta grossesse ?

— Pour le moment je ne ressens rien, il y a si peu de temps.

— Moi, les premiers temps ont été difficiles mais ensuite ce fut paisible. Comptes-tu leur donner le sein ?

— Pourquoi "leur" donner le sein ? tu penses que j'aurais moi aussi des jumeaux ? *(grand fou rire)*

— Je suis tellement dans cette ambiance que j'en viens à ne penser qu'en double !

— Oui, j'aimerais bien nourrir mon bébé au sein. Au moins les premiers mois. Ce sera peut-être une petite contrainte à cause de la ferme. Mais nous en avons parlé en famille ; Pierre et ma mère m'encouragent. Nous calculons comment nous organiser, nous avons encore plus de sept mois pour mettre tout au point.

— Bravo Elise !

— Līva, j'ai besoin de toi au sujet du fantôme de papa. Je n'en ai toujours pas parlé en famille, je ne sais pas comment m'y prendre pour ne pas passer pour une psy… ?

— S'est-il encore manifesté ?

— Oui, plusieurs fois et chaque fois au même endroit et à la même heure, sur le banc à l'ombre de la grange où il s'asseyait très souvent en été. La deuxième fois qu'il est revenu, je lui ai parlé comme tu me l'avais conseillé. J'ai de suite compris qu'il n'avait pas la parole mais il semblait être attentif. Je ne lui ai dit que des banalités, j'avais les yeux en larmes, c'était un exercice très étrange et difficile de parler à mon papa fantôme. Mon cœur palpitait.

— Le lendemain il était de nouveau là, toujours à la même heure, vers 11h du matin. C'est l'heure où, depuis des années, je reviens de la ferme pour m'occuper du repas. J'ai pensé lui poser des questions et là j'ai vu qu'il essayait de communiquer. Il bougea ses doigts…Et c'est ce matin à 11h que nous avons trouvé un moyen de communiquer.

— Super ! je t'écoute.

— Tu m'avais raconté comment ton âme arrivait à communiquer avec Jānis en faisant bouger une table, une petite cuillère, en dessinant un cœur sur le cappuccino ou encore te signaler avec les feux de détresse de sa voiture. Alors j'ai préparé deux questions et…il m'a répondu ! Il m'a fallu quelques minutes pour comprendre son fonctionnement et, grand soulagement, j'y suis arrivée !

— Woww, que je suis heureuse pour toi ! mais continue, je t'en prie !

— Je lui ai dit d'une voix tremblante :"Papa, es-tu au Paradis ?". Et j'ai vu qu'il bougeait la main gauche. Puis je lui ai demandé : "Ton âme est-elle restée chez nous ?" Et il bougea la main droite. Alors j'ai compris !!! La gauche c'était "non", la droite "oui"…

— Super ! Puis ?

— Nous en sommes restés là pour aujourd'hui puisqu'après la deuxième réponse, il s'est évaporé comme les fois précédentes. Mais lorsque je suis entrée à la maison, maman qui était revenue entre-temps, me demanda :"Que faisais-tu sur le banc à parler toute seule ?"

— Alors tu lui as expliqué ? C'était le bon moment !

— Je ne m'en suis pas sentie la force, alors j'ai eu la présence d'esprit de lui dire que je me récitais une vieille comptine de mon enfance…Heureusement, elle ne m'a pas demandé laquelle ! Il faudra bien que je trouve le moyen d'en parler un jour, surtout si papa apparaît souvent…

— Comment est-il vêtu ? ou il faudrait plutôt dire : Comment son âme est-elle vêtue lors de ses apparitions ?

— Il a toujours son béret gascon avec le logo d'Occitanie à l'avant, la chemisette, le pantalon beige et les nu-pieds qu'il mettait habituellement en été. Il apparaît toujours flou, même ses vêtements, c'est bizarre.

— C'est normal, il est immatériel et il n'y a que toi qui puisses le voir. Tu es l'heureuse élue et je comprends pourquoi. Tu es dans la continuité de ses idées Paysannes.

— Je comprends moi aussi que c'est pour cela… Mais j'ai une question. Il me semble que Jānis avait été bénévole à Emmaüs dans sa jeunesse. Je voudrais vider la chambre de papa mais je ne sais pas comment fonctionne cette association. Nous garderons juste quelques souvenirs mais il y a des meubles, bibelots et vêtements qui pour nous n'ont plus aucun intérêt pourtant ils sont en très bon état. Les derniers mois de sa vie papa logeait seul dans une chambre. Nous avons l'idée de la réaménager pour notre futur enfant. Je garderai toutefois le bureau, il est très modeste, mais c'est là qu'il travaillait ses textes.

— Jānis ne devrait pas tarder à rentrer. Il mangeait chez l'oncle Joseph…Tiens ! lorsqu'on parle du loup !

— De quel loup parles-tu Līva ? s'amusa Jānis

— De mon loup garou à moi !

— Bonjour Elise ! Quel plaisir de te voir au Cap du Bosc ! Ma féerique femme a décrété que tu étais sa meilleure amie, je dois dire que c'est un bon choix !

— Merci pour le compliment. Oui, Līva est également devenue ma meilleure amie, ma confidente. C'est important de pouvoir se confier sur certains sujets très personnels sans les exposer au monde entier. Justement je lui disais que dans mes souvenirs, tu avais été bénévole un été à Emmaüs, et que peut-être tu pourrais m'expliquer comment faire des dons matériels.

— Je prendrais bien un café, en voulez-vous un autre ? Je vois vos tasses vides et la cafetière chaude.

— Merci Jānis mais ça ira comme ça.

9.   Les Emmaüs de l'Abbé Pierre

— Elise, dit Jānis, sais-tu que depuis peu, il y a un magasin Emmaüs à Lombez, avenue du Maquis de Meilhan, dans la zone artisanale. Il est ouvert le mercredi et le samedi et tu peux donc aller y déposer tes dons ou fouiner dans le magasin. Et si tu as beaucoup à donner, par exemple des meubles lourds ou autres, ils ont un camion qui peut venir jusque chez toi.

Je ne connais pas bien ce nouveau magasin mais à Grisolles, j'y fus bénévole, non pas un été mais plusieurs, lorsque j'étais étudiant à Toulouse. Pour moi, ce fut une de mes plus belles aventures solidaires car j'aime l'ambiance internationale et là j'étais gâté au milieu de personnes tellement sympas, que je regrette presque de n'avoir pas continué dans ce milieu. De temps en temps, je remplaçais un chauffeur au camion de ramassage mais mon poste préféré était responsable du rayon des livres au magasin. J'aime les livres et les gens qui lisent. Mais j'ai eu des choix à faire. Je voulais aussi aider oncle Joseph sur sa ferme, alors j'ai décidé de passer tous mes étés au Cap du Bosc. Cela dit je suis heureux ici, en plus maintenant avec Līva et nos enfants, c'est le Paradis!

— Il y a, paraît-il, beaucoup d'étrangers dans ces communautés ?

— Oui, depuis quelques années, les sans-logis sont souvent des immigrés. J'ai côtoyé des Arméniens, Albanais, Géorgiens, Tchétchènes, Congolais, Erythréens, Magrébins, Afghans…etc. Des dizaines de nationalités. Comme je maîtrisais bien le français et le russe, lors des temps libres, je les aidais dans leurs paperasseries et aussi à comprendre le fonctionnement de la démocratie. Ils venaient pratiquement tous de pays en dictatures quelquefois très dures, comme en Erythrée par exemple. J'avais rapidement gagné leur confiance et leur amitié. J'étais devenu le scribe informel, le confident pour nombre d'entre eux. Ils ont tous soif d'intégration car, s'ils sont venus en France, c'est parce qu'ils avaient une image positive de cette terre des Droits de l'Homme et de liberté depuis toujours. Pour une meilleure intégration, je leur expliquais la culture française, ce qui se fait ou pas en matière de relations sociales.

Tous ont quitté leur famille à contrecœur parce qu'un drame s'était joué dans leur vie: racket administratif avec menaces, victimes de mafias, de violences physiques ou psychologiques, de menaces de mort, de familles décimées dont ils étaient seuls survivants, des paysans chassés de leur terre ou victimes du réchauffement climatique…des histoires de vie cauchemardesques. Traqués par la mafia, certains sont partis par la fenêtre de derrière leur maison, quittant parents, femme et enfants qui restèrent quelquefois des mois sans nouvelles, ne sachant pas s'ils étaient encore vivants...J'en ai connu au moins quatre qui, pour sauver leur peau, sont arrivés à Lampedusa par boat-people comme on voit à la télé, laissant aux passeurs tout ce qu'ils avaient pu récupérer de leurs économies, des prêts de la famille ou d'amis dont ils sont devenus redevables...

J'ai vu de l'intérieur comment fonctionnait Emmaüs et même si comme ailleurs, certaines imperfections sont vite médiatisées, en général ces communautés font un travail remarquable : Logés et nourris, cours de français, intégration par le travail, scolarisation des enfants, accompagnement auprès des administrations françaises souvent très tatillonnes. Ils touchent un pécule équivalent à ce qui resterait à un smicard après avoir payé toutes ses charges. Bref, la plupart de ces personnes s'intègrent bien. D'ailleurs, après un séjour maximum de trois ans à Emmaüs, elles ne peuvent rester en France que si elles ont un contrat de travail avec des comptes à rendre à la préfecture durant plusieurs années, surtout si ce sont des CDD.

— Et dire que nous, dans notre confort, nous nous plaignons pour des bagatelles... dit Elise qui découvrait ce milieu relativement méconnu.

— Jānis, dit Līva, tu pourrais aussi lui raconter l'Emmaüs letton dont tu as été l'initiateur ?

— N'exagère pas, j'ai simplement aidé un groupe de Lettons motivé à créer le premier Emmaüs du pays. Ce n'est pas une communauté qui héberge mais un comité d'amis d'Emmaüs qui s'est donné pour mission d'aider les plus démunis de leur région. Faut-il que je le raconte maintenant ?

— Si tu as le temps, continue, dit Elise. Moi, je dois être à la ferme à 18h seulement.

— Bon alors je te raconte. En Lettonie j'ai beaucoup d'amis, c'est normal, c'est mon pays natal. Certains ont voulu découvrir la France et j'ai accompagné plusieurs fois des groupes, plutôt dans un cadre touristique, bien qu'ils étaient enthousiastes de tout voir, comme par exemple cette délégation du Ministère de l'Agriculture letton, mais ce n'est pas le sujet. Ce que je vais te raconter se passa il y a quelques années.

Avec un petit groupe de ruraux Lettons qui résidaient loin de Rīga, nous sommes arrivés à l'aéroport de Bordeaux, ils souhaitaient voir l'Océan Atlantique. Puis nous avons loué un minibus pour un petit parcours initiatique. Ils connaissaient le vin de Bordeaux parce qu'on en trouve dans les magasins de Lettonie. La ville de Bordeaux est jumelée avec Rīga depuis la révolution de 1991 qui nous libéra de l'emprise soviétique. Mais les Lettons n'ont pas encore ces notions d'identité territoriale. Ils pensaient que Bordeaux était juste une marque comme Adidas qui peut se fabriquer en Chine…Nous avons poussé jusque dans le Gers où ils ont été effarés de découvrir les élevages en plein air : porcs, poules, canards, oies, poulets et même dindons… Et de déguster des produits comme les magrets de canards. L'Armagnac, ils connaissaient de nom tout comme le Cognac, mais encore une fois très étonnés qu'il soit identifié à un terroir. La vodka n'a pas de notion de terroir *(sourire)*. Chez eux, on ne peut manger que du porc industriel très gras, des volailles pâles, molles, anémiées du fait qu'elles n'ont jamais profité de la lumière du soleil. Des œufs dont le jaune est presque de la même couleur que le blanc…Bref, de la m… infâme. Cela existe aussi en France mais on a le choix de trouver de la très bonne qualité ! Par exemple "le poulet du Gers élevé en plein air" avec le label rouge Avigers.

Puis nous sommes revenus vers l'Océan Atlantique et en le longeant pour rejoindre Irun, histoire de dire que nous avions mis un pied en Espagne. Nous traversâmes Tarnos dans les Landes, où j'avais entendu dire qu'il y avait un magasin Emmaüs. Je proposais que nous nous y arrêtions. A cette époque, je connaissais seulement l'Emmaüs d'Auch, celui de Grisolles et j'étais moi aussi curieux de découvrir celui de Tarnos-Bayonne. Eux, ne savaient pas du tout ce que c'était. Et là, une nouvelle aventure allait se dessiner pour moi…Par hasard ? Mais, non, Līva sait que le hasard n'existe pas.

— Il n'y a que des vieux trucs dans ce dépôt qui n'a même pas l'air d'un magasin. Et que font tous ces gens ? Ils achètent ça ? dit un des Lettons étonné.

— Attendez, je vais demander si le directeur est là, peut-être vous expliquera-t-il ce qu'est une communauté Emmaüs ?

On me le présente. Génial il parle russe ! De nombreux Lettons connaissent cette langue, du moins les plus âgés qui avaient été obligés de l'apprendre à l'école durant la soviet-période. Cela facilitera la communication et m'évitera de tout traduire, pensais-je.

— Bonjour à tous, ici on se tutoie et on s'appelle par notre prénom. Le mien est Joseph et je suis le responsable du site. Ici nous accueillons tout le monde comme l'a décidé l'Abbé Pierre, le fondateur. Ces personnes vivent en communauté, nous sommes une trentaine. Nos compagnons travaillent au ramassage des dons, des objets de la vie courante qui vont accéder ainsi à une deuxième vie. C'est ce qu'on appelle "l'économie circulaire". Tous les compagnons participent au ramassage, triage, réparation et mise en vente au magasin. Pour cela, ils sont logés, nourris et touchent un pécule. Nous les aidons dans les démarches administratives et aussi en leur apprenant le français. Nous avons en plus du magasin, des grands jardins potagers, des poules pondeuses en plein air pour notre propre consommation...

Nous recevons des centaines de clients chaque jour. Les sommes récoltées servent à faire vivre la communauté, à en aider d'autres en difficulté ou des débutantes, même sur d'autres Continents. En Afrique, au Mali, au Bénin par exemple, nous envoyons des containers plusieurs fois par an.

Les explications durèrent plus d'une demi-heure lorsqu'une des Lettones eut un déclic :

— C'est génial ce que vous faites pour ces personnes sans toit et aussi pour les habitants de votre région qui n'ont pas beaucoup de moyens financiers. Ils peuvent, pour un petit prix qui protège leur dignité, acheter d'occasion tout ce qu'ils ont besoin : meubles, vêtements, vaisselles, bibelots, électroménager, livres, vinyles, vélos et même de l'électro ! Dans notre région isolée de la Lettonie profonde, il n'y a pas de SDF, le climat ne le permet pas mais il y a beaucoup de pauvres, d'exclus de la modernité, des squatters installés dans des ruines insalubres, de nombreuses personnes sont sans couverture sociale. Elles vivent souvent de leur jardin, de cueillette de baies dans les forêts ou de pêche dans les lacs. Il y a aussi des beaucoup de veuves isolées quasi sans revenu, leur retraite n'arrivant pas à 100€, même pas assez pour se payer du bois de chauffage. Si nous avions chez nous en Lettonie un truc comme ça pour les aider, ce serait merveilleux !

Et du tac au tac, Joseph le directeur lui répondit :

— C'est possible ! Emmaüs est un grand réseau international et si vous créez une association chez vous, nos Communautés Emmaüs vous aideront. Nous les premiers, nous pouvons vous aider ! Faites-moi une liste de vos besoins qui puissent remplir un camion et je monte vous amener tout ça en Lettonie !

— Intéressant, fantastique ! répondit la personne. Mais comment ferons-nous pour communiquer avec la France ? Personne ne parle français chez nous.

— Je suis là, dit Jānis. Je pourrais vous servir de coordinateur bénévole puisque je suis Franco-Letton !

Et c'est ainsi que naquit un tout petit Comité d'Amis d'Emmaüs à Mētriena, dans un ancien kolkhoze soviétique au fin fond de la Lettonie profonde, le premier Emmaüs officiel en Lettonie. Il s'organisa en fonction des problématiques locales. Pour le moment quelques bénévoles le font fonctionner. Il est ravitaillé par la France, la Suède, la Finlande. Les fonds recueillis par les ventes dans le magasin participent, en liaison avec les organismes sociaux locaux, à aider des familles ou des personnes en situation de détresse : hospitalisations, interventions chirurgicales urgentes, prothèses…etc. et aussi les immigrés ! Oui ça existe en Lettonie rurale aussi… Comme quoi il y a toujours plus pauvre que soi…Depuis deux ans, ce sont en majorité des Ukrainiens, femmes, enfants et personnes âgées.

Voilà comment, dit Jānis à Elise, je me suis retrouvé embarqué dans ce projet qui maintenant vole de ses propres ailes.

10. La délégation du Ministère de l'Agriculture

— Impressionnant ton parcours à Emmaüs dit Elise. Tu as aussi parlé de délégation du Ministère de l'Agriculture letton ?

— Oui, mais rien à voir avec Emmaüs. Ce fut juste une opportunité lors d'un cocktail au Ministère de l'Agriculture. Je ne sais plus à quelle occasion, j'y représentais l'Ambassade de France. A cette époque j'étais interprète-traducteur pour l'Ambassadeur.

J'étais donc invité au 22ème étage de la tour noire près de la Daugava (le fleuve qui traverse la capitale) où se trouve le Ministère. A l'entrée, je fus annoncé comme délégué pour la France. Quelques temps plus tard, quatre dames, une coupe de Šampaņetis (mousseux letton) à la main, s'approchèrent et me questionnèrent :

— Nous avons un budget de l'UE pour découvrir les agricultures des pays de la Communauté. Qu'auriez-vous d'intéressant à nous proposer en France ? Dans le domaine agricole bien entendu."

— Je pensais immédiatement au poulet du Gers élevé en plein air. Mais la volaille en plein air ne les enthousiasmait pas, peut-être non reproductible en Lettonie à cause du climat ? Mais je voulais quand même leur faire prendre conscience de la nécessité d'identifier les produits de qualité à leur terroir. En Lettonie, qui se retrouvait terre brûlée après la période soviétique, on pensait juste à se nourrir. La qualité ? De toute façon, c'était trop cher et elle n'existait pas encore dans le pays. Je réussis quand même à les convaincre sur des exemples occitans de relance des races anciennes, bien plus résistantes aux maladies que les races industrielles manipulées. Et là, elles accrochèrent. Il y avait la directrice des services vétérinaires et sanitaires, la directrice du service assurances et sécurité sociale des agriculteurs, la doyenne de l'Université de Jelgava (seule université d'agronomie et vétérinaire du pays) et la quatrième... je ne me souviens plus de son poste au ministère. Bref, ces dames me demandèrent de leur proposer un parcours de deux jours et bien entendu elles souhaitaient que je les accompagne comme interprète. Elles négocièrent avec mes supérieurs pour cela.

— Même en Lettonie, tu es incontournable à ce que je constate ! dit Elise avec humour.

— C'est normal ! A l'Ambassade, j'étais le seul à connaître le milieu Paysan français. Tous mes collègues français étaient "Parigots". Alors j'ai orienté leur choix vers le Gers, Hautes-Pyrénées et Haute-Garonne. Je pris contact avec mon ami Serge qui était directeur du Conservatoire Régional du Patrimoine Biologique Midi-Pyrénées. Immédiatement, il s'occupa de l'organisation du séjour de ces dames et bien entendu de leur interprète. Nous arrivions donc à l'aéroport Toulouse-Blagnac où nous fûmes accueillis par Serge qui nous transporta directement à l'hôtel Dupont de Castelnau-Magnoac. Vint le dîner. L'entrée en matière de l'identité territoriale se fit au jambon sec de porc noir gascon, une salade gasconne aux gésiers confits puis les fameux magrets de canards en cocotte, spécialité de la maison Dupont accompagnés d'un excellent Madiran. A chaque plat qu'elles dégustaient presque gloutonnement tant elles n'avaient jamais rien mangé de si bon, j'essayais de leur expliquer les méthodes d'élevage en plein air et le prix de vente de ces produits. Bien entendu ils leurs parurent astronomiques en rapport à la barbaque lettone, mais la conclusion fut : "On comprend ce que veut dire la qualité et ce que signifie le prix de ces produits. Pour les Lettons, c'est quand même un peu cher, même pour nous au Ministère car nos salaires, même à notre niveau, sont équivalents au SMIC français *(à cette époque)*. Mais nous comprenons le prix de la qualité et la nécessité de l'identité territoriale que vous donnez à vos productions. Vu le programme chargé que vous nous avez préparé, nous verrons cela sur le terrain dès demain, sans doute ?"

Dès le lendemain matin direction le Gers où nous visitions plusieurs sites : Les porcs gascons et les vaches mirandaises à l'école d'agriculture Valentès de Mirande, puis encore des vaches gasconnes chez un agriculteur de Clermont-Pouyguillès qui chaque année les présente à Paris, au Salon de l'agriculture. Après cela, les poules gasconnes à l'école d'agriculture IASC de Masseube berceau de la race et avec, chaque fois, historique et objectif. Nous avons aussi visité la CUMA d'un petit groupe d'agriculteur de Castelnau-Magnoac (Coopérative d'Utilisation de Matériel Agricole en commun) comprenant un petit abattoir à volaille, conserverie et magasin de vente, le tout aux normes européennes. A voir leurs mines, on aurait pu penser que nos Lettones venaient d'alunir ! En Lettonie rien de tout cela n'existe, tout est resté industriel, séquelle de l'URSS. Puis le lendemain, nous nous rendions au verger conservatoire de 140 variétés de figuiers à Gimont, Gers. Ensuite Toulouse : Visite du Conseil Régional qui chapote la préservation génétique et la biodiversité. Puis petites explications de l'agriculture régionale dans les locaux de la CACG (Compagnie d'Aménagement des Coteaux de Gascogne). Et nous finissions leur séjour à l'INRAE (Institut National de Recherche Agronomique). En Lettonie pas d'INRAE non plus. La recherche est confiée à l'Université d'Agronomie d'où l'intérêt de la doyenne de Jelgava.

Ces dames sont reparties réjouies. Peut-être ont-elles pris ces découvertes comme irréalisables en Lettonie ? du moins à cette époque. Il y a quand même quelques années de cela. Je n'ai pas eu de suites mais dans les magasins, on ne voit pas trop d'évolution dans la qualité…Les bonnes choses lettones à Rīga, on peut les trouver en vente directe au Centraltirgus (marché de plein vent permanent) mais il est tellement grand qu'il faut être initié. Līva connaît tout ça, c'est son domaine ! Elle a repéré ses producteurs bios, même l'un d'eux cultive de très anciennes variétés qu'elle connut dans sa jeunesse lointaine.

— Bravo Jānis ! conclut Elise. Nous aurons l'occasion de reparler de tout ça. Il est maintenant 17h, je vais rentrer à la Bourdette. Mon Pierre chéri doit m'attendre. Il n'y a pas longtemps qu'il travaille sur la ferme, il est originaire de Blagnac et il avait un bel emploi chez un sous-traitant d'Airbus, il fabriquait des sièges pour les avions. Mais depuis ici, il a cette route pénible à cause de tous ces bouchons à franchir matin et soir. De plus, il rêvait de travailler sur la ferme. Et lorsque papa décéda, il décida de quitter son boulot pour être à Sabaillan avec moi. Il vient de terminer sa formation professionnelle à Mirande mais il n'a pas encore tous les réflexes paysans. Il se plait dans les élevages et pose sans cesse des questions. Il a très peur avec le tracteur dans les coteaux quelquefois un peu abrupts chez nous. Il apprendra avec le temps…

— Dis-lui de venir assister aux réunions ARPEGES pour s'imprégner du village et du groupe. Et puis, un de ces jours, vous viendrez dîner ici, chez nous, dit Līva qui s'est très vite initiée à l'accueil latin.

— Merci à vous deux, vous êtes fantastiques ! A Sabaillan, nous espérons qu'un jour vous franchirez le pas pour venir vous installer définitivement au Cap du Bosc. Mine de rien, il y a pas mal de jeunes couples comme nous qui ont des projets ! Peut-être un jour pourrons-nous ouvrir à nouveau l'école primaire du village fermée depuis plus de 50 ans ? Līva, on se téléphone ? D'accord ?

11.   La raison du plus faible

Après une nouvelle tétée, Līva revint vers la cuisine, l'heure de mettre à mijoter le dîner s'avançait. Mais elle fut stoppée dans son élan par Mémé Louisette qui, avec Pépé, venait de rentrer de chez leurs amis de Saint Elix d'Astarac. Līva épluchait les pommes de terre.

— Līva, laisse-moi faire ! Tu veux toujours m'alléger la tâche, je m'en rends compte et je te remercie, mais j'aime réellement cuisiner, c'est ma passion. Repose-toi, tu as les petits à t'occuper, je suis sûre que vos nuits ne sont pas de tout repos.

Pépé Giovanni s'était assis paisiblement sous la glycine. La douceur du soir arrivait peu à peu :

— Līva, viens t'asseoir près de moi, regarde le livre que m'a offert mon copain Denis : "La raison du plus faible". J'ai toujours bien aimé les livres de Jean-

Marie PELT et je l'écoutais aussi à la radio dans ses émissions sur la biodiversité. Il nous a quittés en 2015. Chez nous, on dit : "Les bons s'en vont, les mauvais restent…". Joseph avait eu la chance de le rencontrer en 1993 au Conseil Régional d'Aquitaine à Bordeaux, il te racontera. L'association ARPEGES de l'époque avait été récompensée par "La Fondation de France" et le jury du concours "L'Homme et la Vie. Les gestes qui comptent". Le projet ARPEGES qui présentait une vidéo tournée à Sabaillan et ses environs, se nommait "Les nouveaux chemins de l'agriculture". Joseph était accompagné de Pierre, le réalisateur Gersois du film financé par notre Conseil Régional. Et c'est Jean Marie PELT qui signa le diplôme.

— Ben, dis donc ! Joseph n'en a jamais parlé ! Quel cachottier ! dit Jānis qui entre-temps s'était assis avec eux sur le banc bleu.

— Denis de Saint Elix d'Astarac, connaissant notre philosophie familiale, m'a offert ce livre "La raison du plus faible" qui argumente le contraire des grandes théories de DARWIN dont on se gargarise pour soutenir les machos guerriers : "la loi du plus fort est toujours la meilleure". J'en ai lu quelques pages et déjà je comprends ! C'est JM PELT qui a raison ! Une minuscule bactérie peut décimer l'Humanité entière en quelques jours ! Quelques tracteurs énervés peuvent bloquer Rungis et affamer tout Paris et une partie de la France en quelques jours. Autre exemple de Jean de la Fontaine : "Le lion et le rat" avec sa morale : "Il ne faut pas mépriser les plus petits ou les plus faibles ; chacun a ses qualités qui apportent quelque chose aux autres."

Sans le rat des champs, le roi lion serait mort. Il n'y a pas que le fric !

— Immédiatement, acquiesça Jānis, nous pouvons transposer cela à l'agriculture agro-business qui, façon maître Panurge, va droit au ravin en entraînant malheureusement tous les hypnotisés qui essaient de la suivre ou de l'imiter. Et ce seront les Petits Paysans qui, par les petits sentiers, sauveront la Planète de la famine, de l'empoisonnement et de la désolation, comme à chaque début de nouvelles civilisations. Avec la prospective d'ARPEGES et bien avant elle, celle de Nostradamus, nous devançons cette loi de la Nature prônée par JM PELT.

— J'ai connu le Ciel, rajouta Līva, et je peux affirmer que toutes les âmes de ceux qui se croyaient des êtres supérieurs sur Terre, se retrouvent au même niveau que nous les plus humbles. Et même quelquefois elles y accèdent plus difficilement, elles doivent passer par la case qui pardonne…ou pas. Au Ciel, il n'y a ni riche ni pauvre, ni dominant ni dominé, ni femme ni homme, ni jeune ni vieux, nous y sommes tous égaux ! Alors à quoi bon vouloir tout s'accaparer sur Terre en privant les autres du minimum vital ? En partageant, en respectant nos semblables et notre planète, nous serions tous si heureux ! Un bon entraînement pour la suite ! Même pour ceux qui avaient des cents et des mille, tel Harpagon de Molière si avare, suspicieux et si malheureux de peur de tout perdre. Partager, c'est là que se trouve le bonheur !

12.   L'école de la vie

Et le soir venu, en essayant de capter la fraîcheur de la petite brise après ces chaudes journées, la famille, oncle Joseph y compris, s'assit sur le banc bleu. Les bébés dans le landau commençaient à gazouiller en observant mémé Louisette qui faisait des grimaces en tricotant. Jānis ouvrit la discussion :

— Je repensais à notre échange de cette après-midi avec notre sympathique voisine Elise au sujet de l'apprentissage du français dans les communautés Emmaüs. En fait ce n'est pas de l'improvisation ! Certaines communautés salarient un vrai prof de français FLE (Français Langue Etrangère) qui a été spécialement formé comme l'a été maman Nicole à Bordeaux. Ils enseignent la langue française aux étrangers. Par contre, les communautés qui n'ont pas les moyens de salarier une ou un prof, font appel localement à des retraités de l'enseignement qui viennent bénévolement donner un peu de leur temps.

C'est pour cela que les anciens compagnons d'Emmaüs, après trois ans minimum d'apprentissage, ont pratiquement tous une maîtrise satisfaisante du français !

— En parlant d'école, vous réveillez en moi des souvenirs, dit mémé Louisette. Comme cela se fait toujours en Lettonie, à mon époque on entrait à l'école primaire à 6 ans, les crèches et autres jardins d'enfants n'existaient pas. Cela nous permettait en amont de recevoir de nos parents les bases de notre éducation. Tous les matins maman me préparait la gamelle, car il n'y avait pas de cantine à l'école. Notre chienne Tartine m'accompagnait jusqu'au bout de notre allée. Qu'il pleuve ou qu'il vente, j'avais un kilomètre à faire à pied, souvent rejointe par nos voisins Daniel, Joseph, Jean-Louis et Hubert qui habitaient quelques kilomètres plus haut. En hiver, j'avais toujours des noisettes dans une poche pour donner aux écureuils qui m'attendaient dans la carrière de sable, à la lisière du bois de Sabaillan. C'était un réel moment de bonheur de les voir guetter mon arrivée, de dévaler les troncs de chênes, de prendre leur noisette et filer comme des voleurs. Il y avait aussi les rouges-gorges. Pour eux, dans l'autre poche de ma gabardine, j'avais des miettes spécialement préparées chaque matin après le petit déjeuner. Ils le savaient et m'accompagnaient de branche en branche de la haie du champ de la Croix jusqu'au bout du bois près d'une ruine qu'on appelait "la maison de l'instituteur." Je déposais là mes miettes. Quelques merles s'approchaient aussi mais ils étaient plus farouches.

Au grand dam de l'institutrice qui les grondait, plusieurs enfants comme Daniel où Michel, faisaient leur première rentrée scolaire sans connaître la langue française. En récréation aussi, le patois était interdit mais fréquent à voix basse. Chez eux on ne parlait que patois. Moi, ça ne risquait pas parce que mes parents étaient originaires de la Drôme et leur patois dauphinois était différent, alors ils l'avaient plus ou moins abandonné. En tous cas, avec moi, ils ne parlaient que français.

A tour de rôle, dès le CE1, on devait arriver un quart d'heure plus tôt pour allumer le gros poêle à bois cylindrique. Les garçons ramenaient les bûches pour la journée. Elles étaient stockées dans un local sous le porche de l'école. Puis nous faisions le balayage. Avec un entonnoir en zinc, il fallait auparavant arroser le plancher de bois pour éviter la poussière. Ensuite, nous époussetions tout le mobilier et remplissions les encriers sans en renverser. Et lorsque les autres élèves arrivaient, on se mettait tous en rang devant l'entrée de l'école et la maîtresse contrôlait la propreté de nos mains et aussi derrière nos oreilles. Un seau prévu à cet effet, attendait les étourdis qui avaient oublié de se mouiller les mains ou le bout du nez chez eux, personne n'avait de douche à la campagne.

Nous commencions chaque matin par la leçon de morale où l'on nous apprenait l'éducation civique, la politesse, le respect des autres, la vie en société et même sans cela, nos parents nous avaient déjà initiés à ces règles fondamentales.

Nous étions plus d'une vingtaine d'élèves, du cours préparatoire au CEP (Certificat d'Etudes Primaires), tous dans la même salle. Les devoirs étaient distribués de niveau en niveau. Moi, l'école me passionnait alors je profitais aussi des cours des classes supérieures. Le niveau de ces écoles rurales était souvent excellent et nombreux d'entre-nous ont ensuite poursuivi au cours complémentaire et quelquefois jusqu'au bac ou des écoles techniques. A cette époque plus de la moitié a fait sa vie en ville, c'était le début des trente glorieuses et ils ont eu de bonnes places comme Jean-Paul, Guy, Daniel, Joseph ou Christian qui termina ses études à la Sorbonne à Paris. Ma copine Suzanne fut institutrice. Moi, j'ai arrêté au CEP, Certificat d'Etudes Primaires, de niveau équivalent au brevet actuel et même plus. Ensuite j'ai suivi des cours ménagers à Lombez où j'ai appris la couture à la machine car maman n'en avait pas. Puis la cuisine, la gestion de la maison…etc.

De mon temps, les écoles dépendaient du Ministère de l'Instruction Publique alors qu'elles enseignaient la bonne éducation. Depuis on l'a rebaptisé le Ministère de l'Education Nationale alors qu'il se contente de faire simplement de l'instruction. Les bases de la vie en société ont été sabordées…

Il me vient encore une petite anecdote amusante mais qui m'avait mise mal à l'aise devant papa. Un samedi de printemps, notre maîtresse nous avait fait préparer une feuille de papier que nous avions décorée aux crayons de couleurs, en écrivant "Bonne fête Maman" au milieu de fleurs et de cœurs tous rouges. Puis elle nous annonça que demain ce serait la fête des mères. Je n'avais jamais entendu ce mot "mère". A la maison on disait toujours "maman". Par contre papa était "maire" du village à cette époque. Autour de la ruine de "la maison de l'instituteur", quelques bulbes avaient résisté au temps et chaque printemps, la friche était en fleur. Je fis donc un petit bouquet en rentrant de l'école. Je le remis à mon papa en lui disant "Bonne fête Papa!" Sur le coup, un peu étonné, il me remercia en me disant que ce serait mieux de l'offrir à maman. Je compris alors que quelque chose clochait et cela m'avait mise mal à l'aise. Mais papa qui avait compris, arrangea vite la situation dans la bonne humeur.

— Līva était passionnée d'entendre grand-mère se remémorer sa jeunesse, elle en parle si rarement…Moi, dit-elle, ce sont mes parents qui ont fait mon éducation et aussi une partie de mon instruction. A cette époque, à part les familles aisées comme les barons Von Kahlen qui payaient un précepteur pour éduquer leurs enfants, l'école était inexistante chez nous. Ainsi le petit peuple était pratiquement analphabète. Papa et maman voulaient que je sorte de cet enfermement intellectuel. Ils faisaient tout leur possible pour m'aider à accéder à l'instruction. En 1788, à l'âge de dix ans, ils m'ont trouvé une solution ! Une gentille dame de Sesswegen (Cēsvaine) se proposa de m'instruire. C'était presque du bénévolat. Ma famille la payait en patates et en légumes de saison. J'aimais bien cette dame âgée très douce, je ne connaissais pas son passé mais elle me considérait comme sa petite-fille. Cela me stimulait à apprendre mais c'était juste deux jours par semaine et il fallait que je fasse les quatre kilomètres à pied matin et soir. Je mettais une bonne heure. En hiver, il faisait jour vers 9h et nuit vers 15/16h, je partais et revenais donc la nuit, quelquefois par -10, -20 mais pas plus. Mes parents avaient convenu qu'au-dessous de -20° je ne devais pas quitter la maison. Le plus dur c'était lors des nuits noires ou dans la neige épaisse. Quelquefois, je ne savais même pas si j'étais encore sur la piste lorsque je ne sentais plus quelques graviers sous mes sabots. Par ces temps très froids, à la maison, j'étudiais ou j'écrivais dans la pénombre. Papa m'avait fabriqué un petit bureau sommaire, installé contre la cheminée qui m'éclairait en attisant régulièrement le feu. J'avais mon porte-plume taillé dans une rémige de cigogne. Papa m'avait aussi fabriqué de l'encre en broyant du charbon macéré dans de l'eau. La dame de Cēsvaine m'avait donné quelques feuilles de papier et aussi un vieux livre de lecture écrit à la main où quelquefois les pages se détachaient. Mais pour moi, c'était du luxe. J'aimais étudier et faire les devoirs. Vers 14 ans, j'ai abandonné mes cours pour aider mes parents mais la dame avait pris soin de me donner plusieurs livres. C'était "mon smartphone", j'y recherchais mon intérêt ! L'un d'entre eux concernait le jardinage et je le connaissais comme ma poche ! Il me passionna pour ce métier et durant toute ma jeunesse et jusqu'à l'âge de trente ans, j'ai été responsable des parcs et jardins du manoir de la famille Von Kalhen et Jānis ne s'en souvient toujours pas ! Hi, hi, hi !

Oncle Joseph enchaîna :

— Moi, j'ai aussi commencé ma scolarité à Sabaillan, comme maman Louisette. Cela ne dura pas longtemps car depuis des années l'ambiance nationale faisait tout pour supprimer les petites écoles rurales. Depuis les bureaux parisiens, cela paraissait "vieille France". Il fallait toujours plus grand et en ville. La campagne depuis ce temps n'a plus été considérée. Nous étions "les ploucs, les bouseux". Alors il fut question de regroupements pédagogiques. Avec les salaires des instituteurs supprimés se créaient des entreprises d'autobus et des frais de transport polluants payés par nos impôts.

Ainsi, lorsque je passais au CM1, j'attendais "Robert du car" tous les matins au fond de l'allée avec son minibus fait de bric et de broc. Mais il était si sympa qu'on en oubliait que la porte latérale était coincée par une cale en bois et que souvent la vitre côté passager tombait. Si c'était vers l'intérieur, ça allait ; côté extérieur c'était plus marrant ! Il nous menait tous les matins à l'école de Tournan à environ 4 km de chez nous où, miracle, il y avait une cantine. Une vraie, avec des produits de terroir ! Chacune de nos familles devait à tour de rôle et selon une liste, porter le carton contenant des œufs, des poulets prêts à cuire, de la saucisse ou du boudin lorsqu'on tuait le cochon, de la farine, du sucre, du sel, du lait de nos vaches, des fruits de saison, des patates et autres délices de nos fermes. Et avec cela, "Martine de la cantine" comme nous l'appelions, nous concoctait des menus qui auraient mis à genoux nos meilleures toques françaises avec leurs assiettes vides bien décorées. Malheureusement cela ne dura qu'un temps car débarquèrent les fameuses normes sanitaires européennes et les contrôleurs de la DSV (Direction des Services Vétérinaires) qui allaient nous réduire à l'austérité car les nouveaux "menus équilibrés" des diététiciens de la ville étaient complètement nuls. Selon les technocrates, en mangeant des produits de nos fermes, nous étions condamnés à mourir dans d'atroces souffrances…Pour compenser ces nouveaux menus insipides, nos parents prenaient soin le matin de nous donner des bons trucs de la maison comme du saucisson, de la saucisse sèche, des pommes que nous cachions dans nos cartables.

Nous avions Maryse, notre très dévouée institutrice de Tournan qui se retrouvait avec le double d'élèves en classe unique sans avoir mot à dire…Elle nous a bien amené jusqu'au CM2. Ensuite, nous nous détachions un peu plus de notre environnement pour aller au collège de Samatan. Cela nous obligea à nous lever une heure ou deux plus tôt pour prendre "le grand car" qui sillonnait les campagnes. Une fois adapté, je fis quand même de bonnes études jusqu'en troisième où le temps était venu de choisir sa voie. Pour moi, ce fut très simple parce que depuis mon enfance je souhaitais être Paysan. Avec mon ami Aimé, nous avons été en pension au lycée agricole de Masseube et de là, nous ne rentrions que toutes les trois semaines. Puis cette tradition s'atténua et la dernière année nous avons pu revenir à la maison toutes les fins de semaine.

— Oncle Joseph, pourquoi es-tu resté célibataire ? s'inquiéta Līva qui n'avait jamais osé poser la question.

— A cette époque, être Paysan était devenu ringard. Tous les jeunes ne rêvaient que de béton et de bitume, il leur semblait que la ville était le paradis où en dehors du travail à la chaine avilissant, il y avait des distractions. Pour moi, ce sont des futilités…C'était quoi en fait leur rêve ? Renier la vraie vie en harmonie avec la nature et participer à l'artificialisation de la société ? Car la vie en ville est contre-nature, elle est complètement artificielle. Alors, j'ai eu quelques amies dont certaines me plaisaient bien, mais lorsque nous abordions la question du mariage et que je leur disais que nous serions Paysans, pas une n'est restée… J'en parle librement devant mes parents car ils avaient bien compris ma situation. D'une part, ils étaient rassurés que je prenne leur relève sur la ferme mais d'autre part ils ont toujours été peinés de me voir seul dans la maison que j'avais construite avec amour, en espérant...

Mais rien ne se passa comme j'en rêvais. "Pas vrai Papa ?

— Oui, c'est vrai, confirma pépé Giovanni. Mais avec les jeunes générations le courant va s'inverser ! Le Cap du Bosc est entrain de revivre ! Merci Jānis d'aimer Sabaillan depuis ton enfance, d'y avoir entraîné Līva et maintenant Marija et François. Nous voyons enfin la lumière au bout du tunnel. Le Cap du Bosc est plein d'avenir ! Quant à moi, je ne vous parlerai pas de ma scolarité ce soir, je vous l'ai déjà racontée en long et en large. Allons nous coucher, il est tard. Bonne nuit à tous !

13. La santé d'oncle Joseph.

— Dring, dring. Allo ? Bonjour Jānis. Désolé de te réveiller si tôt mais je ne me sens pas très bien. La nuit a été pénible. Je viens d'appeler le médecin de Lombez, il ne pourra venir que dans l'après-midi après les rendez-vous au cabinet. Sinon, il peut me recevoir ce matin à 10h30. J'ai dit oui, n'ayant pas d'alternative à part les urgences à l'hôpital d'Auch.

— Ne t'inquiète pas oncle Joseph, je m'habille en vitesse et j'arrive dans cinq minutes.

— Que se passe-t-il ? demanda Līva dans un demi-sommeil… quelle heure est-il ?

— 5h. Mais ne t'inquiètes pas, continue de dormir, je vais jusque chez l'oncle Joseph, il est fatigué.

— Tiens-moi au courant, je m'inquiète, dit Līva. Mieux vaut ne rien dire à Pépé et Mémé tant que nous ne savons pas de quoi il s'agit.

Puis cinq minutes plus tard, chez oncle Joseph.

— Oncle Joseph, c'est moi Jānis ! Puis-je entrer dans ta chambre ?

— Entre, entre ! Je n'ai pas la force de me lever. Aide-moi à m'asseoir sur le coin du lit.

— Que t'arrive-t-il ? explique-moi.

— Difficile de t'expliquer. Je me suis réveillé un peu plus tôt que d'habitude et j'ai ressenti mon cœur emballé, de la pression dans tout le corps, des acouphènes très forts et en allumant la lampe, ma tête tournait. Tout cela s'est calmé mais je me sens très fatigué et mes jambes me lâchent.

— Le docteur a été sympa de répondre à cette heure-ci ! Il n'en reste pas beaucoup de cet acabit.

— C'est un vrai, il est de la vieille école ! Aide-moi à m'asseoir sur le fauteuil du salon et donne-moi un verre d'eau. Je me sens mieux. Je pense que d'ici quelques minutes, je pourrais aller jusqu'à la chambre m'habiller. Merci de m'avoir aidé, ça ira. Mais je ne me sens pas capable de conduire. Pourras-tu me conduire chez le médecin vers 10h ? Il faut juste 15 min pour arriver à Lombez.

— Bien entendu. Que faut-il faire d'urgent à la ferme ?

— Simplement ouvrir les trappes des poulets pour qu'ils sortent dans la prairie avant la chaleur. Ouvre aussi la porte des poules. Vérifie partout que les abreuvoirs fonctionnent. Tous les autres animaux sont autonomes dans les parcs, pas de souci.

— Ok, je vais immédiatement ouvrir les poulets et les poules, ce sera fait. Je repasserai voir tous les animaux et leurs abreuvoirs lorsque le jour sera levé.

— Merci Jānis ! C'est mieux que tu ne dises rien à la famille.

— Līva est au courant. Elle sait qu'il ne faut pas inquiéter Pépé et Mémé.

10h, Jānis revient chez oncle Joseph.
— Comment te sens-tu ?

— Il me semble que je pèse une tonne, mes jambes ont du mal à me porter. Voici la clé de la voiture. Pourras-tu m'aider à me déplacer, j'ai peur de tomber.

— Voilà, je t'installe dans la voiture et nous partons.

— Bonjour Docteur ! Merci d'avoir répondu à mon appel alors qu'il n'était pas même 5h du matin.

— Médecin de campagne, c'est une vocation ! Un sacerdoce ! Je connais tous mes patients comme ma propre famille. Si c'est pour gagner des sous avec cinq minutes par clients aux heures de bureau, alors on s'installe en ville et on vendange. Mais revenons au plus important. Que vous arrive-t-il Mr Amoretti ? Je vous prends la tension et j'écoute votre cœur.

Après explications et analyse de la situation, le médecin lui prescrivit une analyse de sang complète à faire au plus tôt pour avoir les résultats dans la soirée.

— Mr Amoretti, dès que vous recevrez les résultats, même si c'est 20h ou plus, appelez-moi. En attendant, je vous prescris ce fortifiant. Si dans la journée vous ressentez le même malaise, surtout appelez-moi ! A très bientôt !

Bien arrimé au bras de son neveu, oncle Joseph rejoint la voiture et direction le laboratoire de Samatan. Ces escaliers sont difficiles, mais Joseph se sentait en sécurité avec Jānis à ses petits soins. Au retour à la maison, il avait de plus en plus de difficultés à se mouvoir. Il s'installa sur le canapé et prit conscience de ce qui lui arrivait.

— Comment faire mon travail dans cet état, c'est impossible, s'inquiéta-t-il auprès de son neveu…

— Ne pense pas à ça, nous sommes là avec Līva. Pas de souci, nous savons ce qu'il y a à faire. Tu as ton ordinateur, occupe-toi l'esprit ailleurs, je reviens dans une heure. Oh pardon, j'oubliais que tu n'as rien mangé ce matin.

— Pas de souci. Approche-moi juste la bouteille d'eau et un verre. Je prendrai ces fortifiants avec mes médicaments habituels. Je te donne mes codes d'accès à l'appli du labo. Tu surveilleras les résultats.

— Le docteur a dit que ce serait dans la soirée.

— Oui, j'ai bien entendu, mais je te les donne tant que j'y pense. Tu peux dire à mes parents ce qu'il en est. C'est juste de la fatigue, j'en fais peut-être trop ? J'ai la soixantaine, il va falloir que je ralentisse un peu…Je crois que ce traitement interminable pour le cancer m'affaiblit de plus en plus. Il faut que je tienne encore un an dans cette galère…

— Oui, mon oncle, il faut que tu penses à réduire ton travail, à le simplifier. Réfléchis-y. Je reviens dans une heure avec Līva, elle te préparera le repas de midi.

Mais la famille n'attendit pas une heure pour vite aller chez Joseph. Jānis, sur les conseils de mémé Louisette, isola les bébés. "Il ne faudrait pas que ce soit un virus ?"Tout le monde prit soin du malade bien qu'il se défende d'être malade, le docteur ne lui ayant prescrit que des fortifiants.

— Ce sont juste mes jambes qui sont fatiguées. Un jour de repos et ça ira !

Et vers 18h, Jānis ouvrit l'application et constata plusieurs anomalies dans les résultats. Il appela le médecin qui, lui aussi, était justement entrain de les éplucher.

— Monsieur Ozols, le mieux est d'envoyer votre oncle en observation en milieu hospitalier. Ses résultats d'analyse sont très moyens…

— A l'hôpital de Lombez ?

— Je vous comprends bien mais il vaudrait mieux un centre hospitalier avec IRM ou au moins un scanner. Vous avez Auch, Purpan ou Rangueil. A moins que vous souhaitiez le privé ?

— Non, non, pas forcément le privé. Je sais bien que le modernisme voudrait tout privatiser, non pas pour améliorer les soins mais surtout pour améliorer les dividendes des spéculateurs.

— Bravo, Mr Ozols, je vois bien que nous sommes sur la même longueur d'onde… Malheureusement ce système prend des proportions qui seront vite incontournables.

— A moins que…Mais pensons à mon oncle. Auch, ça irait ?

— Bien sûr ! Il y a des professeurs de grande qualité !

— Comment faire ? Je l'y conduis ou faut-il une ambulance ? Il y a aussi les pompiers de Simorre ? Mais si c'est possible, je le conduirais moi-même ?

— Oui, c'est possible, il n'a rien qui risquerait durant le transport. Vous savez où sont les urgences à l'hôpital d'Auch, à l'arrière du bâtiment.

— Je connais, pas de souci. Merci pour tout docteur, je vous tiendrai au courant. Donc, les bébés n'ont rien à craindre, ce n'est pas un virus… ?

— Non, pas de virus. Attendez, je dis une bêtise. Ne passez pas par les urgences, allez directement avec lui au bureau des entrées en vous munissant d'une pièce d'identité, de la carte vitale et de l'ordonnance que je vous envoie par mèl. Je préviens le service.

Bien entendu la famille était choquée de la décision du médecin mais Jānis essaya du mieux qu'il put de les rassurer.

— Voyez oncle Joseph ? C'est lui qui est concerné et c'est le seul qui est presque enthousiaste de partir en observation pour comprendre ce qu'il se passe dans ses jambes. Son seul souci est de laisser ses animaux. Ne t'inquiète pas mon oncle ! Même si nous devons repartir avec quelques jours de retard en Lettonie, tes animaux seront bien soignés !

— Donc tu penses que mon immobilisation durera plus de quinze jours, puisque nous sommes le 31 juillet.

— Je n'en sais rien, mais nous sommes là, tu peux dormir sur tes deux oreilles. Tu es prêt ? En route pour Auch ?

— Comme je me doutais de la suite, je suis prêt. Par contre soutiens-moi jusqu'à la voiture.

Malheureusement, trois jours plus tard, oncle Joseph rentra à Sabaillan en fauteuil roulant. L'état de ses jambes s'était empiré, ne lui permettant pas de remarcher pour le moment. Beaucoup de fatigue accumulée due au traitement du cancer qu'il ne faut surtout pas arrêter…Voilà une situation qui s'est tout à coup compliquée au Cap du Bosc. Pépé et Mémé sont effondrés, tout semble s'écrouler…

Jānis et Līva réfléchissent depuis plusieurs jours en essayant de rassurer les grands-parents. Ils passent leurs journées entre la ferme et la maison d'oncle Joseph. Puis vint une grande décision en concertation avec Son Excellence l'Ambassadeur de France en Lettonie.

— Monsieur Ozols, nous avons réfléchi à votre proposition. Certes cela demande une réorganisation très rapide de l'organigramme de l'Institut Français dont vous êtes directeur. Toutefois, j'accepte votre demande urgente de prendre une année sabbatique pour raison familiale. Vous qui connaissez bien votre Institut, qui pensez-vous être à la hauteur pour vous remplacer durant cette longue absence ?

— Tout d'abord, Votre Excellence, permettez-moi de vous remercier. Vous me connaissez bien. J'aime mon travail à l'Institut mais la famille est très importante pour moi, c'est mon refuge. Alors cette décision est difficile pour moi, ce n'est pas de gaité de cœur que je la prends. Grand merci d'avoir accepté.

— Je vous ai en haute estime Mr Ozols, mais vous n'avez pas répondu à ma question : Quelle serait la personne la plus compétente pour vous remplacer ? Vous seul pouvez me répondre.

— Sans hésiter, Madame Inta Pļaviņa ! J'apprécie depuis plusieurs années ses compétences, sa motivation et son sens des responsabilités. Elle connaît par cœur tous les dossiers. Votre Excellence, vous pouvez lui faire confiance, je suis certain de ne pas me tromper.

— Vous connaissant, je vous suis. Donc, dès demain matin, je la convoque dans mon bureau en espérant qu'elle acceptera, sinon cela compliquera les choses.

— Je suis certain qu'elle acceptera !

— Après la rencontre, je vous rappelle pour vous dire ce qu'il en est. Sa première tâche sera de traiter votre demande de congé sabbatique. Au revoir Mr Ozols.

Revenant vers la famille réunie autour d'oncle Joseph sur son fauteuil roulant, en concertation avec Līva, Jānis annonça :

— Que personne de la famille ne s'inquiète, nous ne repartons pas en Lettonie, nous restons un an au Cap du Bosc !

— Jānis, et ton travail ? s'alarma grand-père

— Pas de soucis, répondit Līva, nous avons décidé ensemble cette solution pour ne pas vous laisser seuls. Tout est entrain de s'organiser à l'Institut en concertation avec notre Ambassadeur.

— Merci à vous deux. Vous êtes des êtres exceptionnels ! Pour nous c'est un soulagement car depuis que Joseph a été hospitalisé, nous paniquions comment gérer la ferme après votre départ.

Mémé Louisette remercia encore et encore. Puis, elle sortit son mouchoir brodé de la manche et éclata en sanglot.

— Jānis, dit oncle Joseph. Bien sûr ma santé n'est pas réjouissante mais le fait de cette annonce m'apaise. Et je vais vous dire un truc : Il y a longtemps que je rêvais que vous restiez au Cap du Bosc tous les quatre ! Et ce sont mes jambes qui ont trouvé la solution !

— Pépé plus inquiet : Oui mais ton salaire Jānis ? Tu as aussi ta famille ! Allez-vous pouvoir tenir un an comme ça ?

— Malgré le fait d'avoir financé la maison Zēmites, il nous reste encore de quoi tenir quelques temps, sans faire de folies, bien entendu. Mais ce n'est pas du tout notre genre.

— J'ai quelques petites économies, ajouta oncle Joseph. Ensemble nous y arriverons ! Surtout pas de souci de ce côté-là !

— Déjà, pour la nourriture, pas de soucis, ajouta Mémé, les yeux rougis mais à nouveau souriante. Au Cap du Bosc nous avons tout ce qu'il faut ! viandes, œufs, légumes et fruits bios ! Et une nounou pour les enfants ! je suis heureuse, je les verrai grandir.

— Revenons au sujet d'oncle Joseph qui est quand même le plus important ! dit Līva

— Ah, quelqu'un s'intéresse enfin à moi ! dit Joseph en souriant. Même si la solution a été trouvée pour la ferme, il y a aussi mon autonomie…

— Mais nous ne t'avons pas oublié et ne t'inquiètes pas, nous te soignerons ici, chez toi. Pas question d'hôpital ni d'assistance extérieure ! dit Līva. Et puis tu es un Paysan costaud ! Tu seras vite remis !

— Lorsque j'ai fait le plan de ma maison de plein pied, j'avais prévu des portes assez larges, trois chambres plus le bureau qui peut sans modification se transformer en quatrième chambre. Je ne sais pas ce que vous déciderez, mais si vous souhaitez habiter ici, ce sera avec plaisir. Et de toute façon vous êtes officiellement ici chez vous !

— Merci pour cette idée, il faut réfléchir à tout, car Mémé et Pépé seraient aussi heureux que nous soyons avec eux, dit Līva

— J'ai la solution, dit Jānis, nous allons nous couper en deux ! En attendant la meilleure décision qui conviendra à tous, je dormirai quand même chez oncle Joseph, il ne doit pas rester seul en cas de chute.

Le lendemain matin dès 9h, soit 10h en Lettonie, l'Ambassadeur lui-même rappela Jānis.

— Mr Ozols, nous avons de la chance ! Mme Pļaviņa s'est d'abord inquiétée de votre problème puis elle accepta votre poste de directeur. Je pense que le mieux sera de l'installer dans votre bureau pour être auprès de votre secrétaire de direction.

— J'appellerai Mme Inta Pļaviņa pour la remercier. Je lui expliquerai les dossiers qui m'attendaient à mon retour et aussi la rassurer si toutefois elle avait des hésitations. Roza, ma secrétaire de direction est une personne très professionnelle et je serai toujours joignable pour répondre, soit au téléphone si c'est urgent, soit par mèl s'il y a lieu.

— Je savais que vous étiez un de ces hommes qu'on dit irremplaçable, Mr Ozols ! En vous nommant directeur, j'avais déjà compris cela !

— Votre Excellence, n'en rajoutez pas ! Des gens irremplaçables, il y en a plein les cimetières, comme on dit en Occitanie !

— Et un souci de moins ! s'écria joyeusement Jānis. Reste à trouver les solutions pour aider oncle Joseph dans sa vie de tous les jours et dans sa ferme. Nous allons y réfléchir ! Il est important que tout soit clair !

— Ah, au fait ! j'ai regardé dans le dossier de l'hôpital, il y a des ordonnances dont une pour des séances de kiné.

— Tu connais des kinés dans la région ? Il paraît qu'ils sont surbookés autant que les autres professions médicales.

— Oui, il est difficile depuis quelques temps d'avoir accès aux soins…, il y a deux possibilités : Soit je contacte le jeune de Simorre, soit il y a la solution de m'hospitaliser en rééducation à Lombez. A vous de voir ce qui vous arrange le mieux. Moi, bien sûr, je préférerais rester à la maison mais si je me faisais hospitaliser, ce seraient des séances journalières soutenues qui me remettront plus rapidement debout. Est-ce que vous vous sentez capables de prendre en main la ferme ? En ce moment c'est un peu calme, les foins et les récoltes sont terminées, les moutons n'ont besoin de rien, juste de l'eau et les changer de parc tous les quinze jours. Les poulets ? Oui, dans une semaine un lot sera prêt, ce sera du boulot pour les attraper et ensuite nettoyer le bâtiment. Le jardin vous connaissez, les poules pondeuses sont dans les prés, juste ramasser les œufs en début d'après-midi et les enfermer au poulailler le soir à cause du renard, bien que Tartine veille. Elles rentrent seules la nuit tombante, juste pousser la porte. Quant aux cochons noirs, ils ont quatre hectares de prairies à leur disposition. Le principal pour tous les animaux, c'est qu'ils ne manquent pas d'eau. Avec ces chaleurs estivales, c'est primordial.

— Pour attraper les 2000 poulets, on sait faire ! dit Līva. Et même on est efficaces nous a dit le chauffeur du camion la dernière fois. Nous demanderons un coup de main à nos voisins Pierre et Paul. Alors tu ne dois avoir aucun souci, juste penser à toi ! Décide pour les séances de kiné.

— Bien. Merci à tous. Je demanderai demain matin au Docteur de Lombez quelle est la meilleure solution pour les séances de kiné. Au fait Jānis, tu te souviens que tu dois m'amener chez lui demain à 9h ?

— C'était déjà noté dans mon agenda ! Nous allons tous dîner chez toi ce soir. Mémé apporte les légumes du jardin. Līva termine la tétée. Pépé Giovanni est allé fermer les trappes des bâtiments des poulets et la porte des poules, il est déjà tard.

— Je me sens bien entouré. Juste mes jambes qui ne veulent pas jouer le jeu…Ah, au fait, oncle Santin de Paris m'a téléphoné, papa l'a averti de mon état de santé et il s'est invité à partir du 15 août mais n'a pas donné sa date de départ comme d'habitude. Il faudra voir comment nous nous organiserons.

Jānis passa donc la nuit (blanche) chez oncle Joseph. Cela lui permit de réfléchir à cette nouvelle donne et à l'organisation du Cap du Bosc qui en découlerait. Au petit matin, dès que l'oncle fut installé sur son fauteuil roulant devant son petit déjeuner, il fit le tour des élevages et rejoint la maison-mère. Pépé et Mémé étaient déjà debout. Il s'assit avec eux à la table de la cuisine.

— Cette nuit, avec Līva de temps en temps au téléphone, nous avons réfléchi à tout cela et voici ce que nous avons pensé…Si vous n'y voyez pas d'inconvénient bien entendu, car ce n'est qu'une proposition :

- Oncle Joseph pourrait, s'il en est toujours d'accord, faire sa rééducation à l'hôpital de Lombez. En principe elle dure une mois.

-   Nous, avec les enfants, nous nous installerions chez lui et en même temps, préparerions son retour.

-   Oncle Santin arrive dans une dizaine de jours, il pourra loger chez vous dans sa chambre habituelle. Vous ne serez pas seuls.

— Hier soir ta maman Nicole nous a appelés depuis la Lettonie. Ils essaieront de venir d'ici un mois ou deux. Elle avait la même idée que toi pour cette organisation. Alors je m'en remets à vous, dit Mémé Louisette.

— Moi, je n'y vois aucun inconvénient, dit Pépé Giovanni. Mais de la façon inhabituelle dont mon frère Santin s'est invité, je comprends qu'il y a quelque chose de nouveau qui se prépare. Chaque fois qu'il vient passer quelques jours ici, avec précision il nous annonce les jours et horaires d'arrivée et de départ, mais cette fois-ci, il n'a pas parlé de départ ? Je n'ai pas osé lui demander plus de détails, il est le bienvenu chez nous. Que doit-on en conclure ? En effet, plusieurs fois nous lui avions dit que s'il ne se sentait plus en sécurité à Paris, il y avait de la place chez nous…

— Nous serions heureux de l'accueillir chez nous, ajouta Mémé, bien que pour le moment ce ne soient que des hypothèses. Ce qui me chagrine un peu dans ton plan, Jānis, c'est que les bébés ne seront plus ici ?

— Ne t'inquiète pas Mémé ! Puisque nous restons au Cap du Bosc au moins pour un an, tu auras très souvent la garde des jumeaux car Līva souhaite travailler avec moi sur la ferme.

— Faites comme bon vous semble, dit Pépé Giovanni. De toute façon la maison de Joseph n'est qu'à 150 mètres de chez nous !

Et le projet convint à toute la famille. Le médecin retint une chambre hospitalière à Lombez. Elle se libérera la semaine prochaine. Līva et Jānis organisèrent deux chambres chez oncle Joseph mais tant qu'il faut donner la tétée la nuit, une seule suffira. Ils ne déménageront qu'au 12 août lorsque l'oncle sera hospitalisé. En attendant, Jānis seul continuera à dormir là pour veiller sur oncle Joseph.

Dans l'après-midi, le médecin de Lombez appela Jānis :

— Mr Ozols, je voudrais vous parler franchement au sujet de la santé de votre oncle… En fait, c'est son cancer qui a récidivé mais je crains qu'il soit trop avancé…L'oncologue pense qu'il faudra envisager la chimio à forte dose, c'est probablement le dernier recours, mais il doit être d'accord…Nous allons quand même l'hospitaliser en rééducation à Lombez mardi prochain.

— Docteur, vous pensez qu'il n'y a pas d'espoir ?

— Tant qu'il y a la vie, il y a de l'espoir ! Ce que je crains, c'est que le traitement actuel, qui le fatigue déjà beaucoup, plus la chimiothérapie… Il lui faut un cœur solide. Vous me comprenez, Mr Ozols… ?

— D'autant plus qu'il a déjà eu des alertes cardiaques dues à l'hormonothérapie. Il prend des médicaments pour cela.

— C'est pour cette raison que je suis inquiet. Je vais appeler l'oncologue et le cardiologue qui le suivent, pour avoir leur avis. Mais probablement qu'il faudra les rencontrer à nouveau. En tous cas, en attendant, une place est réservée en rééducation au CHI de Lombez. (Centre Hospitalier Intercommunal de Lombez-Samatan)

Dans l'après-midi, Jānis crut bon d'en informer toute la famille, sauf oncle Joseph. Était-ce une bonne idée ? Comme on s'en doutait Pépé et surtout Mémé accusèrent le coup. "Ce n'est pas possible ? Le Docteur a sans doute exagéré ?". Comment faut-il en parler à Joseph ?

Le nouveau rendez-vous chez le docteur est prévu ce matin à 10h. Il doit informer oncle Joseph, ce n'est pas à la famille de le faire. Jānis le conduit.

— Mr Amoretti, suite à tous les examens que vous avez subis à Auch, il a été décelé une récidive de votre cancer. J'ai pris un rendez-vous pour vous chez mon confrère qui vous avait opéré. Il vous indiquera la marche à suivre. Il a trouvé une date car il faut agir vite. Ce sera ce vendredi prochain à 14h30.

— Alors l'hospitalisation à Lombez mardi prochain n'est plus d'actualité ?

— Si,si ! Nous avons eu de la chance qu'une place se libère rapidement, ne la laissez pas passer ! Vous allez voir, ce sera efficace pour vos jambes. Il y a des cadres, des infirmières, des aides soignantes dévouées, une bonne équipe de kinésithérapeutes et parmi les patients, je suis certain qu'il y aura des personnes que vous connaissez, ils sont tous du coin.

— Et pour vendredi, dit Jānis. Dois-je l'amener à Toulouse-Rangueil ?

— Non, non, puisqu'il sera déjà hospitalisé, c'est Lombez qui organisera le transport en ambulance. Ne vous inquiétez pas.

Et donc, comme l'avait laissé penser le médecin de famille, au vu des résultats, une chimiothérapie a été prescrite mais oncle Joseph pourra la subir à Lombez en continuant sa rééducation, selon ses désirs.

— A Lombez, dit-il, même si c'est un hôpital, il est à dimension humaine, on se sent chez nous ! Les grands hôpitaux, c'est l'anonymat des grands ensembles, le moral est aussi important que le traitement ! Et puis, c'est comme les gros élevages, la concentration augmente les risques épidémiologiques. Vive les petits hôpitaux de proximité ! Et les petits élevages, rajouta-t-il en faisant un clin d'œil.

— J'entends là le raisonnement sensé d'un Paysan qui comprend la vie ! acquiesça le Docteur de famille.

Au retour à Sabaillan, toute la famille angoissée n'attendit pas que Joseph soit descendu de la voiture, c'est lui qui rassura tout le monde :

— Ne faites pas cette tête-là ! J'en ai vu d'autres ! Līva et Janis ont bien pris en main la ferme, c'est le principal, je suis vraiment soulagé.

— Oui, mais ta santé ? s'alarma Mémé Louisette qui attendait le résultat de la visite médicale.

— Je rentre mardi à l'hôpital de Lombez et je commence la chimio vendredi ou samedi après la visite à Rangueil. J'ai demandé à rester à Lombez, alors tout va bien ! En même temps que la musculation de mes jambes, je soignerai ce diable de crabe qui est revenu s'installer dans mon corps. On aura sa peau, pas de souci !

14.   Réunion du bureau ARPEGES.

— Elise, nous souhaitons t'inviter avec Pierre et Paul pour dîner demain soir. On a également averti Annie de Montadet. Nous nous réunirons au Cap du Bosc à cause de nos bébés, ainsi Līva pourra participer sans être obligée de faire veiller nos grands-parents. Ensemble nous essaierons de préparer la deuxième rencontre du Conseil d'Administration de samedi. Pour le moment il n'y a pas de mèls de désistement. Serons-nous les trente inscrits ? Ah, au fait… Nous habitons maintenant chez oncle Joseph. Nous sommes bien installés.

— D'accord, nous viendrons demain soir vers 20h après les soins aux animaux. J'amènerai le dessert, confirma Elise

Le dîner du 8 Août :

— Bienvenus Elise, Annie, Pierre et Paul ! dit Jānis. Ce sera un dîner débat en plein air, il fait si bon ce soir en terrasse. Dans une atmosphère détendue, nous préparerons la grande réunion de samedi à Montadet. Jérémy, notre secrétaire, n'a pas pu venir ; c'est vrai qu'il a 50 km à faire. Il s'excuse mais sera là samedi. Au téléphone il m'a dit que leur projet de partage de sa ferme avait bien avancé, il nous racontera ça. Vous savez tous que nous restons à Sabaillan pour un an !

— Oui, Līva m'avait téléphoné, répondit Elise. Tout le village est au courant et nous sommes très heureux de la bonne nouvelle ! On sera plus efficaces pour notre projet ! Et puis mon amie Līva ne sera pas à 3000 km ! Oh pardon, je pense aussi à votre oncle Joseph qui est encore hospitalisé à Lombez, comment va-t-il ?

— En fait, le traitement porte rapidement ses fruits. L'oncologue est étonné de la régression rapide de son cancer mais il est quand même très fatigué. Malheureusement, pas encore d'espoir pour ses jambes. Les séances de kiné s'avèrent inefficaces mais il s'acharne à vouloir continuer. Lorsqu'il sortira, il veut que nous l'amenions à Lourdes.

— Comment vont les jumeaux sabaillanais ?

— Très bien, ils sont déjà couchés, ils étaient un peu grognons, les gencives sans doute ? Et toi, ton petit ventre ?

— Tout va très bien ! Nous sommes heureux !

— Bien, dit Jānis. Merci Paul pour les magrets et les fritons de canards. Le fraisier d'Elise reste au frigo jusqu'au dernier moment. Le barbecue est en route. Entrons dans le vif du sujet pendant l'apéro.

— Désolée, dit Annie. Je suis venue les mains dans les poches, je ne savais pas qu'à Sabaillan on se réunissait autour d'un barbecue ! C'est une bonne idée que je transmettrai aux associations de Montadet !

— C'est une très bonne idée Annie ! dit Jānis. Démocratisons notre savoir-vivre gascon ! Bon, commençons ! Cet été, avez-vous pu consulter la messagerie d'ARPEGES ? C'est phénoménal les idées et aussi les projets qui se réfléchissent et même se construisent dans la région. J'en ai listé quelques-uns. Jérémy a aussi relevé des messages du Paraguay. Ils attendent des nouvelles de la réunion prochaine en espérant que leur journaliste espagnol sera là. Nous, pour le moment, nous avons déjà beaucoup à faire avec l'Occitanie ! Mieux vaut ne pas trop s'éparpiller, sinon la Lettonie est aussi très intéressée.

Pendant que les hommes et Annie discutaient en terrasse, Līva et Elise préparaient les salades en cuisine.

— Excuse-moi Elise, nous étions tellement occupés et tracassés par tous ces changements si rapides. Qu'en est-il du fantôme de ton papa ?

— Eh bien, il continue presque chaque jour. Petit à petit nous améliorons la communication. Tu avais raison, son âme est restée à Sabaillan pour assister à la mise en place de ses idées. Comme toi, il avait insisté pour ne pas immédiatement être transporté dans le Cosmos.

— As-tu parlé de sa présence à Pierre et à ta maman ?

— Je vais être obligée de leur dire. Je m'inquiète de leur réaction. Pour le moment, ils me trouvent très bizarre. Ils n'osent pas s'approcher du banc lorsque je suis avec papa. Me voyant parler seule, ils se demandent si je n'ai pas des problèmes psychologiques dus à ma grossesse. Mais lorsqu'ils sauront, ils ne me croiront pas, est-ce que ce sera mieux ?

— Je ne sais pas comment t'aider mais je vais y réfléchir. Comme ils connaissent mon histoire, peut-être serait-ce bien que je sois avec toi lorsque tu leur annonceras ? Il faudrait que je sois à la Bourdette au moment où il sera là.

— C'est facile, il est là tous les matins à 11h. Quelquefois j'ai loupé des rendez-vous lorsque j'étais loin de la maison mais je pense qu'il le comprend, qu'il voit tout, qu'il sait tout.

— Les salades sont prêtes, rejoignons nos hommes et Annie en terrasse. On dit que les femmes papotent mais je constate que le barbecue géré par les hommes est pratiquement éteint !

— Ok, Līva, tu as raison mais nous parlions de la réunion du 10. Nous allons vous soumettre nos idées.

— Bien, alors Elise, asseyons-nous et écoutons, dit Līva.

— Nous étions en train de penser que pour cette réunion, il serait bon de laisser la parole à la salle. En lisant les mèls des uns et des autres, nous constatons que plusieurs projets avancent autant chez les citadins que chez les ruraux. Il serait bon que les intéressés nous les fassent partager. Cela pourrait stimuler ceux qui sont encore en recherche.

— Au fait, ajouta Elise. Je ne vous ai pas dit, la télé FR3 m'a contactée hier, suite aux articles de presse annonçant notre réunion du 10 à Montadet. Qu'en pensez-vous ?

— C'est bien qu'ils aient prévenu à l'avance bien que pour l'Assemblée Générale en décembre cela aurait été plus opportun, dit Paul. Elise, tu es notre présidente, il faudrait préparer ce que tu as à dire pour ne pas être prise au dépourvu.

— Ok, mais il faudra m'aider à préparer les grandes lignes. A ce stade, que pouvons-nous faire partager ?

— Tout ! Nous pouvons tout faire partager, dit Paul. Premièrement, le contexte de notre société, pour ceux qui n'auraient pas encore compris ce qu'il se passe. Et aussi comment, avec ARPEGES, nous imaginons un avenir réaliste et optimiste. Tenons-nous en à un projet de territoire. Nous ne sommes pas des élus et décideurs politiques, au contraire, nous avons besoin d'eux pour soutenir et accompagner les projets qui découleront des gens de terrain. Relançons dès maintenant des invitations personnalisées pour le 10 à tous les élus de notre territoire, à nos maires dans un périmètre raisonnable. Peu ont répondu. Jérémy est notre secrétaire. Je l'avais invité ce soir pour qu'il participe en Visio mais il a l'air surbooké en ce moment, il faut que nous l'aidions pour ces rappels, c'est assez urgent car la réunion est dans quelques jours !

— Du moment que nous restons en Occitanie pour un an, Līva et moi, nous pourrons nous libérer plus facilement pour participer activement. J'ai contacté François qui essaiera d'être là le 10 pour nous expliquer son concept de diagnostic-prospective de territoire. Contactons aussi, en plus de Maïa et sa Dépêche, les autres journaux et radios locales : Sud-Ouest, Le Journal du Gers, Le Petit Journal, Le Petit Bleu, La République des Pyrénées, La Gazette Ariégeoise, Radio Coteaux, France Bleue, Sud Radio, Toulouse FM, etc. Regardons les listes sur internet, il y en a tellement ! ...

— Moi, dit Annie, je voudrais vous faire part de notre organisation à Montadet. C'est notre maire avec tout le conseil municipal qui accueillera notre groupe soit à la salle des fêtes, soit à l'ombre du grand chêne en fonction de la météo. Puis, après la réunion, nous installerons les tables et vous pourrez goûter à nos spécialités locales qui seront fournies par nos agriculteurs et chasseurs locaux. Plusieurs sont vraiment intéressés par nos utopies, comme disent certains. Ils souhaiteraient se joindre aux festivités. Pensez-vous que nous pourrons les faire participer ou bien nous resterons entre membres de l'asso ?

— Annie, répondit Elise, nous avons dit que plus nous communiquerons, plus nous serons compris ! Dans la première heure, mieux vaut rester entre-nous mais pour le repas nous pourrons être nombreux! A toi de gérer l'intendance.

— Très bien, le comité des fêtes et l'association des chasseurs de Montadet ont proposé de s'occuper du repas. Je pense que des grillades de sanglier sont prévues ! Et bien entendu des salades bios de nos maraichers !

15. Et oncle Joseph ?

Il sort de l'hôpital de Lombez, 1 chemin des religieuses, demain en début d'après-midi, après la visite du Docteur de famille. Le moral étant aussi important que le traitement, comme St Michel l'Archange, de sa lance, oncle Joseph eut raison du dragon. Par contre, ce fut une très grande fatigue durant tout le traitement. Malheureusement au niveau des jambes… le fauteuil roulant s'avère nécessaire, il n'y a aucune amélioration à attendre sinon un miracle, ont dit les spécialistes. Qu'à cela ne tienne, l'homme ne se laissera pas abattre, Lourdes n'est pas loin !

— Le Docteur m'a donné un lien pour accéder à un site de matériel médical et j'ai vu un fauteuil roulant électrique avec des roues assez grandes pour circuler librement dans la ferme. Alors, tout va bien !

— Ne te soucie pas du travail physique, tu dois être juste notre guide, répondit Līva. Ton idée de fauteuil électrique est géniale ! Garde ta fonction de comptable et surtout "l'œil du maître" que nous n'avons pas encore par manque d'expérience. Nous aurons souvent besoin de tes conseils, n'hésite pas à nous expliquer. Pour le reste, on s'en occupe, vis à ton rythme ! Jānis va automatiser la distribution de la nourriture chez les poulets, c'était pour nous le point le plus pénible physiquement.

Dans l'après-midi à l'hôpital de Lombez, 1 Chemin des Religieuses :

— Bonjour Louis ! dit Joseph, quel plaisir d'avoir la visite de notre maire ! Comment vas-tu ?

— C'est à toi qu'il faut le demander. Que t'ont-ils fait pour que tu te retrouves encore sur ce fauteuil roulant ?

— Que du bien ! je sors demain après-midi, c'est bon signe ! Le principal, c'est d'avoir vaincu cette saleté de maladie ! De temps en temps, lorsque j'ai le moral en berne… ça arrive… je repense à Aimé et je me dis que peut-être j'irais le rejoindre bientôt pour un repos éternel ! Mais j'ai une sensation bizarre, il me semble qu'il est toujours là ? Ce n'est pas possible qu'il se soit éloigné de Sabaillan. Tout ce qui se passe avec les jeunes, c'était exactement son plan. Nos jeunes relancent notre association des années 90 en y incluant des citadins ! Qu'espérer de mieux pour notre société ?

— Oui, je sais bien qu'il est difficile de ne pas penser à Aimé. Et je suis moi aussi heureux que tes jeunes aient déclenché tout ce mouvement ARPEGES. Elise, sa fille, est formidable, c'est une meneuse d'hommes. C'est ce caractère qui manquait à son père ! Et je suis fier de Paul, mon fils, qui ne vit que pour ce projet. Du coup, je viens à l'instant de la Poste de Lombez au Prat Bézio où j'ai envoyé mon dossier d'inscription à l'organisme certificateur ECOCERT à l'Isle Jourdain. Paul et Céline me poussaient à mettre nos terres en bio depuis longtemps et là, ils ont gagné ! Dans trois ans, lorsque Paul arrivera diplômé sur la ferme, nous aurons passé le cap de la période de conversion en bio et nous pourrons commercialiser avec ce label. Mais revenons à ta santé…

— Bravo pour ta décision ! Sais-tu ce qu'a fait Jānis en voyant mon état ? Il a pris une année sabbatique à l'Ambassade et donc tous les quatre restent à Sabaillan. Līva est aussi motivée que lui pour mener la ferme. Je les guiderai un peu en attendant que mes jambes me portent à nouveau.

— Nous n'avions pas eu l'occasion de nous revoir depuis cette décision mais je savais, ils en avaient parlé à Paul avant de l'annoncer officiellement. Tu as des neveux extraordinaires au sens propre du terme ! Et le fait qu'ils restent à Sabaillan, pour le projet ce ne sera que mieux ! Tout ira plus vite en étant ici en équipe. Je te quitte, il y a réunion du conseil ce soir.

— Donne-leur le bonjour à tous et dis-leur que tout va bien pour l'adjoint au maire, je vais rentrer très bientôt à Sabaillan !

16. L'Histoire du Cap du Bosc
Photo en couverture sur le Tome III

Il est tôt ce matin. Līva et Jānis ont leurs tenues paysannes et se dirigent vers la ferme.

— Que pouvons-nous faire d'utile Oncle Joseph ? Nous ne voulons rien oublier de nos responsabilités sur la ferme !

— Bon, puisque vous insistez, je vais vous trouver une occupation. Je vois que vous maîtrisez bien les élevages, je reviens après quelques semaines d'absence et tout est parfait ! Passons au travail du sol…

— Très bien. Explique-nous.

— Après l'orage que nous avons eu il y a trois jours, je vois que la terre sèche très vite avec cette chaleur, alors Jānis, si tu t'en sens capable, tu pourrais déchaumer toutes les parcelles qui étaient en céréales.

147

Mais que cela ne te stresse pas. Sinon, nous demanderons à l'un de nos voisins de venir t'aider. J'attendais que les mauvaises graines soient juste germées. Avec l'humidité de cette dernière pluie, c'est impeccable. Avec cet outil léger, tu pourrais remuer la surface pour mélanger le chaume au sol. Dans quelques semaines ce sera l'automne, tu feras de même et tu pourras ensuite semer le mélange de légumineuses-graminées qui sert dans la rotation culturale. Le sol sera propre sans besoin d'utiliser quelques produits chimiques qui sont interdits en bio. Tout le monde y gagne pour sa santé ! Le Paysan qui n'en prend pas plein les naseaux, la terre qui n'emmagasine pas de poisons, l'eau pure excédante qui va dans la nappe phréatique ou à la rivière jusqu'au robinet. Sans oublier ceux qui vont consommer nos poulets et nos agneaux nourris avec nos céréales !

— Très bien mon oncle ! Tu sais bien que je me débrouille avec le tracteur, je me sens tout à fait capable de faire ces travaux.

— Les semences sont déjà prêtes dans ces sacs, dit oncle Joseph. J'avais déjà trié et préparé le mélange après la moisson. Mais rien ne presse avant octobre sauf le champ de la Croix et celui du village qui sont en paguère. S'il pleut beaucoup, tu auras ensuite des difficultés, le sol exposé au Nord ne se ressuie pas vite et risque de rester humide et impraticable jusqu'au printemps. Ne soulève pas de poids, c'est le problème des Paysans. Il vaut mieux pour ton dos de fonctionnaire (Ha ! Ha ! Ha !) que tu prennes deux seaux pour remplir le semoir, ce sera moins lourd qu'un sac entier ! Et toi, Līva, prends soin de toi, pas d'imprudence non plus, occupe-toi simplement du jardin et des volailles. Merci pour votre aide ! Au fait, ce soir nous sommes invités à dîner chez vos grands-parents ! Maman Louisette adore faire des petits plats lorsqu'elle a ses petits-enfants à la maison, alors je veux aussi en profiter !

Et à l'heure du dîner, la nappe fleurie et tout ce qui va avec, nous attendait sur la terrasse où le gros frêne projetait encore son ombre. Le soleil bas sur les Pyrénées béarnaises est encore chaud. Ce soir, les bouteilles d'apéro seront sans succès, tout le monde a la fringale en humant le parfum des côtelettes d'agneau de notre ferme. Elles embaument tout l'environnement de la maison.

Jānis durant le repas lança un nouveau débat :

— Il y a trente ans que je passe mes étés au Cap du Bosc et je ne connais pratiquement rien de l'histoire de cette bâtisse extraordinaire construite sur un point culminant de la région à 300 m d'altitude, face aux Pyrénées.

— Demande à ton grand-père ! dit Mémé. Bien que je sois née dans cette maison, lui le gendre de ses maîtres de stage, en sait cent fois plus que moi sur le sujet !

— Oui, tu as raison Louisette, dès le premier jour où je suis arrivé ici avec ma vieille Vespa, je n'avais pas dix-huit ans. J'ai été autant fasciné par cette bâtisse que par la fille des propriétaires qui m'accueillit ! Tout d'abord le nom de notre maison provient de la langue occitane avec une des variantes gasconnes. Il se prononce "Lé Cap dou Bosc" qui signifie "Le Bout du

Bois". Effectivement notre maison se situe en haut du bois de Sabaillan. Mais c'est surtout mon frère Santin qui m'a fait partager sa passion pour l'histoire de notre maison-mère. Toute sa vie, il l'a passée dans un cabinet d'architecture et lorsqu'il prit sa retraite, il proposa de m'aider à remonter le temps pour en connaître l'origine. Il la trouvait si exceptionnelle qu'il s'est même informé chez un de ses anciens collègues qui s'occupe des monuments historiques. Il doit passer la voir.

Pour reconstituer l'historique, mon frère alla rechercher dans les archives départementales du Gers et y passa des journées entières. Il put remonter ainsi jusqu'à 1770 ! Pas mal quand même ! La famille de Louisette dans la Drôme a fait mieux puisqu'ils ont pu remonter jusqu'à 1615 !

Et nous avons constitué un gros dossier historique qui va très bientôt devenir un livre ! Mais quand je dis "nous", j'exagère, c'est Santin qui a tout fait. Moi j'ai été simplement l'élément déclencheur en rassemblant des on-dit que je tenais des anciens du village avec quelques noms de nos prédécesseurs, pas forcément dans la bonne chronologie. Une date est gravée sur une pierre au-dessus d'un œil de bœuf du pignon Est : 1858. Mais cette date s'est avérée postérieure aux premières constructions dont nous avions retrouvé les traces. Les premiers bâtiments qui existaient déjà en 1777, n'avaient pas été aussi cossus mais ils étaient quand même beaux.

— Pépé, pardonne-moi de t'interrompre. Je voulais juste dire que 1777, c'était un an avant ma naissance !

— Ce qui ne nous rajeunit pas ! répartit avec humour Pépé Giovanni. Bon, je continue. La bâtisse en colombages s'ouvrait en U au soleil levant, surmontée d'un pigeonnier central où la circulation se faisait au-dessous, un peu comme les portes d'entrée des villes médiévales fortifiées. C'était un corps de ferme avec sa cour intérieure. Côté Sud, la partie habitation se trouvait face au Pic du Midi de Bigorre. Côté Ouest, une grande cave avec une futaille laissant penser qu'avant le phylloxéra et jusqu'en en 1863, il devait y avoir des vignobles conséquents. Et en face, des écuries à chevaux relativement grandes avec l'immense grenier à foin au-dessus, laissant penser soit à une grande propriété agricole soit à un relais de poste. La tour n'existait pas encore. Un des propriétaires était apparemment militaire haut gradé de l'armée de Napoléon. Il était chargé, dit-on, d'enrôler les jeunes paysans du coin pour les envoyer dans les folies meurtrières de ce fameux empereur qui, comme Jules César ou d'autres encore pires, imaginait créer une Europe à coup de baïonnettes et de chair à canon. Quelle petitesse…

J'espère que c'était simplement une belle ferme qui a plus tard été modifiée, d'où cette date 1858 (date des apparitions de Lourdes !). Elle a été complètement reconstruite à cette date par une famille sans doute aisée, car quel Paysan aurait eu les moyens d'une telle construction ? Les ardoises du toit provenaient des Pyrénées à 100 km d'ici et les belles pierres d'angles acheminées par des chars à bœufs depuis la carrière d'Auch à 40 kms d'ici ! Ce sont les mêmes pierres que la cathédrale Sainte Marie. La tour de 15 mètres avait été habitée sur plusieurs étages et le dernier était aménagé en pigeonnier.

L'ancienne partie habitable côté Sud qui datait de la première maison a été en partie démolie pour servir, lors d'un partage, à la construction des maisons de nos voisins : Lacomme et Las Pageretas. Les terres furent maintes fois morcelées puis réassociées ou rachetées puis re-divisées à chaque partage en fonction du nombre d'héritiers pour enfin arriver jusqu'à aujourd'hui où il nous reste 22 ha et aussi des forêts de chênes. Nous utilisons le bois pour le chauffage mais aussi comme bois d'œuvre. Par exemple, les charpentes de la maison de Joseph en proviennent.

Quant aux terres, nous n'avons pas cherché à nous agrandir, cela a été un choix car en quelques décennies plusieurs occasions se sont présentées mais nous avons continué la bonne philosophie de mes beaux-parents : On s'adapte à ce que l'on a ! Notre travail doit nous servir à vivre et non à enrichir les banquiers ! Ainsi, nous dormons paisiblement chaque nuit, nous ne sommes pas riches mais nous ne devons rien à personne. Ma mère me disait souvent : "Mieux vaut un petit chez soi qu'un grand chez les autres !"

— Ce que tu nous racontes nous conforte dans nos projets. Quelle vie riche vous avez ici ! Petit Paysan c'est vraiment le top du bonheur ! dit Līva

— Petite anecdote, dit pépé Giovanni : Le Cap du Bosc est situé sur un site préhistorique ! En creusant à la pioche les fondations de nos bâtiments les plus récents, nous avons trouvé des dents de mammouths qui vécurent ici de -600.000 à -20.000 ans ! Notre région est très riche de son passé ! Plusieurs sites préhistoriques datant de la naissance des montagnes Pyrénées y sont répertoriés : Simorre, Sansan, etc. Les

Romains y laissèrent aussi beaucoup d'artefacts. Les archéologues et le tourisme s'en occupent !

— Nous vous souhaitons une bonne nuit ! dit Līva. Les bébés s'agitent, ce sera l'heure de la tétée.

— Līva, dit Jānis en aparté, je viens de recevoir un nouveau message de la stagiaire apprenant le français. Mais cette fois-ci le texte est en letton. Aurait-elle tout oublié de la langue de Molière durant les vacances ?

— Lis-moi, je suis impatiente, vite lis-moi !

— Attend que nous soyons seuls !

Et lorsque le moment se présenta...

> "Ja es būtu stīga,
> Es apvītu tevi.
> Ja es būtu uguns,
> Es sildītu tevi.
> Ja es būtu vējš,
> Es glāstītu tevi.
> Ja es būtu ......
> ..... Es mīlētu tevi...!"

Līva allait juste commenter lorsqu'un nouveau SMS arriva avec une traduction impeccable.

> "Si j'étais une chaîne,
> Je t'entourerais.
> Si j'étais le feu,
> Je te réchaufferais.
> Si j'étais le vent
> Je te caresserais.
> Si j'étais ......
> Je t'aimerais... !"

— Ben dis-donc ? C'est de plus en plus chaud ! Heureusement que tu as pris une année sabbatique, mans mīlotais (mon amour) ! Elle ne le sait pas encore et elle a l'air de préparer le terrain pour son retour en formation début septembre ! Elle va être déçue la pauvre fille ! Au fait, connais-tu son prénom ?

— Au premier SMS elle avait signé Sarmite. Et de toute façon, cela ne m'intéresse pas.

17. Entraide et bénévolat redeviennent joie de vivre

Plaisir du partage, plaisir d'aider, de s'entraider et de rendre service. Serait-ce les clés perdues du bonheur dans le pré ?

Et le soir suivant, sous la glycine...

— Je suis heureux, dit Jānis, de savoir mon oncle Imants en Lettonie entrain de terminer les petits détails de la construction de notre maison en bois "Zēmites" grâce à l'entraide des voisins. Hier soir, il m'a téléphoné tout enthousiaste pour me remercier d'avoir osé demander de l'aide aux voisins Paysans de Rozkalnis (la colline des roses). "L'ambiance de notre quartier a complètement changé ! Lorsque la révolution de 1991, grâce à Gorbatchev, avait enfin anéanti l'ère soviétique et ses kolkhozes et sovkhozes, chacun se crut libre chez lui et un individualisme pervers s'était installé dans la population. Un individualisme auto-destructeur qui isolait chacun d'entre nous et favorisait les plus malins et pas forcément les plus honnêtes, chacun tirant la couverture à soi". Oncle Imants m'a expliqué qu'il venait d'installer une pompe électrique au puits de son voisin Einars pour amener l'eau courante à la maison et que la semaine prochaine les proches voisins allaient s'entraider chez chacun pour faire les foins ensemble. C'était impensable il y a encore dix ans !

— Ici, à Sabaillan, dit grand-père Giovanni, lorsque j'étais jeune c'était aussi comme ça. A la ferme nous n'avions pas beaucoup de matériel agricole, alors, nous allions aider Hubert à rentrer ses bottes de foin et en contrepartie il venait avec sa botteleuse presser les nôtres. Robert nous prêtait son semoir Nodet… Avec Jean-Louis nous nous entraidions souvent. Pour les vendanges ou pour tuer le cochon, nous nous réunissions à quatre ou cinq chez chacun et après le travail, tout se terminait autour d'une bonne table.

Mais j'étais surtout complice d'André, notre proche voisin. Il y avait peu de temps que je vivais au Cap du Bosc chez Louisette. Ma belle-mère s'occupait des volailles et mon beau-père des moutons. Je m'étais approprié les travaux des champs, j'aimais conduire le tracteur, même s'il était bien moins confortable et moins puissant que les actuels. C'était le Soméca que nous utilisons toujours, il n'est pas encore au Musée Paysan d'Emile à Simorre mais ça ne saurait tarder ! Mon beau-père n'aimait pas conduire ce tracteur, il regrettait ses paires, comme il disait (les paires de vaches ou de bœufs qui étaient utilisées pour les travaux de la ferme avant l'arrivée des tracteurs après-guerre.)

André nous a quittés il y a quelques années. Il disait en plaisantant : "Le plus embêtant ce n'est pas de mourir, c'est de rester mort !"

J'ai en mémoire ce jour où j'étais en train de labourer le champ pentu du soulan (côté soleil) avec le "bisocs" (charrue à deux socs). Je ne travaillais le champ qu'en descendant et je remontais à vide, c'était interminable. Et à moment donné, j'aperçus André avec son Som 40 dans mon sillon avec les charrues semi-portées. Il labourait en me suivant. Il avait terminé ses champs et voyant que le temps allait changer, sans me le dire, il avait pris l'initiative de venir m'aider à finir le mien. Mais ça, c'était il y a plus de cinquante ans ! Les paysans étaient encore dans une atmosphère d'entraide et de convivialité, puis après l'effort venait le réconfort autour d'une bonne table. Ensuite arriva le modernisme et son ambiance individualiste savamment orchestrée depuis Bruxelles. Et lorsque j'ai compris que vous repreniez notre projet ARPEGES, j'ai pensé qu'un espoir était encore permis ! Les Humains, manipulés par le fric, n'étaient pas devenus à ce point égoïstes, un avenir optimiste était encore possible !

André était célibataire comme beaucoup d'hommes de la campagne après-guerre. Les filles partaient toutes en ville. Il vivait avec sa maman "Fifine", surnom que lui avaient donné les jeunes de son époque. Ils étaient tous amoureux d'elle, disait-elle. Mais André, s'ennuyant chez lui hors temps des travaux, s'absentait souvent avec sa vieille Aronde Simca. Et Fifine venait quelquefois nous demander de l'aide. Par exemple, la nuit où la jument se trouva en fâcheuse posture à l'envers dans son box. Ou encore la vache Casta qui était entrain de s'étouffer avec une pomme. Je l'avais sauvée en lui enfonçant un tuyau d'arrosage dans la gorge… Alors Fifine était si soulagée qu'elle m'invitait à son repas. Mais il fallait que je l'aide à attraper un "kéket" de course dans la cour (poulet de race naine), qu'elle le plumât et le fasse cuire à la poêle dans la cheminée, sur le feu de bois. Autant dire qu'autrefois le temps n'avait pas d'importance, on appréciait et partageait le moment présent…

Encore une petite anecdote qui me revient tout à coup à l'esprit : Voyant l'orage arriver, nous étions toute la famille au champ entrain charger du foin sur la remorque. Une Citroën 2 cv se gara au bord de la route. C'était notre abbé François qui passait par là. Il ôta sa soutane, nous rejoint et demanda une fourche. Ainsi notre foin fut sauvé de la pluie. Et il resta avec nous pour le repas du soir. Louisette avait préparé un beau poulet élevé en plein air et je me souviens encore de la réflexion de notre curé : "On reconnait un vrai bon poulet élevé en plein air lorsqu'on le déguste non pas à l'aide d'un couteau et d'une fourchette mais en tenant l'os avec ses doigts ! Ce n'est pas comme ces malheureux poulets industriels dont la chair et les os sont si mous, qu'ils se délitent juste en les touchant avec les pointes de la fourchette !"

Mais en vous écoutant, rajouta Pépé, je sais que cette convivialité et cette entraide informelle est entrain de revenir ! Bravo les jeunes ! Cela fait partie de la qualité de vie à la campagne ! Le bonheur est dans le pré et non pas dans le béton et la virtualité.

— Pépé Giovanni, tu prêches à des convaincus !

18. Phénomènes paranormaux au sein de la famille occitano-lettone

Ce soir Mémé et Pépé sont invités au Cap du Bosc 1, où la famille de Jānis vit désormais auprès d'oncle Joseph. Il est tout fier d'avoir reçu son fauteuil roulant électrique, il revit ! Marija et François s'éveillent chaque jour un peu plus et sont souvent sollicités pour un "areuh" au milieu des sourires communicatifs. Līva les nourrit toujours au sein, ils n'ont que trois mois et demi. L'année sabbatique de Jānis est déjà entamée. Comme convenu, il est de temps en temps sollicité par Inta Pļaviņa sa collaboratrice qui a pris provisoirement sa place à la direction de l'Institut Français de Rīga. Des nouvelles récentes du grand-oncle Santin l'architecte parisien : il annonce qu'il a bien réfléchi et accepte la proposition de son frère Giovanni de venir habiter à Sabaillan. Il a 84 ans et en aucun cas ne souhaite finir ses jours seul dans l'anonymat de Paris que ce soit chez lui ou en EHPAD. Il ressent maintenant le besoin de vivre en famille comme durant sa jeunesse. Giovanni et Louisette se réjouissent de cette initiative qu'ils avaient eux-mêmes proposée il y a plus de dix ans. Donc au 15 août, Santin arrivera en gare de l'Isle Jourdain à 15h23. Ses bagages suivront quelques jours plus tard par camion de déménagement.

Profitant de cette soirée réunissant la famille, Giovanni entama un sujet qui lui tenait à cœur depuis que Līva confia son histoire de vie.

— Chez nous aussi, des phénomènes inexpliqués se sont produits et j'ai en tête ceux que j'ai moi-même vécus ou qu'ont vécu des amis proches.

Par exemple lorsque Nicole naquit dans la salle d'accouchement de la maternité de Lombez, 1 Chemin des Religieuses. A l'instant précis où notre fille vit le jour, comme les sages-femmes, j'ai automatiquement regardé la pendule accrochée au mur. Elle indiquât 16h mais à ce moment précis les deux aiguilles s'accélèrent au rythme d'une heure toute les dix ou quinze secondes…Quel présage ? Mystère…

Il y eut aussi la visite de mon père dans ma chambre, une nuit, alors qu'il était décédé depuis quelques mois. J'en ai déjà parlé.

Un autre exemple paranormal plus triste et qui m'interroge encore après plus de cinquante ans : Mon oncle Angelo exploitait une grosse ferme céréalière. C'était début des années 70, l'époque où émergeait l'irrigation du maïs. Pour la première fois, il installait dans son champ les longs et légers tuyaux en aluminium qui supporteraient les sprinklers. En les installant bout à bout, l'un des tuyaux n'étant pas dans le bon sens, il le souleva pour le retourner et malheureusement c'était sous une ligne à haute tension. Il fut foudroyé. Jeune papa, il laissait sa femme et ses quatre enfants... A l'instant où eut lieu ce malheur, j'étais ici au Cap du Bosc à cinquante kilomètres du lieu du drame. Je terminais l'installation de l'électricité dans le bâtiment rouge destiné aux volailles. Je posais une boite de dérivation et au moment où je serrais une vis dans un domino...je reçus une décharge qui secoua violemment tout mon corps... Hasard ?

— Mais non Pépé ! dit Līva, le hasard n'existe pas. Je comprends ce qui t'est arrivé. Tu nous as plusieurs fois parlé de ton oncle que tu aimais bien, il était ton maître à penser. Et au moment où son âme quittait son corps, elle est passée te faire un signe que tu n'as pas compris. Les âmes n'ont pas la possibilité de s'exprimer clairement aux vivants, c'est dommage...

— Līva, c'est vrai que sur le coup, je n'avais pas compris et c'est seulement quelques jours après que j'ai fait le rapprochement. Mais ce sont des phénomènes si étranges, que dans notre culture nous nous interdisons d'en parler de peur de paraître "toqués" comme on dit chez nous.

— Te souviens-tu Giovanni, dit Mémé Louisette, l'histoire que nous avait racontée notre amie Pierrette ?

— Ah oui ! l'histoire des extraterrestres qui nous avait bien amusée ne sachant qu'en penser ! En effet, plusieurs fois, elle nous l'avait racontée car chez elle, personne ne la croyait. Nous sommes bien connus dans notre environnement pour être à l'écoute sans juger ni critiquer, si bien que des personnes en questionnement ou en déprime, préfèrent venir se confier à nous plutôt qu'à un psy. Ainsi, Pierrette nous raconta un fait qui lui était arrivé lorsqu'elle était jeunette. Un jour qu'elle jouait au jardin, elle aperçut des petits êtres qui ne ressemblaient à rien de ce qu'elle connaissait. Des genres d'humanoïdes, petits, environ 50 cm de haut avec une tête et un corps très différent des humains mais bipèdes comme nous. Ils étaient calmes et l'observaient. Lentement, le cœur battant, elle s'éloigna pour finir en courant. Paniquée, elle invita sa famille incrédule à venir constater. Mais ces "personnes" avaient disparu. Bien entendu elle fut la risée de tous. Elle garda pour elle cette histoire qu'elle nous confia récemment alors qu'elle est maintenant retraitée.

— Comprendrez-vous, dit Līva, que ces êtres probablement bien plus intelligents que nous les Terriens, ont aussi une âme et ne viennent pas ici pour agresser ou nous conquérir mais pour faire timidement connaissance. Mais les Humains sont si peureux ou incrédules qu'ils pensent automatiquement que tous les étrangers sont leurs ennemis ! C'est un comportement si primaire, si minable… Nous sommes notre âme. Elle navigue tantôt dans le Cosmos que nous avons baptisé Paradis, tantôt réincarnée sur une planète ou l'autre. Donc ces extra-terrestres sont peut-être des anciens Terriens qui reviennent en touristes sur leur ancien lieu de vie ? Mais qui d'autre que moi pourrait l'affirmer, à part Marijama Pudmale de Rīga. Comme moi elle a gardé le souvenir de sa vie antérieure sur Terre.

19. Bientôt la réunion du 10 août à Montadet

Initialement prévue à cette date qui devait précéder le départ des Lettons, la réunion a été maintenue car en plus des trente membres du conseil d'ARPEGES, des élus et administratifs du territoire ont été invités. Les jeunes de l'association souhaitent dès cette étape, faire connaitre ce qu'il se cogite à Sabaillan et ses environs assez larges. Ils veulent non seulement informer mais aussi impliquer les décideurs locaux. Tous les médias régionaux seront aussi de la partie.

Annie, Adémontaine (habitante de Montadet), est conseillère municipale et présidente du comité des fêtes de ce petit village juché sur le Mont Adet. Depuis la création de l'association ARPEGES, Annie est également membre du conseil d'administration. Son petit village d'environ 70 habitants est situé sur un coteau abrupt à 9 km à l'est de Sabaillan. Sa petite route, encore plus pentue que celle de Sabaillan, est bien connue des cyclistes chevronnés et des randonneurs aux mollets musclés remontant de la vallée de la Save.

Depuis quelques jours Annie a pris en main l'organisation de l'accueil de la rencontre du samedi 10 août. C'est une nouvelle étape importante dans l'évolution du projet ARPEGES puisque des élus locaux et des administratifs régionaux devraient participer. Une invitation a été envoyée, peu ont encore répondu mais il n'est pas interdit d'espérer. Au total, ce sont plus de soixante-dix personnes qui seront attendues vers 10h du matin, accueillie par Mr le maire, le conseil municipal de Montadet et les trois leaders de l'association. Espérons qu'il fera beau pour que tout se passe à l'ombre du grand chêne. Sinon, dans un premier temps, la salle des fêtes servira pour la réunion et il faudra ensuite libérer la table pour continuer les convivialités avec un repas festif digne de la grande gastronomie paysanne qui perpétue l'identité gasconne.

Les invitations ayant été envoyées assez tôt, les vingt-cinq maires du canton de Lombez ont répondu positivement. Seuls quelques administratifs se sont excusés car pour eux, c'est la période des vacances déjà prévue depuis longtemps… Nous en étions bien conscients mais il est toujours difficile de trouver une date qui convienne à tout le monde. Ils auront d'autres occasions d'être invités car nous n'en sommes qu'aux prémices.

20.   Et le 10 août arriva très vite…

Il fera beau, pas trop chaud, a prédit la météo. C'est un temps idéal pour installer les chaises et la sono sous le grand chêne. Depuis le matin au petit jour, une dizaine de bénévoles s'affairent en cuisine. D'autres installent les longues tables sur tréteaux et l'imposant tournebroche à l'extérieur. Au menu : faute de sanglier qui court toujours dans la nature, un cochon de Montadet et des cuissots de daims à la broche, rôti à la braise de ceps de vigne, le remplaceront. La cuisson sera longue. Dès 6h, le feu était déjà allumé par Robert, le mari d'Annie. Est-il besoin de décrire tous les ingrédients de ce festin ? Les toasts de foie gras, les légumes frais cueillis du matin, l'eau de la Barousse pas encore polluée, les Flocs et bons vins des Côtes de Gascogne, le pain au levain cuit au four à bois, les bonnes croustades aux pommes, les tourteaux, tourtières, gâteaux au fer, merveilles et autres pâtisseries locales traditionnelles sans oublier l'Armagnac…Bref, un repas latin bien de chez nous.

Vers 8h, le Commandant de la Gendarmerie de Lombez arriva sur la place de Montadet avec une de ses acolytes pour nous prévenir que Mme la Présidente de la Région Occitanie, Mme la Préfète du Gers, Mr Le Président du Conseil Départemental du Gers, Mr. Le maire d'Auch et de Toulouse seront là vers 10h30 accompagnés d'une délégation de la Préfecture de Région. Ils ont répondu à l'invitation dans la plus grande discrétion. C'est une grande surprise pour tous les membres de l'association et les maires du canton déjà arrivés. Une surprise honorable, bien entendu !

— En conséquence, ajouta le Commandant, il est 8h et un bus de gendarmes mobiles ne devrait pas tarder à arriver d'Auch. Ils se répartiront dans le village. Ne vous inquiétez pas, ils se feront discrets. Avec tous ces notables annoncés, Vigipirate s'est invité.

Elise, notre présidente d'ARPEGES, bien que réjouie de cette nouvelle, s'étonna de ne pas avoir été prévenue à l'avance de la venue de nos responsables régionaux. Il est pourtant compréhensible que, pour des raisons de sécurité, rien n'ait été divulgué, même pas au maire de Montadet et aux organisateurs.

— Mais c'est génial tout ça ! s'enthousiasma Jānis qui était affairé à préparer une sauce à l'ail en cuisine.

— J'ai quand même un peu le trac, mais c'est bon signe, nous sommes pris au sérieux ! rajouta Paul… Finalement nous allons installer une table de plus. Nous devrions être plus de quatre-vingt.

— Prévoyons pour une centaine, dit Christine, l'épouse de Jérémy, tous deux arrivés tôt de Martres Tolosane. Je constate que quelques membres de l'association sont venus en couple sans prévenir. Pas de souci, en Occitanie, quand il y en a pour quatre-vingt, il y en a pour cent !

— "La terre est basse, le ciel est haut, il n'y a que la table de niveau", aurait dit André de Sabaillan. Chez nous en Occitanie, les choses importantes se passent toujours autour d'une bonne table ! s'amusa oncle Joseph qui a retrouvé sa bonne humeur depuis qu'il se déplace librement sur son fauteuil roulant électrique.

— Dans nos petits villages gallo-romains, en toute simplicité, nous sommes les rois des festivités locales ! Uderzo et Goscinny ne s'y sont pas trompés dans leurs albums d'Astérix et Obélix ! Même notre barde De La Brocassaille est attendu avec sa trompette, ajouta Pépé Giovanni en souriant. Il arrivait à l'instant à Montadet, conduisant Mémé Louisette, Līva, Marija et François. La vieille Peugeot 104 de 1977 se fait bien petite et poussive pour la famille qui s'agrandit ! Oui, mais avec leurs si petites retraites, difficile à Pépé et Mémé d'envisager l'achat d'un nouveau véhicule mieux adapté… Mieux vaut ne pas rêver.

— C'est un grand jour pour le projet que porte votre association ! Bravo ! Pour votre Assemblée Générale du samedi 28 décembre, j'ai bien réservé notre salle omnisport de Lombez et les 550 chaises dont une partie de Samatan, confirma Gabin, le maire et conseiller départemental du canton. Il fait le tour de la place, serrant les mains en compagnie de Maïté conseillère régionale, d'Hubert maire de Montadet et de Louis, maire de Sabaillan qui vient juste d'arriver.

— Nous sommes fiers de nos jeunes qui n'ont pas l'intention de se laisser abattre par cette fin de civilisation. Bien au contraire, ils souhaitent faire partager leur enthousiasme au plus grand nombre, ruraux comme citadins. Ils saisissent la chance de pouvoir changer les choses tant qu'il est temps ! Vive le Grand Retour des Petits Paysans. Ils étaient partis en ville au temps béni de l'industrie. Leurs petits enfants prodigues seront accueillis à bras ouverts dans nos campagnes qui vont revivre, dit joyeusement Onésime, un grand-père très âgé depuis la fenêtre de sa maison, place du village.

Il est 9h30 et déjà le parking est plein. Au fur et à mesure, tous les arrivants proposent de donner un coup de main pour les derniers préparatifs. Le cochon et les cuissots sont déjà sur la broche, juste au-dessus de la braise savamment gérée sans flamme. Cette lente cuisson devrait durer jusqu'à 13h. Les entrées et salades sont en chambre froide aux normes européennes. Plusieurs bénévoles se sont proposés pour tourner la manivelle des tournebroches à tour de rôle car en plus de la chaleur estivale, le brasier entretien une température à faire éclater un thermomètre ! Pour eux, des bouteilles d'eau ont été prévues dans la lessiveuse remplie de glaçons.

9h45, Elise demande aux trente membres de l'association de se mettre un peu à l'écart de la foule durant quelques minutes pour préparer la réunion publique qui va plutôt ressembler à un festival de projets futuristes. En plus des invités adhérents de l'association et leurs familles, se sont greffés des habitants de la région, des journalistes et la télé régionale FR3 Occitanie.

— Elise confia à Līva : Mon papa Aimé est parmi nous. Hier il m'a fait comprendre qu'il serait là. Je suis sûre que son âme doit avoir plus le trac que moi. De son vivant il n'aurait même pas osé penser que ses idées soient à ce point comprises et entreprises ! Ah, au fait, je ne t'ai pas encore dit : Hier l'imprimeur m'a fait livrer les 100 premiers recueils des écrits de papa :"Contes, Comtes et Comptes Gascons".

— Donne-les-moi, je vais installer une petite table à l'ombre de ce saule pleureur et je les vendrai au nom de l'association. De ce temps, je m'occuperai aussi de mes jumeaux si Mémé Louisette veut bien lâcher le landau et me les rendre. Bien entendu, elle cèdera à l'heure de la tétée ! Hi, hi hi !

— Tu as vu le prix des livres ? Il est imprimé à l'arrière à coté de l'ISBN, c'est 9.50€

— Oui, je sais, nous en avions parlé lors de la dernière réunion de bureau. A mon avis, dix euros aurait été plus simple pour rendre la monnaie, mais bon, c'est moins trompeur que 9.99€...

— Jérémy vient de me demander s'il pouvait se retirer du bureau en restant, bien sûr, membre du conseil de l'association. Il constate qu'il y aura souvent des réunions et il habite à plus de cinquante kilomètres. De plus, il est très occupé sur sa ferme, son projet a démarré plein pot ! Il nous en parlera à la grande réunion.

— Nous y pensions justement avec Jānis. Puisque nous restons à Sabaillan pour son année sabbatique, cela change la donne. Il peut entrer sans problème au bureau pour remplacer Jérémy. Annonce-le dès le début de la réunion, il sautera de joie !

— Bien, je vais voir Jérémy immédiatement et Jānis dans la foulée. Paul y avait déjà fait allusion, lui aussi sera satisfait. De toute façon, Jānis participait informellement depuis le début.

Plus que quelques minutes…Les trente membres de l'association sont déjà réunis dans la salle des fêtes pour s'isoler du brouhaha de la foule. Puis, lorsque les notables arriveront, tout le monde s'installera sous le chêne. La sono a été testée avec une musique occitane qui restera en fond hors discours, tout est au point ! Il va sans doute manquer des chaises. Les plus jeunes pourront s'asseoir dans l'herbe.

Ce 10 août qui devait être une simple réunion des trente membres du conseil d'ARPEGES agrémentée des élus du canton et du staff du Pays Porte de Gascogne, se transforme quasiment en meeting régional d'Occitanie ! Que sera alors l'AG du 28 décembre à Lombez ? Nous pourrions prévoir d'inviter le groupe de Xavier pour terminer la journée dans une ambiance dansante ?

La réunion des trente commence :

— Bonjour à tous, dit Elise la Présidente. Vous conviendrez comme moi que notre rencontre a pris des proportions inattendues mais ô combien bienvenues ! A part nos députés et sénateurs essayant de sauver les meubles dans leurs hémicycles parisiens respectifs, toutes les invitations ont été honorées. Cela présage un avenir possible à notre projet de cohésion sociale. A moins que ce ne soit que de la curiosité ? A nous de démontrer notre vision optimiste.

Merci à vous et à vos familles d'avoir prêté main forte à cette importante journée. Nous espérons que nos idées et les quelques exemples qui déjà se concrétisent, séduiront nos décideurs. Comme nous, ils sont en recherche devant la Tour de Babel du modernisme qui se fissure. Alors, en bâtisseurs comme l'ont été nos aïeux depuis la nuit des temps, nous allons apporter notre pierre au nouvel édifice qui s'annonce "postmoderniste". Pendant que certaines de nos "élites" bienveillantes s'évertuent comme Noé en son temps, à sauver ce qui est encore sauvable, nous constatons que d'autres tirent à eux les couvertures ! A nous, gens du peuple, de tracer un nouveau sillon ré-harmonisant la vie sociale, culturelle et économique avec la Nature sans qui nous ne sommes rien !

Maintenant, voici une nouvelle interne à notre association : Jānis et Līva s'installent pour un an à Sabaillan et nous en sommes tous ravis. Du coup, Jérémy souhaite laisser sa place à Jānis au bureau. Il habite trop loin pour des réunions qui pourraient être de plus en plus rapprochées. Bien entendu, les réflexions en petit comité seront transmises à toutes les adresses mèl à notre disposition. Nous attendrons vos critiques, suggestions et observations dont nous tiendrons compte. La démocratie participative n'est plus une chimère, elle est bien la base de notre élan !

Nous avons d'abord prévu une présentation assez synthétique d'ARPEGES. Nous avons invité François pour nous présenter son concept de "diagnostic prospective de territoire partagé". Jānis l'ayant vécu en Pologne, il nous l'expliquera également. Il sera présenté comme un préalable au développement de nos campagnes. Puis Jérémy présentera l'historique, l'actualité et l'objectif du projet de sa ferme. Ensuite nous laisserons la parole à ceux qui souhaiteront s'exprimer mais s'il vous plait, restons positifs, pas de remarques désobligeantes, pas de questions à nos dirigeants ! Ils sont là pour écouter et pour comprendre.

Il est l'heure. Nous allons maintenant rejoindre tout le public qui attend sous le grand chêne. En tant que présidente, je ferai rapidement l'introduction de bienvenue. J'imagine que chacun des grands élus et haut-fonctionnaires auront un petit mot à dire. Puis Paul a préparé son intervention de quelques minutes. Viendra ensuite Jānis, puis Jérémy. Nous attendrons pour terminer, les questions et aussi les interventions des huiles qui pourraient nous donner la vision de ce que nous pourrions attendre d'eux, nous avons besoin d'eux ! Motivons-les par notre ambiance optimiste, positive et créative ! Allons les rejoindre à l'ombre du chêne.

21. Montadet, la réunion sous le grand chêne

Hou la la ! Mais combien de personnes sont réunies sur cette place en plus des cents déjà assises ? Deux ou trois cents ? Cinq cents ou plus ? Je sens l'adrénaline monter en moi ! pensa Elise. "Papa, surtout reste auprès de moi..."

Face à tout ce public, le staff d'ARPEGES prend conscience de l'ampleur de l'espoir ou de la curiosité que suscite ce projet. La caméra de la télé filme déjà en même temps que des dizaines de Smartphones. Nos trois membres du bureau saluent les huiles et les invitent à s'asseoir. C'est samedi, théoriquement jour de repos sauf pour les agriculteurs bien entendu. Cela pour dire que même ceux qui étaient sensés être en week-end ou au travail, avaient répondu présents ! Est-ce de bon augure ? Espérons-le !

Elise, Paul et Jānis munis de micros, recherchent la meilleure place pour être vus de tous sans être gêné par le tronc imposant du vieux chêne. Līva et Mémé Louisette, installées avec quelques mamans un peu à l'écart sous le saule pleureur restent auprès des bébés au cas où ils manifesteraient leur mécontentement de poiroter sans en comprendre la raison.

Elise prend soin de garder une chaise vide sans que personne n'y prête attention. Par précaution elle y dépose des documents. Quelques minutes plus tard, à 11h pile, alors qu'elle allait prendre la parole, le fantôme de son papa Aimé s'installe auprès d'elle. Elise est seule à le voir, elle se sent rassurée et fière de lancer ce projet qui fit rêver son papa durant plus de quarante ans. Le temps était enfin venu. Elise sut plus tard que Līva aussi avait aperçu le fantôme d'Aimé…

Après l'accueil chaleureux et encourageant d'Hubert, le maire de Montadet, c'est Elise qui prend la parole :

—   Bonjour et bienvenue à vous tous. Mon nom est Elise, je suis Paysanne à Sabaillan sur le coteau d'en face ! Je suis aussi présidente de notre association. Avec Paul et Jānis qui interviendront pour ouvrir le débat, nous parlerons aujourd'hui au nom d'ARPEGES qui compte à ce jour 350 adhérents, "le nombre des anges" ! Théoriquement, aujourd'hui, nous sommes en réunion du Conseil d'Administration représenté par ses trente membres. Levez la main, montrez-vous s'il vous plait !... Nous avons choisi de vous inviter nombreux et même si vous n'avez pas été invités, nous sommes d'autant plus heureux de vous accueillir puisque nous sommes porteurs d'un projet à faire partager. Le temps n'est plus à l'individualisme, nous devons nous serrer les coudes et refuser le fatalisme ! Nous souhaitons lancer, par l'exemple, une mouvance optimiste correspondante à ce que nous souhaitons pour l'avenir de nos territoires et celui de nos enfants.

Soyez donc les bienvenus, Mme notre Présidente de Région Occitanie, Mme notre Préfète du Gers, Mr notre Président du Conseil Départemental, Mr le maire de Toulouse et Mr le maire d'Auch, Mesdames et Messieurs les maires des 25 communes de notre canton ou administratifs du Pays Portes de Gascogne ou encore de la Préfecture de Région. Merci aussi à tous les membres et cotisants de notre association. Vu la foule, je pense qu'ils sont tous là ! Merci à Mr le maire et au Comité des fêtes de Montadet d'avoir mis à disposition les locaux et aussi à nous offrir l'ombre chaleureuse de votre majestueux chêne qui me fait penser tout à coup à celui de notre bon roi Saint Louis IX. Merci aussi à tous les habitants de nos vallées et coteaux d'être venus si nombreux… Merci à tous les administrés venus en nombre du village de Sabaillan où est né ce projet… Bref, vous me pardonnerez d'oublier de citer tout le monde car d'après Mr le maire de Montadet, l'œil du maître de ces lieux, de mémoire d'Adémontains, il n'y a jamais eu autant de monde sur la place de son petit village qui ne compte pas moins de soixante-huit âmes. Il a l'air d'un petit Paradis comme tous les petits villages de notre Occitanie. Surtout n'y plantez pas de pommiers, ainsi nous éviterons les pépins !!! (Applaudissements et hilarité générale)

Je passe le micro à Paul, trésorier de notre association.

— Bonjour Mesdames et Messieurs. Mon nom est Paul, je suis étudiant en ingénierie rurale et mon projet est de m'installer avec mes parents sur notre petite ferme de Sabaillan dans le concept porté par notre association. Je vais rapidement vous faire l'historique d'ARPEGES qui était en sommeil depuis fin des années 90. A cette époque naissaient les cases à cocher de la politique européenne qui n'avaient pas pris en compte les Petits Paysans et neutralisa toutes les initiatives créatives du terrain. Finalement, puisque l'UE mondialisatrice est en train de nous lâcher économiquement suivant le schéma de l'Union Soviétique, dirait mon collègue Jānis, nous nous préparons à faire sans elle !

Je voudrais maintenant vous brosser un tableau de notre société occidentale telle que nous la percevons. Nous en viendrons par déduction aux grandes lignes du projet optimiste dont nous sommes porteurs.

Durant le dernier siècle, il y eut un développement industriel autour des villes qui entraina peu à peu la population rurale dans le béton et le bitume, c'était le progrès. Ce vase communicant s'accentua encore plus après-guerre durant ces fameuses Trente Glorieuses. Tout semblait s'harmoniser, toute la population y trouvant généralement son compte. Il y eut un développement fulgurant de l'industrie automobile qui entrainait tout le reste. Sur le terrain, personne n'imaginait les dégâts que cela allait occasionner. C'était sans compter le développement progressif de la concurrence des pays émergeants à l'époque, qui proposèrent des salaires si bas que nos industriels nous quittèrent sans vergogne emportant avec eux nos savoir-faire et notre ingénierie pour aller "exploiter" cette main d'œuvre.

Bref, chez nous, le chômage qui jusqu'alors était insignifiant, prit une ampleur inattendue et ne fait qu'augmenter depuis. Parallèlement, les fermes familiales se transformèrent en exploitations agricoles de plus en plus grandes au gré des indemnités compensatoires européennes. Les agriculteurs qui ont réussi à suivre jusqu'à maintenant sont acculés à des charges disproportionnées, une administration oppressante et le faible espoir d'être soutenu par le système en place. Ils subsistent souvent avec des revenus minables, avec des emprunts qu'ils se sentent bien incapables de continuer à rembourser. Parallèlement, en ville, la population sans emploi continue d'augmenter et les inégalités aussi. La pauvreté médiévale est de retour.

Ainsi, tous les services publics que nous serions en droit d'attendre puisque nous les finançons par nos impôts, sont entrain de disparaître au profit de quelques spéculateurs multinationalisés. Il y a quelque chose qui cloche sérieusement dans notre organisation sociale néolibérale, c'est le moins qu'on puisse dire.

Pour terminer cette liste fataliste qui ne concerne que notre société, le sujet sans doute le plus important, est l'empoisonnement de notre eau, de nos terres qui se stérilisent, de la biodiversité mise à mal ces cinquante dernières années, de l'extinction de nombreuses espèces vivant sur notre planète. La biodiversité est pourtant notre seule source de nourriture, notre seule source de Vie ! L'Humanité et son lieu de vie sont en danger !

Alors, n'ayant plus grand-chose à espérer de cette fuite en avant que personne ne semble plus maîtriser, nous, gens de terrain, proposons de nous prendre en charge de façon logique et honorable et nous allons vous expliquer comment !

Nous proposons Le Grand Retour de Petits Paysans ! Nous proposons d'inviter les jeunes citadins à revenir construire avec nous une nouvelle civilisation rurale en harmonie avec la nature. Nous les ruraux invitons les jeunes citadins à reprendre contact avec le vivant. Nous les Paysans, leur ferons partager nos savoir-faire et nos savoir-vivre en harmonie avec la nature ! Comment engager ce projet ? Je vais maintenant passer le micro à mon ami et voisin Jānis. (longs applaudissements et mines réjouies dans l'auditoire)

Pendant tous ces discours, Elise observe de temps en temps le fantôme de son papa qui se délecte. Elle a appris à connaître son âme depuis sa première apparition sur le banc à l'ombre de la grange de la Bourdette. Là, assis près de sa fille qui est seule à le voir, ses doigts semblent battre la mesure, il est joyeux !

Bonjour et merci d'être si nombreux à avoir répondu à notre invitation ! Mon nom est Jānis Ozols. Vous ne vous trompez pas, ce n'est pas un nom d'origine française bien que 50% du sang qui coule dans mes veines proviennent d'Occitanie et plus précisément de la colline d'en face ! C'est une longue histoire et ce n'est pas le lieu pour la raconter en détail, abrégeons. En réalité je suis né Letton et je suis actuellement directeur de l'Institut Français de Lettonie après avoir fait mes études universitaires à Toulouse. Mais avant tout, je suis héritier de la petite ferme familiale de Sabaillan où avec mon épouse et nos enfants nous construisons notre projet de vie. C'est à ce titre que nous sommes là aujourd'hui. Car notre projet est de redevenir Petits Paysans comme nos aïeux ! Mais ce sera dans le concept ARPEGES, c'est-à-dire en partage avec nos voisins, nos artisans et commerçants locaux et nos amis des villes qui n'auront pas eu la chance comme nous de redevenir ruraux. Mais comment faire partager notre enthousiasme pour que les jeunes des villes viennent nous rejoindre ?

Je regrette que François, l'ingénieux ingénieur agronome n'ait pas pu répondre à notre invitation, il s'est excusé au dernier moment, il avait d'autres obligations du côté de Lyon. Je vais vous expliquer son concept de "diagnostic prospective de territoire partagé". Un de ses apôtres, Bernard de Monbrun l'a utilisé en Pologne et j'y ai participé alors que j'étais encore étudiant. Il existe de nombreux concepts pour diagnostiquer un territoire mais bien souvent la population n'y participe que pour prendre connaissance des résultats. Là, je vais vous parler d'un diagnostic réalisé par la population elle-même après un porte-à-porte questionnaire minutieux en main qui aura permis de connaitre les idées de chacun concernant l'avenir dont il rêve pour lui-même, sa famille, son métier, son village jusqu'à sa région et même plus s'il a des idées. Une restitution publique, effet miroir présente en finale l'avenir du territoire tel que proposé par ses résidents.

Et là, durant près d'une demi-heure, Jānis expliqua ce qu'il vécut dans le Powiat de Staszów, région de Kielce, dans le sud de la Pologne où la moyenne des exploitations agricoles était à cette époque de sept hectares. Il insista surtout sur les résultats visibles quelques années plus tard. Peut-être aura-t-il une aura particulière aux yeux des hauts-fonctionnaires et des élus ? Toujours est-il que ses explications enthousiasmèrent le public tout entier. Il conclut en disant : "à la fin de notre siècle, parions que 80% de la population occitane sera redevenue Paysanne et il n'y aura vraiment pas de problème pour nourrir les 20% des citadins !"

Madame la présidente de la Région Occitanie se leva, un micro lui fut tendu et le dialogue s'engagea.

— Chers amis, d'abord grand merci pour votre invitation. Merci de nous accueillir avec tant de chaleur humaine propre au milieu Paysan où je retrouve mes racines ! Nous sommes le 10 août et je peux vous assurer que depuis ce début d'année 2024, c'est la première projection dans l'avenir de notre Région qui me semble vraiment optimiste et réaliste. Bien sûr, c'est encore un projet, mais je pense que tous ceux qui ont pris conscience de la situation de notre société et j'irais jusqu'à dire de notre civilisation, ont été aujourd'hui séduits par votre ingéniosité à faire éclore un tel optimisme… Tout à coup, je me sens déjà devenue fermière sur les terres de ma famille dans l'univers que vous nous proposez !

— Madame la présidente ! s'avança Jérémy. Merci pour vos éloges. Maintenant, je vais vous expliquer un cas concret déjà assez engagé.

— Il me semble vous reconnaître ! N'étiez-vous pas un des leaders de la révolte des agriculteurs qui barraient les routes il y a quelques mois ? Je suis à leur côté. Ils ne comprennent plus ce qu'il leur arrive alors qu'ils se croyaient indispensables pour nous nourrir.

— C'est bien ça Madame la Présidente. Mais tout ce branlebas n'a servi à rien, nos décideurs nous ont eu à l'usure et à coup de promesses non tenues. Nous sommes des victimes de la mondialisation sournoise qui ne profite qu'à quelques "ponctionnaires"…

Toutefois, en adhérant au projet ARPEGES, cette notoriété éphémère a quand même porté ses fruits pour ma ferme en situation de faillite. Plusieurs jeunes couples toulousains, qui sont adhérents d'ARPEGES, se sont présentés chez moi pas longtemps après avoir compris ma détresse expliquée devant les caméras des télés. Certains sont du milieu de l'aéronautique, inquiets de la voir s'échapper comme le reste dans les pays orientaux, d'autres espérant s'installer comme artisans. Avec eux, nous avons bien avancé sur un projet commun où ils apporteraient du capital en reprenant sur une partie de mes terres. En contrepartie de sauver ma famille de la faillite, je serai là pour les initier et développer avec eux des productions qui seront valorisées et commercialisées dans un proche environnement. Des petits artisans et petits commerçants locaux s'engagent avec nous. Ce sera un vrai développement local qui n'aura pas besoin de porte-containers polluants pour arriver à destination.
Mme la Préfète du Gers demande le micro.

— Merci de nous faire rêver mais pour cela il faut des moyens. Où pensez-vous les trouver ? Et j'espère que ce sera en agriculture biologique ?

— Bio, bien entendu, cela va de soi, Madame ! Il n'est plus question de continuer à piller notre lieu de vie et en même temps notre santé et celle de la population. Quant aux moyens, je crois que si nos élus ont bien compris la direction que nous prenons, nous comptons sur eux pour faire pression hiérarchiquement jusqu'aux instances de Bruxelles. Tout cet argent dilapidé par l'UE ne dépend que d'un choix politique fort qui chasserait les lobbyistes du temple pour soutenir des intérêts vitaux pour nos populations. Tant que l'UE tiendra à nous assister pour faire bonne figure sur le marché mondial, il faudra juste nous donner ces moyens de développer l'agriculture biologique pour que nos produits, bien identifiés à leur terroir, se retrouvent moins chers sur l'étal que les "dits conventionnels" ! Des pays le font déjà, alors pourquoi pas nous ? C'est tout ce que nous espérerions et sans hésitation je peux affirmer que les consommateurs n'en attendent pas moins !

Gabin, maire de Lombez et Conseiller Départemental demande le micro.

—   Chers amis, je connais la motivation et plusieurs acteurs de ce groupe ARPEGES depuis les années 90. Sa philosophie avait été bien médiatisée dans la presse locale. Je suis très heureux de sa renaissance et de son initiative à faire partager sa vision optimiste à toute notre région. Ce retour de la Petite Paysannerie s'harmonise bien avec notre identité très forte de bien-vivre. Je pense que tous les élus et administratifs présents sous ce grand chêne seront d'accord avec moi pour tester ce concept de diagnostic prospective original. Il est, sans conteste, dans le droit fil de la démocratie participative et tombe bien à propos dans le contexte morose actuel. Nous devons faire remonter toutes les idées de la base. Ce sont sans doute les gens de terrain les mieux placés pour comprendre ce qui serait bien pour eux, pour la nature et pour ceux qui n'ont pas la chance de produire eux même leur nourriture. En plus ils souhaitent le faire partager aux jeunes citadins dont l'avenir sans l'industrie est sans lendemain. Sans nous concerter entre élus présents, je peux déjà dire que nous vous aiderons à tester grandeur nature votre diagnostic prospective de territoire partagé ! Faites-nous rapidement passer un dossier assez succinct pour que nous arrivions rapidement à débloquer les fonds pour espérer un premier résultat le 28 décembre lors de l'AG d'ARPEGES. Elle se passera à Lombez dans la salle omnisport à laquelle je vous convie tous. Nous avons 550 chaises et s'il en faut plus nous en demanderons davantage à Samatan.

Mr le maire de Samatan prend le micro :
— Nous serons très fiers de porter haut et fort l'initiative de votre groupe qui a redémarré à 3 personnes en décembre dernier et qui en est déjà à 350 six mois après ! C'est fantastique ! Samatan est, depuis des siècles, la vitrine de nos productions locales. Votre projet revitalisera la région toute entière dont profitera aussi notre marché Paysan du lundi ! Bravo à toute l'équipe !

— Qui est d'accord pour aider ce groupe à émerger ? enchaîna le Président du Conseil départemental du Gers. Le département participera. Qui d'autre ? La Région Occitanie aussi, ok. Qui plus ? L'Etat ? Ah, très bien Mme la Préfète !

Jānis reprit le micro.
— Nous sommes vraiment ravis et aussi un peu inquiets de la tâche qui nous attend. Nous avions juste

prévu notre projet pour Sabaillan et peut-être quelques villages limitrophes…

—   La Présidente du Pays Portes de Gascogne rassura. Cher Mr Ozols, nous n'allons pas vous laisser seuls, ne vous inquiétez pas. Nous avons des animateurs, des agents et des techniciens sur tout le territoire. Je pense que vous pourriez tester votre diagnostic sur deux villages en faisant participer nos administratifs comme stagiaires et ensuite, vous aurez seulement à superviser les prochaines étapes. Je propose que nous étendions ensuite cette dynamique d'ici deux ou trois ans sur les 160 communes du Pays Portes de Gascogne qui représentent la partie Est de notre département. Etant la plus proche de l'agglomération toulousaine, ce sera idéal pour intéresser les éventuels candidats citadins.

—   Je vais parler au nom des municipalités bien que de nombreuses soient représentées ici à l'ombre de ce beau chêne. Je suis Louis, le maire de Sabaillan et nous pensons que nos petits villages seront d'accord pour mettre un petit quelque chose puisé sur leur dotation annuelle. Nous mettrons aussi à disposition nos infrastructures et nos bras. Je connais ce projet depuis sa gestation et je connais sa philosophie qui n'a pas varié depuis les années 90. Tous les petits villages qui se meurent en ce moment seront ravis de voir renaître la ruralité avec des gens motivés. Car j'imagine que les jeunes citadins en couple et souvent avec des enfants, seront motivés par cette nouvelle vie qui s'offre à eux. Ne parlons pas de nos agriculteurs locaux qui, à Sabaillan, se comptent sur les doigts d'une main alors qu'il y a seulement cent ans, notre village comptait plus de 560 habitants ! Sur les cendres du modernisme qui a pillé notre vie rurale, nous allons repeupler et redynamiser nos campagnes ! Si à l'origine les villes avaient été créées pour se protéger des dangers extérieurs, actuellement les mêmes dangers se trouvent à l'intérieur. Il faut les désengorger !

Le maire d'Auch acquiesça.

— Ne m'en parlez pas, cela devient un calvaire même pour nos agglomérations rurales ! Le mal s'est répandu partout en une génération. Nous allons tous vous aider à réussir ce projet... J'ai des racines paysannes comme bon nombre d'entre nous et en vous écoutant depuis le début, j'ai ressenti de l'apaisement et surtout de l'espoir. C'est un sentiment que j'avais oublié depuis quelques années.

Mr Le maire de Toulouse demande le micro.

— Merci pour ce projet, merci pour votre engagement. Certains quartiers de Toulouse deviennent ingérables. Il était temps qu'une solution se présente. Notre ville et le Grand Toulouse seront à vos côtés en vrais partenaires ! Bravo pour cette démocratie participative. Je pensais qu'elle n'existait plus. Dans les hémicycles, on a l'impression qu'ils l'ont oubliée tant ils sont à court d'idées…

Elise à son tour :

— Merci à tous pour vos encouragements. Tout cela d'un coup ! C'est inespéré et fantastique ! Excusez-moi de ne pas trouver le mot de la fin, j'ai besoin de me remettre de toutes ces émotions… Nous allons bientôt nous rapprocher de la table. Le rôti qui nous a embaumé l'atmosphère jusqu'à maintenant est juste à point, nous avertissent les rôtisseurs ! Nous avons quelques minutes pour conclure. Qui veut le micro ? Madame la Préfète peut-être ? Voici :

— Le département du Gers a toujours été exceptionnel. Il a su rester rural et ambitieux en préservant son identité de bien-vivre. Votre projet lui offre d'excellentes perspectives que je vais m'empresser de transmettre au Ministère dès lundi. Nous nous réunirons rapidement avec le Conseil Départemental pour débloquer un budget pour vous permettre d'enclencher le processus expérimental sur deux villages. Mr Ozols et le bureau du Conseil d'administration d'ARPEGES, appelez-moi lundi après-midi. Il serait judicieux que vous soyez représentés lors de cette rencontre.

— Pas de souci, Mme la Préfète, répondit Jānis. Nous essaierons de venir tous les trois. Maintenant tous à table ! Comme il se doit dans les petits villages occitans, tout se termine non pas avec un sanglier mais avec un succulent porc élevé en plein air et des cuissots de daims, symboles de l'association ARPEGES des années 90 ! Bon appétit et cela n'empêche pas de continuer nos discussions à table !

— Pardon, pardon, pourrais-je prendre la parole une minute, s'il vous plait ? Je suis maire de l'Isle-en-Dodon et à côté de moi se trouve les maires de Boulogne-sur-Gesse, Lévignac et Grenade. Nous sommes en Haute-Garonne mais nous faisons partie du même bassin de vie de Vallée de Save. Depuis la nuit des temps, les vallées ont été des lieux de passages et d'échanges. Des décisions remontant au 28 juillet 1790 ont créé des frontières administratives entre nous. Nous devons les abolir, nous voulons faire partie de votre projet prenant ainsi Vallée de Save en totalité !

Madame la Présidente de la Région Occitanie redemande le micro.

— Merci Mr le maire d'avoir soulevé ce problème. Je suis moi-même de Haute-Garonne et je pense que le Gers ayant proposé cette démarche, nous allons lui donner les moyens de donner l'exemple. Il en va de l'avenir de notre Région toute entière. Ces premières étapes permettront de former tous nos agents pour qu'ensuite ils prennent le relais sur tous nos territoires occitans. Ne vous inquiétez pas Mesdames et Messieurs les maires, nous avons bien compris cet enjeu. Nous entrons dans une nouvelle ère ! Bravo ARPEGES de nous avoir ouvert la voie !

Les cent convives s'approchèrent de la longue table nappée de blanc qui aura du mal à rester à l'ombre bien longtemps. Le micro circula encore…Les membres de l'association ne savaient plus quoi dire…Tout ce qui se passait, ils ne l'avaient même pas imaginé tant c'est grandiose. L'avenir de la Région Occitanie semblait désormais en dépendre ! Ils avaient bien perçu que personne d'autre n'avait de solutions démocratiques à la dégringolade de la modernité. Jānis se sentait sûr de lui. Il imaginait même que pour lui et sa famille, le temps était venu de s'installer définitivement à Sabaillan.

Le fantôme d'Aimé était toujours là. Elise en bout de table avait pris soin d'installer cette chaise apparemment vide auprès d'elle. Aimé restait là, pas question qu'il s'évapore, il savourait cette journée. Līva s'était assise près d'eux. Peut-être Elise ne se rendait pas compte que son amie voyait son papa, elle percevait les sentiments d'Aimé. De son vivant il rêvait d'une telle journée mais il était trop timide et trop gêné de proposer ses idées, le contexte ne s'y prêtait pas et puis il n'était pas meneur. Il admire sa fille, de cette facilité à faire partager ses idées. Il aimerait bien rester encore quelques temps sur Terre pour assister à la consécration du projet ARPEGES. Le Ciel le lui permettra-t-il ?

Durant le repas, Elise se souvint qu'elle avait oublié de proposer le recueil des écrits de son papa. Mais interrogeant Līva, elle apprit qu'il n'en restait pas un seul. Lundi il faudra appeler l'éditeur pour renouveler le stock. Non pas cent, mais mille cette fois-ci.

Le temps passait, il était déjà près de 16h et personne n'avait encore quitté la table. Tout le monde était en grande discussion. C'était étonnant car habituellement les huiles se défilent vite, prétextant d'autres obligations. Mais là, c'était la paix… Plusieurs fois Jānis fut questionné sur la Lettonie. Madame la Préfète Janine fut étonnée d'apprendre que Gabriel, son ami du temps de l'ENA, était l'Ambassadeur de France en Lettonie. On aborda aussi la culture païenne, cette richesse de connaissance de la nature heureusement préservée et cette culture féminine dont les pays occidentaux souvent machos devraient s'inspirer.

Pour clôturer cette journée, Elise reprit une dernière fois le micro pour remercier tous les hôtes et aborder le futur à court terme :

— En petit comité, nous venons de réfléchir à la proposition de Mr Gabin, conseiller départemental de

Lombez. Nous allons mettre tout en œuvre pour qu'un premier diagnostic-prospective puisse être restitué lors de l'assemblée générale d'ARPEGES qui se déroulera durant la journée du samedi 28 décembre 2024. Pour cette première étape, nous pensons aussi que deux petites communes, dont bien entendu Sabaillan, serait un grand maximum. Nous devons créer un groupe de travail en espérant que François puisse être là pour initier les agents territoriaux. Sinon, Bernard de Monbrun et Jānis, avaient mené le diagnostic-prospective en Pologne. Comme là-bas, des lycéens pourraient réaliser les interviews durant les vacances de Toussaint. Les habitants et bien entendu les élus et administratifs de ces territoires seront interviewés, c'est le b.a.-ba de la démocratie !

— Chez nous en Vallée de Save, dit le maire de Samatan, les seuls lycées sont à l'Isle Jourdain pour l'enseignement général et à Samatan pour le technique. Si vous le souhaitez, nous nous occuperons de rencontrer les directeurs de ces établissements.

— Oui, oui, répondit Jānis. Et s'il y a des rendez-vous, pas de souci, je suis dans le Gers pour une année sabbatique, ça tombe impeccablement bien !

Peu à peu la place du village de Montadet se vida et les quarante gendarmes mobiles rejoignirent leur bus en commentant : "Toute la matinée, nous avons eu le parfum du rôti qui nous titillait les narines mais pour nous, ce fut un festin de conserve de ration militaire…C'est pas d'la soup' c'est du rata, c'est pas d'la m…. ça l'deviendra…" chantaient-ils en chœur !

—   Quelle énergie à Montadet ! dit Elise. Pendant que nous discutions, une grande partie de la vaisselle a été lavée, les tables et chaises rangées, j'en suis gênée. Donnez-moi un balai, je dois participer.

—   Que dis-tu Elise ? reprit Annie. Laisse ce balai tranquille. Repose-toi. Il y a tant de monde pour aider ! Ce que tu as fait aujourd'hui est mille fois plus important qu'un coup de balai ou de serpillière !

—   Que pensez-vous de cette journée, vous tous ?

—   Ce que je pense ? dit le maire de Montadet en s'adressant au staff d'ARPEGES. Vous avez enclenché un projet de nouvelle civilisation. Tout ce que vous avez proposé se tient parfaitement comme un puzzle. Tout y est pour résoudre nos problèmes de société, et de sauvetage de la nature. Bravo les jeunes !

—   S'il te plait Līva, dit Elise en montant dans la voiture. Pourrais-tu venir à la Bourdette demain à 11h ? J'ai compris que toi aussi tu voyais mon papa…

22.   Le permis de conduire à l'étude.

Après la journée de samedi dernier 10 août à Montadet, c'est la décompression pour tous. ARPEGES est sur les rails ! Mieux encore que nous l'espérions ! Nous attendrons le coup de téléphone de la préfecture qui fixera le rendez-vous. Mais Jānis est un peu énervé…Cette Sarmite, l'apprenante le français à l'Institut de Rīga, continue à lui envoyer des petits poèmes dans son français toujours aussi imparfait. Elle semble vouloir faire monter la pression. Espère-t-elle revoir Jānis à la rentrée de septembre ?

*

L'allée du Soleil

Le jour se finisse,
Je descends.
A travers de la tempête d'une herbe,
A travers des mythes d'une pierre,
Par des petites pistes trompeuses.
Je descends ! Patiente !

Ne sois pas triste, mais souri un peu !
Bientôt je serais là, et on fêtera !
Je serai la terre sous tes pieds,
Je serai celle qui t'emmènera chez toi,
Si tu veux, je serai un arbre !
Non, ce n'est pas une plaisanterie,
Je serai tout, que tu voudras.
Juste n'arrête à rêver…
N'arrête à rêver…

*

Līva n'y prête même plus attention, elle a d'autres préoccupations. Ces jours-ci elle est très studieuse, elle révise ses cours d'auto-école. Sa monitrice de Samatan est sûre d'elle, elle peut dès maintenant tenter de passer le permis. Elle a déjà réussi le code à la Poste de L'Isle Jourdain. C'est là que se passe l'examen théorique ! Quant à la conduite, elle a fait tant d'aller-retours Samatan-Labastide-Savès que la monitrice lui proposa une date fin août. Ce n'est pas qu'elle rêve d'autonomie mais ce sera plus pratique. Elle est à chaque fois gênée de mobiliser Pépé ou Jānis pour se faire transporter de temps en temps au marché à Samatan. Bien que la ferme permette à la famille de vivre quasiment en autarcie avec ses productions de grande qualité, il y a toujours quelques petits achats complémentaires nécessaires. Oncle Joseph, espère toujours un miracle pour ses jambes donc, en attendant, il ne conduit plus depuis son séjour hospitalier. Quant à Mémé, elle a complètement démissionné, elle ne se sent plus capable, non pas de prendre le volant mais d'affronter la circulation sur la 632…Elle fait preuve de sagesse.

192

23.   C'est le 15 août ! Santin arrive !

A l'heure dite, Jānis et pépé Giovanni étaient sur le quai de la gare de l'Isle-Jourdain pour accueillir Santin, le grand-oncle prodigue revenant en Occitanie après soixante ans de "parisiannité". Il avait vraiment marre de cette vie artificielle polluée par le bruit et l'air vicié. Il revient au calme et à l'air pur de la campagne, là où sont ses racines. Sabaillan n'était pas vraiment son port d'attache, puisqu'il est né à Bagnarola en Italie et a grandi à Bellegarde Sainte Marie en Haute Garonne. Depuis une vingtaine d'années, invité par son frère Giovanni, il savait qu'il avait la possibilité de revenir en pays latin pour vieillir en famille. Le Gers l'attendait les bras ouverts... L'y voici !

— Bienvenue, Santin ! s'émut Pépé Giovanni, accueillant son frère en le serrant fort dans ses bras. Nous sommes vraiment heureux de ta décision. Comment as-tu fait pour vivre seul aussi longtemps dans ce vieil immeuble sans ascenseur. A nos âges, mieux vaut vivre en famille. C'est une habitude qui s'est ringardisée dans la société de consommation, mais la chaleur humaine ça compte pour beaucoup. Se sentir en sécurité et être heureux ensemble, c'est "le bonheur dans le pré"

Et 30 km plus tard, à leur arrivée au Cap du Bosc.

— Bienvenue, Santin ! Quelle joie de t'accueillir ! Ta chambre est prête, s'enthousiasma Louisette. Hier avec Līva, nous avons fait le ménage, toutefois, si quelque chose ne te plaisait pas ou venait à manquer, n'hésite pas, tu es maintenant dans ta famille, tu es chez toi.

— Merci merci ! je suis si heureux de m'installer dans cette chambre qui m'a toujours plu. J'ai hésité quelques années, je ne savais pas si je devais… Mais vous étiez si prévenant chaque fois que je venais ici que j'ai cédé à votre invitation. Je m'étais renseigné dans plusieurs EHPAD publics, la plupart étaient agréables, les résidents semblaient heureux, bien entourés et en sécurité mais… Rien ne remplace la famille.

— Bonjour, bonjour oncle Santin ! dit Līva en se jetant dans ses bras. Sois le bienvenu à Sabaillan. Je te présente Marija et François, la nouvelle génération de la famille ! Tu sais que nous nous sommes installés chez oncle Joseph pour un an et donc nous nous verrons chaque jour. Lorsque je participe aux travaux de la ferme, mémé Louisette se fait un plaisir de s'occuper de nos jumeaux. Au Cap du Bosc tout s'organise comme par enchantement !

Jānis, ouvrant la porte :

—   Oncle Joseph ne va pas tarder, il lui faut un peu de temps pour se préparer mais dès qu'il est sur son fauteuil électrique, il vit à cent à l'heure. Ah, justement le voici !

—   Bonjour Joseph ! Je suis ému de te voir dans ce fauteuil mais tu as l'air si radieux que je suis un peu soulagé…

—   Ne t'inquiète pas oncle Santin, ce n'est que passager. Chaque jour je sens un très léger mieux, je refuse de me laisser aller ! Dans la bonne ambiance où je vis avec mes neveux et avec la volonté qui m'anime, je pourrai très bientôt soulever des montagnes !

—   Je n'en doute pas ! dit Santin. Je vois que tu es un Amoretti ! Ton grand-père qui avait eu un grave accident avec une trépanation invalidante, avait vaincu la fatalité et quelques années plus tard, il était redevenu l'homme fort qu'il avait été. Bien, après ce bon café, parlons d'organisation. Demain après-midi le camion de déménagement arrivera de Paris. Mais rassurez-vous c'est seulement un fourgon, car je n'ai ramené que quelques effets et quelques bibelots, surtout des souvenirs. Ma planche à dessin et son matériel prennent le plus de place. J'ai donné tout le reste à la communauté Emmaüs de mon quartier. J'ai signé la vente de mon appartement hier ! Tout est allé très vite !

—   Très bien ! mais pas d'inquiétude pour ton insertion au Cap du Bosc, répondit Giovanni. Nous avons suffisamment de place, tu pourras installer ton atelier d'architecture où il te plaira.

—   Ce soir nous dînerons tous ensemble pour fêter ton arrivée ! ajouta Louisette. Avec notre Līva, nous aimons travailler ensemble en cuisine ou au jardin ! Elle a tant d'énergie et de gaîté à faire partager ! En plus des traditions gasconnes ou italiennes, tu pourras de temps en temps goûter aux recettes lettones du XVIIIe siècle ! Nous, nous aimons beaucoup !

Et avec Giovanni, Louisette accompagna Santin dans sa chambre qui donne sur le porche vitré.

—   Je vois que l'olivier a bien poussé ces dernières années. Il offre une belle ombre claire devant ma fenêtre. Il est bien chargé de fruits ! Arrivent-ils à maturité ?

—   Oui, depuis quelques années, répondit Louisette, effectivement les olives se développent bien. Les mésanges se chargent de réguler les insectes qui pourraient nuire. Chaque fois que je regarde ce bel arbre, je repense au vendeur de la jardinerie où nous l'avions acheté à Gimont, il y a une cinquantaine d'années. Je lui avais expliqué que ma famille était originaire de haute-Provence et que j'adorais manger les olives vertes et noires. Et il me répondit : "Les olives gersoises vous les mangerez par la racine ! Le climat n'est pas approprié pour espérer des fruits, ce sera simplement un élément de décor !". A cette époque, nous ne nous étions pas encore rendu compte du réchauffement climatique qui pourtant était déjà en route…

—   Oui, ajouta Giovanni. Tout va si vite ; déjà les oliviers andalous se meurent, le Sahara commence à franchir la Méditerranée et des Paysans Gersois et Lot-et-Garonnais prennent le relais. Ils plantent à tour de bras…Avec le nôtre, l'an dernier nous avons fait quelques bocaux d'olives vertes. Tu les goûteras, elles sont excellentes !

— Puisque nous sommes seuls, je voudrais que nous soyons clairs au niveau de ma participation financière.

— Ne parlons pas d'argent entre-nous, tu es mon frère, répondit immédiatement Giovanni.

— Non, non, Giovanni, je reconnais là la pudeur des Occitans lorsqu'il s'agit d'argent. Soyons clair dès le départ. Je vais vivre avec vous, alors je vous donnerai la même somme que j'aurais donné à un EHPAD ! Et surtout pas de souci, j'ai une bonne retraite et des bonnes économies. Giovanni, nous devons aussi changer ta voiture ! Elle a bientôt l'âge de tes enfants ! Moi, je n'ai jamais passé le permis de conduire, à Paris ce n'était pas nécessaire. Je connais le montant minable de vos retraites. Je sais aussi que la société moderne comme l'ancienne d'ailleurs, n'a pas tenu compte de votre rôle primordial et elle en est restée au servage médiéval. Vous êtes les premiers maillons de la chaîne qui nous permet de vivre en ville. Je sais aussi que les choses vont changer. Nous avons des Petits Paysans pour sauver la qualité de notre alimentation et résoudre les problèmes de l'urbanité postindustrielle ! Mais pour vous il est déjà tard, alors permettez-moi de partager avec vous ce à quoi vous auriez eu droit plus que quiconque…

Si Giovanni avait les yeux humides et la mâchoire tremblotante en écoutant son frère, Louisette a carrément fondu en larmes. Heureusement, elle a toujours un mouchoir brodé planqué dans la manche de sa robe.

— Vous ne me demandez pas pourquoi je sais que les choses vont changer positivement dans le milieu rural ? Ces jours derniers j'ai regardé, un reportage d'une heure trente sur une chaîne de TV internationale. Et devinez quoi ? C'était une grande rencontre sous un beau chêne sur la place de Montadet ! Et même je vous y ai vus ! Alors je suis optimiste.

— Oui, il paraît que le reportage a été bien monté. Il a repris les thèmes chers à Aimé et son "Plaidoyer pour la réintroduction de l'Homme dans la Nature". Nous n'avons pas de télé, les voisins nous ont raconté. En parlant de télé… Si tu as en a une, pas de souci, tu pourras l'installer, à la vieille cuisine par exemple.

— Je la regarde de moins en moins, me rendant compte que beaucoup de vérités sont "interprétées". Bon, ce n'est pas un sujet à aborder aujourd'hui ! Je vais me changer et avec vous, j'aimerais faire le tour du propriétaire. La nature est si belle ici sur ces coteaux avec les Pyrénées pour larges horizons.

— Tu verras aussi notre potager qui a changé de place et qui n'a jamais été aussi prolifique depuis que Līva nous a initiés à la permaculture ! Le puits assure encore l'arrosage.

24.   Allo, ici la Préfecture du Gers

— Allo oncle Imants, comment vas-tu ? Quelle bonne nouvelle de Rozkalnis et Zēmites ? Qu'as-tu à m'annoncer ? Ma tante Agnese va…Oh, excuse-moi, j'ai un appel urgent de la Préfecture sur mon numéro français. Je te rappelle plus tard !

— Allo Mr Ozols ? Ici le chef de cabinet de la Préfecture d'Auch ! Madame la Préfète me délègue pour vous proposer deux dates pour la rencontre concernant le projet de votre association ARPEGES : soit lundi 1er septembre à 9h30 soit mardi 2 à la même heure. Cela conviendrait-il à votre groupe ? Confirmez-moi dans l'heure pour que je prévienne tous les participants.

— D'accord Mr le chef de cabinet, je contacte immédiatement les responsables de l'association et je vous rappelle dans les temps.

Puis cinq minutes plus tard :

—   Allo Mr le chef de cabinet, tous les membres du bureau participeront. Lundi nous va bien. Nous serons trois : La Présidente Mme Elise, le trésorier Mr Paul et moi-même Jānis, secrétaire. Pourrions-nous connaitre les autres invités ?

—   Je n'ai pas encore tous les noms à part celui de la Présidente de la Région Occitanie en personne, du Président du Conseil Départemental en personne, de votre Conseiller Départemental de Lombez en personne. Participeront aussi des représentants du Pays Portes de Gascogne, de la Chambre d'Agriculture, de la Chambre des Métiers et de la CCI (commerce et industrie) du Gers. Mme la Préfète tient à mener elle-même la réunion, elle m'a fait part de son enthousiasme à faire avancer ce projet. J'y serai aussi.

—   Nous allons essayer de préparer tout ce que nous pourrons pour répondre aux interrogations de chacun.

—   Ne vous inquiétez pas pour cela Mr Ozols, j'ai bien vu à la télé que vous, autant que Mme Elise ou Mr Paul, maîtrisiez bien votre sujet. Félicitations !

—   Merci de me rassurer Mr le chef de cabinet ! Donc à lundi prochain 9h30 à la Préfecture d'Auch.

Jānis reconfirma la date et l'heure à Elise et Paul en proposant de se voir demain vers 18h à la mairie de Sabaillan. Il conviendra de bien préparer cet évènement. Les membres de l'association seront tenus informés par mèl.

Puis sur la lancée :

— Allo oncle Imants ? Pardonne-moi d'avoir écourté ton appel, c'était la Préfecture d'Auch qui appelait.

— Ne t'excuse pas Jānis, j'ai habitude que tu écourtes mes appels voire que tu n'y répondes pas. Comment allez-vous à Sabaillan ? Nous espérions votre intérêt à connaitre l'avancement des travaux de la nouvelle maison Zēmites, mais…

— Alors où en êtes-vous ?

— Alors je suis à l'hôpital de Cēsis, assis près d'Agnese qui est allongée sur son lit avec une fracture de la cheville avec luxation.

— Comment a-t-elle fait ça ? Est-ce grave ?

— Non, heureusement ce n'est pas trop grave, elle vient de passer des radios et va pouvoir rentrer avec moi demain avec un plâtre et des béquilles. En fait, elle est tombée en posant la dernière faîtière du toit de Zēmites…En bonne druidesse désormais assermentée, elle a voulu remercier les divinités de la nature qui nous ont permis de terminer la maison. Elle levant les bras vers le ciel, elle a perdu l'équilibre et a glissé sur les panneaux solaires. Elle a terminé son vol plané sur le tas de sable. Nous avons eu très peur… Elle ne souffre pas mais cela l'immobilise pour un mois...

— Nous en sommes désolés ! Mon oncle, tu ne m'avais pas dit que la maison était pratiquement terminée puisque tout le toit est en place.

— Comment voulais-tu que je te le dise ? Ici, nous travaillons ! Pas le temps de rester pendu au téléphone ! Si tu appelais plus souvent, tu saurais ! Hier les huisseries et les dernières appliques électriques ont été posées, donc nous pensions nous installer dans la semaine mais sans l'énergie d'Agnese, ce sera difficile.

— Demande à papa Guntars et maman Nicole ! Je suis sûr qu'ils seront heureux de vous aider à aménager.

— Tu as raison, je n'y avais même pas pensé. Je n'ai pas osé demander aux voisins, ils ont été si "sympas" de nous aider à l'assemblage. En ce moment ils travaillent leurs terres. Mais vous, quand viendrez-vous nous voir ? Ne devais-tu pas reprendre le travail à l'Institut après le 15 ? Que fais-tu à Sabaillan ? Un problème avec les enfants ? Nous attendrons la date de votre retour pour fêter avec tous ceux qui ont participé. Il y aura la pose du bouquet traditionnel sur le faîtage de Zēmites !

— Non, non, pas de souci avec les enfants, c'est oncle Joseph qui ne peut plus marcher et se déplace avec un fauteuil roulant. Du coup, nous restons un peu plus à Sabaillan pour l'aider aux travaux de la ferme.

— J'espère que pour lui tout ira bien. Transmets-lui toutes nos amitiés ! En fait, Agnese est dans le même état que lui !

25. Effervescence à Sabaillan, pour préparer la réunion du 01/09à la Préfecture d'Auch.

Mairie de Sabaillan le 23 août à 18h

Présents : Elise, Paul et Jānis.
Invités : Louis le maire de Sabaillan et Emmanuelle, maire de Tournan.

Elise ouvre la séance :
— Bonsoir à tous. Merci d'être là pour la préparation de la rencontre du 1er septembre à la Préfecture. C'est une marche de plus et non la moindre, que gravit notre projet ARPEGES. Merci à Emmanuelle d'avoir répondu positivement à la proposition, un peu au pied levé il faut le dire. En effet, en discutant lundi dernier avec Gabin notre conseiller départemental, nous avons convenu que la restitution du premier diagnostic de territoire sera maintenue pour l'AG du 28 décembre à Lombez. Nous nous limitons à deux villages pour réaliser le premier diagnostic-

prospective. Nous avons pensé que Tournan ayant de nombreux atomes crochus avec Sabaillan, ce serait idéal pour une collaboration rapprochée lors de cette expérience test. Merci à Emmanuelle et son conseil municipal d'avoir immédiatement accepté notre proposition.

— Qui aurait pu refuser une telle opportunité pour entrevoir un futur optimiste ? répliqua Emmanuelle. Sabaillan et Tournan ont toujours été très proches. Je n'étais pas encore née en 1967 pour avoir vécu à ses débuts l'arrivée des enfants de Sabaillan pour le regroupement pédagogique lorsque votre école fut obligée de fermer!

— Bien avant l'école, l'Abbé Baron de Tournan qui officiait aussi à Sabaillan dans les années 50 rapprocha encore plus nos deux villages, ajouta Louis. Il prêchait toujours en patois du haut de sa chaire et utilisait l'heure légale traduite en heure solaire pour annoncer les prochaines cérémonies. Dans ses prêches il rappelait de temps en temps aux jeunes du village qui gardaient les vaches ensemble qu'ils n'étaient pas pour autant obligés de se marier entre eux, qu'il était nécessaire de voir aussi ailleurs pour éviter la consanguinité. Aller voir les jolies bergères du village d'à côté, c'était déjà une amélioration, selon lui. Cela aida aussi le rapprochement Sabaillan-Tournan ! Il y aurait tant d'anecdotes à raconter sur nos histoires de villages ! Par exemple en 1355, la chevauchée du Prince Noir qui brûla le village de Tournan en venant de l'Abbaye de Simorre avant de s'attaquer à la seigneurie de Samathan (Samatan) en évitant l'évêché de Lombarium (Lombez). Ce qui fut le début de la bisbille Samatan-Lombez qui perdure encore 700 ans après ! Mais nous ne sommes pas là pour parler du passé mais de l'avenir, du moins aujourd'hui.

— Je ne savais pas tout ça, dit Jānis. Ces histoires de nos villages vaudraient bien quelques soirées d'été pour que chacun fasse partager sa mémoire autour d'une bonne table…Donc, le choix de Tournan associé à Sabaillan semble bienvenu !

— Qu'attendez-vous de notre participation ? reprit Emmanuelle. Nous avons compris le principe mais comment procéder ?

— Jānis répondit : Je suis en attente de la réponse du concepteur originel de ce diagnostic, mais pour le moment, aucun signe. Bernard de Monbrun avait un peu brodé sur ce même concept en Pologne et ce fut une réussite fantastique. Cela déclencha une ambiance de développement local extraordinaire ! Et je pense que confier les interviews de la population aux lycéens comme il l'a fait, est pour moi qui l'ai vécu, une idée géniale ! Il faut aider les jeunes à y voir plus clair sur l'avenir et les impliquer sur une vision positive du potentiel de leur territoire. Puisque nous sommes pris par le temps, je propose que si François ne répond pas ou bien s'il ne peut pas se libérer, que nous le réalisions avec Bernard. Je connais son charisme puisque j'ai participé à cette expérience. A nous deux, nous superviserions ce projet jusqu'à sa réalisation. En Pologne, ce fut si exceptionnel que j'ai gardé en mémoire tous les détails du déroulement ainsi que les documents l'accompagnant. Bernard est déjà au courant de notre projet, il vaudrait mieux organiser une rencontre avec lui avant le 1er septembre. Maïté de Pamiers et Maud de Saint Vincent de Tyrosse nous donneront aussi un coup de main avec les CIVAM, ce sont des pros du développement rural. Souhaitez-vous que je les appelle maintenant ?

— Excuse-moi Jānis, répondit Emmanuelle ; ce soir nous avons réunion du conseil municipal à Tournan. Donne-nous simplement quelques explications que je puisse transmettre à mes conseillers.

— Le principe est le suivant : Dès la rentrée, les élèves de première des établissements d'enseignement secondaire de Vallée de Save auront une heure par semaine dédiée à la démarche. Avec eux et les agents du territoire qui, pour l'occasion seront stagiaires, nous allons établir des questionnaires par catégories socioprofessionnelles. A chaque administré doit correspondre une liste de questions. Ces questions porteront sur la vision de l'avenir qu'ils souhaiteraient pour eux-mêmes, pour leur famille, leur profession, leur ferme ou leur entreprise, leur village et son environnement, la région et son identité dans le contexte plus global de notre société. Ces questions demanderont des réponses positives et des idées créatives. Généralement c'est ce qu'il en ressort. Tout doit être pris en compte, même le négatif lorsqu'il est cité. Le fatalisme, par contre, on ne prend pas.

Durant les vacances de Toussaint, les élèves et les agents de développement stagiaires pourront participer à ce porte-à-porte en se répartissant les secteurs des deux villages pour qu'il n'y ait pas de doublons. Il conviendra de prendre rendez-vous la veille de préférence. Et n'oublier personne, quitte à revenir plus tard en cas d'absence ! Même chez ceux qui ont des biens ou qui sont actifs dans nos villages et n'y résident pas! Par exemple le curé, le conseiller départemental, les résidents secondaires. C'est important ! Dès la rentrée des vacances, les heures destinées au projet serviront à analyser, lister et catégoriser les réponses de la population.

Avec toute cette manne qui devrait être abondante, nous proposerons aux élèves d'écrire des scénettes effet miroir en y intégrant tout ce qui a été noté ou entendu lors des interviews.

Nous verrons si des profs ou des clubs de théâtre locaux pourraient participer à la rédaction et au montage de ces scénettes pour accompagner les lycéens. Elles serviront de support pour la restitution finale, qui aura lieu dans la salle omnisport de Lombez lors de l'AG d'ARPEGES le 28 décembre.

— Super, j'ai bien compris, dit Emmanuelle. Et j'imagine que dans la salle il y aura un public attentif et des responsables politiques et professionnels tout autant ? Il faudra communiquer régionalement pour inviter un public de jeunes citadins qui rêvent de revenir à la campagne. Pour nous, ce sera une aubaine de faire revivre nos villages et pour eux une porte d'entrée toute fleurie ! Je repense notamment au projet de Jérémy qu'il nous a exposé à Montadet samedi dernier. Cela dépasse un projet de sauvetage économique, c'est de l'humanisme !

—   Exactement ! C'est pour cela que nous devons réussir ce test avec nos deux villages. Ainsi, le projet s'étendra ensuite sur toute la Vallée de la Save et fera vite tache d'huile !

—   Déjà je pressens l'ambiance créative qui va bouillonner dans notre région ! conclut Louis le maire de Sabaillan. Nous vous souhaitons de revenir d'Auch avec l'aval de nos élus et administratifs ! Ils risquent de vous demander un devis, préparez tout avant, c'est important d'être crédible à tous les niveaux ! ajouta Louis.

Emmanuelle proposa :
—   Nous devons fixer une date à la suite de votre rencontre à la préfecture. Nous organiserons une réunion commune avec les conseillers municipaux de Tournan et Sabaillan.

La réunion se termina ainsi mais une fois les édiles partis, Elise repensa au coup de téléphone que devait passer Jānis à François ainsi qu'à Maïté et Maud des CIVAM.

Réponse de François : "Je suis à la retraite mais je vous aiderai. Venez passer une journée chez moi à Lyon, je vous expliquerai toutes les ficelles. Je comprends qu'il est important de réussir votre mise en route sur ces deux territoires.

Réponse des CIVAM : "Nous souhaitons participer, nous avons vécu plusieurs expériences avec François. Bernard de Monbrun a été formé chez nous sur les diagnostics-prospective de Dordogne et du Tarn"

26. Événement normal ou paranormal
à La Bourdette ?

En quittant la réunion de la mairie de Sabaillan, Elise attendit d'être seule avec Jānis :

— Jānis, pourrais-tu demander à Līva si elle pourrait venir demain vers 11h à la Bourdette, j'ai besoin d'elle.

— Ok, je transmettrai le message ! j'imagine que c'est un secret entre vous ? Sais-tu qu'elle a son permis de conduire depuis hier matin ? Et au premier coup !

— Oui, je sais, elle m'a téléphoné depuis L'Isle-Jourdain, à peine sortie de la voiture-école.

— En même temps qu'à moi si je comprends bien ? C'est elle qui a conduit la 104 pour le retour. Pépé en était si soulagé ! Oncle Santin était aussi avec eux. Il veut se re-familiariser avec la région.

Et le lendemain à 11h moins quelques minutes, la Peugeot 104 verte collector se garait à La Bourdette.

—   Bonjour Līva et merci d'être venue. J'imagine que tu comprends pourquoi j'ai désiré ta présence à cette heure-ci ?

—   Bien sûr ! Tu souhaites savoir si j'arriverais à communiquer avec le fantôme de ton papa Aimé ?

—   Exactement. Nous allons attendre qu'il se manifeste sur son banc habituel. Veux-tu prendre un café en attendant ?

—   Non, merci. Regarde l'heure, il ne devrait pas tarder ? Tiens, le voilà !

—   Super ! tu le vois aussi, c'est ce que j'espérais. Donc samedi dernier à Montadet ce n'était pas juste une vision éphémère. Allons nous asseoir auprès de lui.

Immédiatement Aimé se mit en relation avec Līva sans un geste, sans un regard. Seules leurs âmes entraient en communication. Elise ne savait rien de ce qu'il se passait. Līva paraissait absente et cela dura des minutes interminables. Puis elle redescendit sur Terre.

—   Ton papa est merveilleux, il est si fier de toi…

—   Parle, parle ! Que t'a-t-il dit ?

—   Il a commencé par une citation de Baudelaire :
"Là, tout n'est qu'Ordre et Beauté, Luxe, Calme et
Volupté." Il parlait bien entendu de l'état dans lequel il
se trouve actuellement. Il apprécie cette période parce
qu'il voit sa fille réaliser son projet de vie.

—   Je suis émue et heureuse de son choix de
m'accompagner. Dis-lui merci, s'il te plait.

—   Pas besoin de lui dire, il t'entend, il te voit, il
sait... J'ai aussi vécu cette étape de la vie, je
comprends. Tu peux lui parler librement là où tu te
trouves, au moment où tu le souhaites. Une âme est
partout à la fois comme une onde de radio par exemple.
Où que tu te trouves, elle est là. Elle ne parle pas, elle a
d'autres moyens de communication malheureusement
plus compliqués à comprendre pour les vivants.

—   Je sais bien cela depuis le temps qu'il vient me
voir à la maison. Nous avons bien trouvé un moyen de
communiquer mais il est si succinct et aléatoire que
c'en est frustrant.

—   Attend une minute Elise, je sens qu'il veut à
nouveau parler...Et une minute plus tard...Il m'a dit
qu'il n'avait pas grand-chose à t'apprendre, que le fil
n'était pas rompu, que tu étais la parole et le courage
qu'il n'avait jamais eu. Il a simplement terminé en
disant : "Elise ma fille, CONTINUE !"

Et Le fantôme de papa Aimé disparut comme une
bouffée de fumée emportée par la brise légère.

—   Līva, je suis inquiète. Par ces paroles, ne voulait-il pas signifier qu'il n'avait plus besoin de m'apparaître ?

—   Elise ne t'inquiète pas, le fait de te sentir peinée, il reviendra jusqu'à ce que tu n'aies plus besoin de lui. Mais encore une fois, n'hésite pas à parler avec lui où que tu te trouves ; il est partout, même si tu ne le vois pas. Il est bien entendu assez difficile pour lui de te répondre mais si tu es attentive, il peut quand même, par quelques petits signes, te montrer sa présence.

—   Oui, nous avons trouvé un moyen de communiquer, les doigts de sa main droite pour dire oui et de la gauche pour dire non. Mais c'est si difficile d'attendre des conseils de cette façon.

—   As-tu déjà oublié ce qu'il vient de te dire par l'intermédiaire de mon âme ? Il observe tout ce que tu penses, tout ce que tu entreprends et cela correspond exactement à ce qu'il aurait voulu faire… Ne t'inquiète pas, tu es son sang, ses gênes, son ADN. Tu es l'avenir qu'il n'a pas eu le temps de vivre de son vivant. Et je te propose une chose : Si tu as besoin de conseils précis de sa part, je t'aiderai.

—   Il n'a jamais parlé de son petit-fils que je porte en mon sein…

—   Elise, combien de fois devrais-je te le répéter ? il est fier de toi et de tout ce que tu fais, de tout ce que tu vis. Il sait tout, il vit tout. Il est là, il nous entend en ce moment. Merci Elise de m'avoir sollicitée, je serai toujours là lorsque tu auras besoin de moi…

27. Projet voiture chez les Amoretti.

Diesel, essence ou électrique ? Tel est le thème proposé ce soir par grand-oncle Santin.

— Merci à toute la famille de m'avoir accepté parmi vous. Ce matin, le fourgon de déménagement a fait sa livraison. Je suis désormais installé à Sabaillan.

— Nous sommes très heureux d'avoir désormais un cabinet d'architecture au Cap du Bosc ! s'amusa Jānis.

— Et nous, nous sommes très heureux d'avoir de la compagnie agréable, ajouta mémé Louisette.

— Je ne vous promets rien pour donner un coup de main à la ferme bien que je me souvienne d'avoir participé au binage, au tressage de l'ail ou à la course derrière les poulets chez nos parents. Mais c'était il y a soixante-dix ans tout ça... Comme dit notre tante Goustina qui va sur ses 109 ans :"Je suis jeune, j'ai toujours mes premières oreilles !"mais le temps use. Bon, soyons sérieux et dites-moi quel modèle de voiture conviendrait le mieux au Cap du Bosc ? J'ai bien vu que celle de Joseph comme celle de Giovanni ont fait leur temps. Je propose, comme convenu avec Giovanni, qu'il mette sa 104 sur cales sous la grange et qu'il attende. Elle va rapidement prendre de la valeur comme véhicule de collection. Quant à celle de Joseph, un peu moins âgée, nous verrons dans un deuxième temps.

— Nous te remercions mon cher frère pour ton initiative que j'ai un peu de mal à accepter car je suis assez frustré d'être dépendant. J'ai travaillé dur toute ma vie, comme Louisette d'ailleurs et maintenant à la retraite nous en sommes à gérer des centimes alors que nous étions chefs d'entreprise. Mais en fait, je pense que Līva sera désormais notre chauffeur et bien entendu Jānis, du moins pour un an. Līva a maintenant son permis et nous avons pu apprécier sa conduite. C'est surtout elle qui a besoin de se déplacer, pas nous. Donc à elle de décider quel modèle de véhicule sera le plus approprié à ses besoins.

— Aide-moi Jānis, je ne connais rien à tout cela. Je reviens sur Terre après deux cents ans d'errance, comment voulez-vous que je comprenne la différence entre tous les véhicules ? Pour moi, une voiture, c'est quatre roues et un volant.

— J'aime ta modestie Līva, répondit oncle Joseph. Je vais tenter de répondre. Papa Giovanni n'a pas eu beaucoup de voitures dans sa vie, peut-être deux ou trois ?

— Non, quatre. La Peugeot 402 décapotable, la Renault 4cv, la Citroën 2cv et la Peugeot 104. Toutes à essence et toutes achetées d'occasion.

— Moi, reprit Joseph, j'en ai eu moins que toi et toutes des diesels. En général elles consomment moins que les essences. Si tu fais 5 litres avec un diesel, tu peux compter 1 ou 2 de plus à l'essence.

— Donc, répondit Santin, une diesel semblerait plus appropriée puisque nous sommes loin de tout ici. Le moindre magasin à Simorre est à 6 km, Lombez 11 km, Auch 40, Toulouse 60.

— Et une voiture électrique ? proposa Jānis. Quelqu'un peut-il argumenter en sa faveur ? Moi, déjà le fait qu'elles soient fabriquées en Chine m'exaspère. Je pense automatiquement aux chômeurs européens, à la pollution des porte-containers… C'est quoi la France ? Qu'est-elle devenue ? Pouvons-nous vivre juste en consommant sans ne plus rien produire ? A qui profite ce système qui asservit le pays ? Où sont toutes ces marques qui avaient fait sa réputation ? Rien que pour ça, si nous optons pour une voiture neuve, alors je ne vois que la Japonaise Yaris qui est une des rares fabriquée en France. Attendez, je regarde quand même sur internet, je ne veux pas être médisant.

— Je vois que le simple choix d'un véhicule devient un choix politique ! s'étonna Santin.

— Peut-être la DS3 ? la Mégane ou la Kangoo, tempéra oncle Joseph. Il y a aussi une Opel. Il faut quand même une voiture de moyenne gamme, plutôt un break. Il y a les bébés, les grands-parents, les courses… Pour l'électrique le problème reste la batterie qui sera chinoise et son autonomie minable…

—   Tu as raison, se reprit Jānis. Il y a quand même un peu de choix français, mais en général les grandes marques qui avaient fait la réputation du pays sont parties en Orient comme le reste de l'industrie d'ailleurs. Quelques unes en Espagne ou au Maroc, quand même… Pauvre France. Une mine d'emplois qualifiés au chômage…

—   Bon, dit Giovanni, on ne va pas y passer la nuit. Définissons nos critères : Fabriquée 100% en France est impossible car la plupart des composants viennent d'ailleurs. Alors disons :

- Assemblée en France
- Une marque française d'origine
- Un modèle 5 places SW (break)
- Un moteur 2 litres, 4 cylindres si diesel
- Un moteur 1.6 litres 4 cylindres si essence
- Electrique ?

—   Electrique à réfléchir encore car si la France doit importer son électricité… Imaginons que le projet des gouvernants qui n'ont rien demandé à ceux qui savaient en interdisant progressivement le pétrole, alors nous pourrons admirer nos voitures électriques dans leur garage ! Il n'y aura pas assez d'électricité pour tout le monde. Les voitures électriques pour les citadins, ok, ils n'auront pas tous ces gaz d'échappement à respirer mais à la campagne quels arguments ?

— Hé, hé ! pas mal ! dit Līva. Ainsi pour le projet ARPEGES qui va mettre en place les circuits courts entre producteurs et consommateurs, aller chez son voisin acheter sa nourriture fraîche du jour même en campagne pourra se faire à vélo. Peut-être à vélo électrique dans les coteaux du Gers quand même ? Les trajets moyens pourraient se faire en bus et les vacances ou voyages d'affaire en train… Pas mal pour la réduction du CO2 !

— Faut-il en rester là pour le moment ? dit Santin. C'est plus compliqué que je ne le pensais. Je vois que nous ne prendrons pas de décisions ce soir. Toutefois à chacun de rechercher un peu plus d'informations et nous referons le point dans quelques jours.

— Quel bazar, s'amusa Louisette. Si à chaque fois qu'il faut faire un achat on doit faire une réunion de famille, on n'est pas sorti de l'auberge ! Alors chocolat noir ? chocolat au lait ? avec ou sans noisettes? que décidons-nous ? Hi, hi, hi…

— Tu as raison Louisette, dit Giovanni, mais acheter une voiture est devenu un luxe inabordable, alors mieux vaut ne pas se tromper car ce sera sans doute notre dernière ?

— Alors mettons-la directement au nom de Līva sur qui repose notre descendance.

— How, Mémé ! je ne compte pas dans le processus de descendance ? dit Jānis sur un ton humoristique

— Oh pardon mon Jānis… Je te vois encore si jeune ! J'ai du mal à intégrer que tu es papa. Tu es resté mon petit Jānis !

— Tu ne te souviens pas que Līva et moi, nous vous avons offert Marija et François ?

— Nous nous sommes un peu éloignés du sujet, dit Santin en souriant. Je crois que je vais aller me coucher dans cette chambre que j'aime bien, quel silence ! quel plaisir d'être réveillé par le chant des oiseaux ! j'en rêvais sans trop oser y croire. Un grand pas a été franchi !

— C'est un peu comme le pas à franchir pour décider quelle voiture conviendrait à notre famille, conclut Giovanni avec un fou-rire communicatif.

28.   L'hymne national de Lettonie

— Jānis, dis-moi ? Questionna oncle Joseph. Cette nuit j'avais du mal à dormir alors j'ai fouiné sur internet et en recherchant un peu d'histoire de la Lettonie, j'ai écouté son hymne national. Que c'est beau ! Quelle en est l'origine ?

— Effectivement, il est très beau ! je vais essayer de te le chanter :

Dievs, svētī Latviju,
Mūs dārgo tēviju,
Svētī jel Latviju,
Ak, svētī jel to!

Kur latvju meitas zied,
Kur latvju dēli dzied,
Laid mums tur laimē diet,
Mūs' Latvijā!

— Je ne t'avais jamais entendu chanter, tu te débrouilles bien ! Mais pourrais-tu me le traduire ?

—   Avec plaisir et tu verras que notre peuple qui a pourtant été écrasé, dominé, colonisé pendant au moins un millénaire, n'a gardé aucun esprit guerrier ni de haine ni de vengeance.

—   Jānis, nous attendons la traduction ! ajouta Līva.

Dieu, bénis la Lettonie,
Notre chère patrie
Bénis donc la Lettonie
Ô bénis-la donc !

Là où fleurissent les filles de Lettonie
Là où chantent les fils de Lettonie
Permets-nous de danser là-bas heureux
Dans notre Lettonie !

—   Ah ! je comprends maintenant pourquoi Jean a choisi des photos de danses en couverture du premier et du dernier tome !

—   Notre peuple a beaucoup souffert mais il a gardé la tête haute en chantant et en dansant, même lors de la révolution de 1991. J'ai beaucoup d'admiration et de respect pour nos ancêtres.

—   Tu ne m'as pas dit l'origine de cet hymne…

—   Il a été écrit par Kārlis Baumanis en 1873. Mais il fut interdit de 1944 à 1981 où on obligea notre peuple à chanter l'hymne des envahisseurs soviétiques. Heureusement, je suis né juste après cette période mais papa Guntars, tante Agnese et oncle Imants l'ont appris à l'école… Tu vas voir que les paroles traduites n'ont rien à voir avec la douce ambiance lettone…Voici l'originel qui avait été modifié en 1977 mais le mal avait été fait…

Hymne soviétique de 1944 :

*L'Union indestructible des républiques libres
A été réunie pour toujours par la Grande Russie.
Que vive, fruit de la volonté des peuples,
L'unie, la puissante, Union soviétique !*

*Sois glorieuse, notre libre Patrie,
Sûr rempart de l'amitié des peuples !
Étendard soviétique, étendard populaire,
Conduis-nous de victoire en victoire !*

*À travers les orages rayonnait le soleil de la liberté,
Et le grand Lénine a éclairé notre voie :
Staline nous a élevés – il nous a inspiré
la foi dans le peuple, l'effort et les exploits !*

*Sois glorieuse, notre libre Patrie,
Sûr rempart du bonheur des peuples !
Étendard soviétique, étendard populaire,
Conduis-nous de victoire en victoire !*

*Notre armée est sortie renforcée des combats
Nous libérerons notre pays de ses vils envahisseurs !
Nos batailles décideront de l'avenir du peuple,
Nous couvrirons notre pays de gloire !
Sois glorieuse, notre libre Patrie,
Sûr rempart de la gloire des peuples !
Étendard soviétique, étendard populaire,
Conduis-nous de victoire en victoire !*

—   Quelle tristesse cet hymne. Pas étonnant que l'URSS n'ait pas survécu bien longtemps…

—   Oublions cela et revenons à la Lettonie, reprit Oncle Joseph. Et le drapeau ? quelle est son origine ?

—   D'abord parlons des couleurs : Le rouge grenat serait la couleur des vêtements militaires de la Livonie au XIIIème siècle. Ils étaient teints au jus de canneberges ou de myrtilles. Ces baies comme beaucoup d'autres sont toujours très présentes dans les forêts et les tourbières lettones. Notre drapeau grenat-blanc-grenat est né en 1873 en même temps que notre hymne. Le blanc représenterait le sol enneigé sous le corps des soldats gisant dans leur sang…

—   Pas très gai tout ça, dit Līva. Mais c'est vrai que ce jus presqu'indélébile teinte aussi les mains lorsqu'on les cueille ! J'en ai le souvenir et je sais même comment s'en débarrasser, en se lavant les mains avec du jus de citron ou de groseilles rouges !

—   Je vois qu'en Lettonie tout est lié à la nature…dit oncle Joseph

—   Normal pour un pays païen ! Et son savoir est devenu une richesse vitale, conclut Jānis

29. . Réinventons la guerre !

Pépé Giovanni Amoretti le Paysan et son frère aîné, Santin l'architecte, refont le monde depuis qu'ils se sont retrouvés à vivre ensemble après 70 ans de séparation. Aujourd'hui ils se souviennent avoir été mobilisés dans l'armée française juste à la fin de la dernière guerre et, fort heureusement pour eux, ils n'eurent pas à monter au front. Ils ont quand même gardé de l'amertume à chaque fois que les médias font état de tensions entre des dirigeants d'un pays ou l'autre, aux bas instincts guerriers. Assis sur le banc bleu à l'ombre de la glycine en fleur, ils conversent au sujet de ce problème récurrent que subit l'Humanité depuis la nuit des temps.

— Nous entrons dans le Postmodernisme, dit Giovanni. Une nouvelle civilisation cherche à se reconstruire sur de nouvelles bases plus saines. Ainsi, grâce à nos jeunes, une solution émerge en Occitanie pour résoudre une grande partie des problèmes des Grands Equilibres entre l'Homme et la Nature grâce au

Grand Retour des Petits Paysans. Durant un siècle ils étaient partis en ville, ils reviennent enfin parmi nous ! Mais qu'en est-il des instincts primaires de certains dirigeants machos incompétents consistant à régler leurs différends ou à s'accaparer des biens d'autrui par des tueries engageant leurs propres populations ?

— Giovanni, te souviens-tu "des histoires arrangées" dont on nous forçait à retenir les dates par cœur dès notre accès à l'instruction publique ? Et rien n'a changé depuis notre époque ! Ces histoires sont toujours basées sur les frontières, les étrangers, les canons, les baïonnettes, les tortures, les asservissements des petites gens, les conquêtes, les rois et leurs châteaux...etc. Tout cela n'a rien à voir avec les peuples si ce n'est qu'ils en sont à chaque fois les victimes. On nous force à considérer les étrangers comme des ennemis lorsque cela arrange nos dirigeants. Dans quel intérêt ? Comment et où naissent ces idées guerrières manipulatrices ? Toute la faute n'en incombe pas forcément à un roi ou à un autre...qui eux aussi peuvent être manipulés... ? Par qui ? Par leur cour ? Par des intelligences sournoises aux intérêts non moins sournois et quelquefois privés ? Par des castes se pensant supérieures à leur peuple, agissant dans l'ombre de leur roi ? Ce qui est sûr, c'est que l'origine des tensions n'est jamais issue du peuple. Par contre, c'est lui que l'on envoie à la boucherie et que l'on ponctionne sur le fonctionnement de son organisation sociale pour financer les profiteurs, les marchands de canons et les re-bâtisseurs d'après-guerre guettant comme des charognards leur proie gisante. L'Homme du peuple est de nature pacifique.

— Je suis tes propos qu'on n'a pas l'habitude d'entendre mais ils m'interpellent. Poursuis ton idée.

— Giovanni, te rappelles-tu de la guerre du Golfe ? de l'infantilisation des téléspectateurs lorsque les envahisseurs inventaient sans scrupule des prétextes de cour de récréation devant la planète entière pour justifier leur convoitise ? Les peuples attaqués étaient juste coupables de posséder des réserves de pétrole dans leur sous-sol et presque personne de l'Occident ne levait le petit doigt pour tenter de stopper cette infamie.

Alors qu'on pilonnait ces populations innocentes, tellement outré, il m'était venu une idée ! Il faut réinventer la guerre en la réservant à ceux qui ont envie de la faire ! Qu'ils la fassent eux-mêmes sans y impliquer leurs populations. Réinventons les duels de gladiateurs entre chefs de guerre !

— Mon frère, tu as des idées assez spéciales mais continue, je t'écoute !

— Laisse-moi t'expliquer comment je l'imagine : Tout se passerait, par exemple, au Stade de France devant des dizaines de milliers de spectateurs. Bien entendu les télés du monde entier seraient présentes au rendez-vous pour un duel de gladiateurs pas ordinaire. Les deux rois qui auraient décidé d'être ennemis et les membres de leur cour seraient face à face et ouvriraient "le débat". Ils seraient disposés comme les joueurs de foot ou de rugby avant le début du match. Chacun des joueurs aurait un attirail de gladiateur romain et non une arme à feu qui pourrait être dangereuse pour le peuple assis sur les gradins. Pas besoin d'arbitre car tous les coups seraient permis comme ces êtres supérieurs en ont l'habitude. Ils ont été éduqués ainsi. Et au signal donné par une sirène pour faire ambiance guerrière, tous se jetteraient sur leurs adversaires-ennemis et lorsque le dernier survivant serait déclaré vainqueur, il serait immédiatement conduit en prison à vie sans autre jugement que d'avoir assassiné ses semblables avec préméditation.

— Et ensuite ?

— La Paix serait déclarée et de nouvelles élections démocratiques désigneraient de part et d'autre les remplaçants qui devraient se tenir à l'écoute de leur peuple, s'ils ne veulent pas provoquer un nouveau spectacle au Parc des Princes ou au Stade de France.

— Pas mal ton idée, frérot! A l'issue de ce match il faudrait un référendum pour mettre en place ces nouveaux prétendants au trône après les avoir entendus un par un. En espérant que cette loi, votée par démocratie participative, permette aux élus et fonctionnaires d'Etat qui auront été désignés, de respecter les intérêts de ceux qui les auront élus… Et que chaque année, ils viennent publiquement faire état de la réalisation de leurs promesses au risque d'être virés. Finie l'impunité !

— Giovanni, Santin ! rouspéta mémé Louisette qui attendait assise à table devant la nappe brodée par sa grand-mère. Hé, les hommes ! le dîner va refroidir ! Vous aurez tout à loisir de continuer votre conversation en soirée !

30   Rencontre à la préfecture d'Auch

C'est le jour J ! Que du gratin aujourd'hui rassemblé dans la grande salle de la Préfecture du Gers, 3 place du Préfet ERIGNAC à Auch ! Ce sera probablement une étape très importante pour le projet de l'association ARPEGES, bien que, depuis le début, chaque rencontre ait permis une avancée constructive. Mais là… Préfecture, Conseil Départemental, Conseil Régional et tous les élus et administratifs concernés sont réunis autour de la grande table. Ils vont entendre les représentants d'ARPEGES comme convenu le 10 août à Montadet ! Madame La Préfète du département du Gers ouvre la séance avec les présentations :

—   Bonjour Mesdames et Messieurs. Merci d'avoir répondu à l'invitation de la Préfecture, je constate que tout le monde est présent malgré nos emplois du temps chargés. Nous sommes là pour une heure pour officialiser le projet de l'association ARPEGES de Sabaillan. Mme la Présidente de l'association, pouvez-vous nous rappeler la démarche que vous avez engagée pour amorcer le Grand Retour des Petits Paysans comme prédit par Nostradamus lors de son séjour dans la tour Salinis, ici à Auch en 1545.

Elise prend la parole :

— Bonjour Madame la Préfète du Gers, Madame la Présidente de la Région Occitanie, Monsieur le Président du Conseil Départemental du Gers, Monsieur le maire de Lombez, Madame la conseillère régionale de notre canton, Mesdames et Messieurs les maires du Pays Portes de Gascogne et leurs conseillers techniques. J'espère n'avoir oublié personne. Nous sommes heureux et très émus de votre invitation et du sérieux avec lequel vous avez étudié notre projet de diagnostic-prospective de territoire partagé. Jānis Ozols vous en rappellera le démarche avec l'exemple concret qu'il a vécu.

— Nous avions, me semble-t-il, proposé de réaliser un test sur quelques villages du canton de Lombez. Avez-vous défini ce territoire ?

— Oui, Madame, répondit Paul le trésorier de l'association. Nous avons choisi deux villages : Tournan et Sabaillan et il a été convenu avec Mr le maire de Lombez que nous ferions une restitution publique lors de l'AG le 28 décembre à Lombez où bien entendu vous êtes tous invités. Ce test où participeront les lycéens de Vallée de Save servira aussi de formation aux agents de développement et aux techniciens de territoire du Pays Portes de Gascogne. Nous regrettons simplement que François qui est le concepteur de ce diagnostic ne puisse pas participer. Il nous a toutefois invités à Lyon mercredi prochain pour nous donner des conseils. Mais nous ne sommes pas inquiets outre-mesure, nous aurons deux de ses disciples qui dirigeront la démarche : Jānis Ozols et Bernard de Monbrun

— Monsieur Ozols, reprit Madame la Préfète. Comme vous l'aviez fait avec professionnalisme à Montadet, pouvez-vous nous rappeler, le plus synthétiquement possible, le diagnostic auquel vous avez participé en Pologne?

— Oui, Mesdames et Messieurs, avec grand plaisir. Conscient de la situation de la ruralité mais peut-être avant tout, de celle des villes, j'ai proposé à notre association cette méthode douce, à dimension territoriale, pour bifurquer vers la postmodernité sans provoquer de révolution ni de soulèvement de la population. Je vais donc vous remémorer ce que j'ai vécu en Pologne et aussi ce qu'il en résulte.

J'étais en onzième classe en Lettonie, ce qui correspond à la classe de première en France. J'avais choisi d'étudier dans un lycée rural au sud de la Pologne. Grâce au programme ERASMUS, j'y ai passé plus de six mois et il se trouve qu'à ce moment-là il y avait un échange en cours avec le lycée agricole de Masseube dans le Gers dans un autre programme européen. Et c'est Bernard, formateur en agri-bio qui, avec un certain Gérard, s'en occupait côté France.

En compagnie de Jolanta, la prof de français polonaise, Bernard proposa aux étudiants de ma classe et un groupe d'étudiants français qui viendrait en mai, de réaliser un "Diagnostic Prospective de Territoire Partagé".

Bernard qui avait vécu telle expérience dans le Tarn et la Dordogne, nous avait expliqué que cette démarche vraiment géniale mise au point par François redonnait pouvoir à la population locale de faire naître un projet correspondant au territoire et à l'attente de ceux qui y résident. C'est de la vraie démocratie participative !

La journée de restitution a été une grande réussite ! La télé et de nombreux médias régionaux et nationaux était présents. Les scénettes de restitution ont été jouées par les lycéens polonais devant plusieurs centaines de personnes. Les étudiants du Gers étaient venus spécialement pour participer à l'événement. Toutes les scènes de théâtre avaient été volontairement écrites dans une ambiance détendue. Le message est passé dans la bonne humeur. Il encourageait les jeunes et aussi chaque corps de métier, chaque habitant quelquefois encore un peu perdus dans cette société postsoviétique, à s'organiser ensemble pour un développement harmonieux de leur territoire. Les élèves du lycée comprirent également que le message pouvait se résumer ainsi : "En mettant en place le puzzle du développement rural respectant l'identité locale, chacun pourra y trouver sa place et il deviendra inutile d'idéaliser l'Occident car l'avenir dont nous rêvons est ici !"

Effectivement, dit Jānis, j'y suis revenu quelques années plus tard et la région n'était plus la même ! Tout s'était organisé pour encourager les productions, leurs valorisations locales et nationales. L'école qui avait bien joué le jeu s'en trouva récompensée. Des formations avaient été mises en place en fonction des besoins des projets. La médiatisation redonna des idées positives à cette petite région. Le lycée rural qui était en réelle perte de vitesse s'en trouva boosté à tel point qu'à la rentrée suivante, il dut refuser des inscriptions ! Des groupements, des petites coopératives, des associations de Paysans, artisans, commerçants et tourisme vert se sont créées sur les cendres de l'URSS.

— Merci Monsieur Ozols pour ce rappel. Effectivement nous avons bien compris ce souci de démocratie participative qui anime vos énergies créatives. Cher Monsieur, pouvez-vous expliquer à notre auditoire votre parcours professionnel ?

— Je suis de nationalité lettone bien que de fait je sois franco-letton. Ma mère est née à Lombez, 1 chemin des religieuses, a grandi à Sabaillan et a étudié à la fac de Toulouse avant de se marier avec mon futur père Letton. J'ai grandi un pied en Lettonie et l'autre à Sabaillan où je viens d'hériter de la ferme familiale et c'est à ce titre que je suis là.

— Mais Jānis, dit Louis le maire de Sabaillan présent dans la salle, tu n'as pas parlé de ton travail en Lettonie ?

— Bon, je dois donc en parler ? Actuellement, depuis quelques mois, j'ai pris une année sabbatique pour seconder mon oncle qui exploite notre ferme. Il est malade. Oui, en fait, je travaille pour le Ministère des Affaires Etrangères Français : je suis directeur de l'Institut Français de Lettonie. Avec mon épouse, nous pensons que notre avenir se situe à Sabaillan, à vivre la vie que nous proposons avec notre association ARPEGES. Voilà, vous savez tout.

— Chers amis représentant les 350 cotisants de votre dynamique association, permettez-moi, au nom de la Région Occitanie de vous féliciter, dit la Présidente de Région. Depuis le samedi fantastique de Montadet, nous nous sommes concertés avec vos responsables régionaux, départementaux et locaux pour trouver un financement conséquent. Finalement il dépasse largement les besoins exprimés pour ce test. Nous allons tous ensemble mettre de l'énergie pour qu'après ce test sur vos deux villages, dès l'an prochain nous étendions cette démarche à la Région entière.

Toute la salle applaudit et le Président du Conseil Départemental prit la parole.

— Mr Ozols. Nous avons, avec la Préfecture et la Région, analysé la situation en souhaitant qu'une personne supervise cette opération qui durera plusieurs années et nous avons pensé à vous. Vous êtes l'instigateur de ce projet et vous devez le mener pour le mettre sur les rails et continuer les prochaines années.

— Ce serait fantastique mais l'Ambassade… ?

— Mr Ozols reprit Mme la Préfète. Bien entendu vous avez le choix ou non d'accepter notre proposition qui a été étudiée dans plusieurs Ministères… Nous pensons tous que vous êtes incontournable.

— Madame je serai ravi de votre proposition, mais je suis directeur de l'Institut Français de Rīga et ma mission est…

— Monsieur Ozols, je vous ai dit que je connaissais Gabriel votre Ambassadeur et je l'ai contacté. Si vous acceptez ce poste ici dans le Gers, certes il va vous regretter mais il a dit bien vous connaitre et ce projet qu'il découvrait l'enthousiasme. Il ne doute pas de vous. Il vous laisse le choix en regrettant quand même votre présence à Rīga.

— Je suis rougissant d'émotion devant vous tous. Dois-je répondre immédiatement ? Laissez-moi le temps de me remettre.

— Jānis, dit Gabin, le maire de Lombez. Tu es bien connu dans notre région, tu as déjà démontré ta volonté de partager tes idées qui ont permis de faire renaitre l'association ARPEGES. Alors, bien entendu, tu peux réfléchir à la proposition, mais pas trop longtemps quand même.

Puis Gabin s'adressa à Monsieur le Président du Conseil Départemental :
— Est-ce le département qui le prendrait en charge ? Avec l'aide de toutes les entités réunies ici, bien entendu ?

— C'est ce que nous pensions avec Mme la Préfète mais Madame la Présidente de Région a insisté en disant que ce projet doit devenir le moteur de toute l'Occitanie !

—   Oui, chers amis, ajouta la Présidente de Région, nous sommes à une période charnière entre deux civilisations et ce projet doit avancer rapidement pour barrer la route à des forces obscures qui planent sur nos territoires. Il faut redonner au peuple sa place. Alors, la démocratie participative qui nous est proposée par ces jeunes ruraux et citadins réunis, doit être notre projet de société ! Place aux jeunes, place à une nouvelle société en harmonie avec les impératifs de la nature sans qui nous ne sommes rien. Place au Grand Retour des Petits Paysans dans une société de partage !

—   Pensez-vous, ajouta Madame la Préfète, que ce concept de diagnostic réalisé avec nos lycéens puisse continuer à porter le nom polonais "Drabina" ?

Et toute la salle acquiesça, c'est en Pologne qu'il est né. La rencontre se termina ainsi. Jānis a une semaine pour donner son accord à ce nouveau poste qui lui est proposé. Il réfléchira en famille et aussi avec les membres du bureau d'ARPEGES.

31. Septembre, temps de réflexion

—   Jānis, s'il te plait, ne réfléchis pas trop longtemps à la proposition qui t'a été faite à la Préfecture, on a besoin de toi et c'est vraiment une opportunité pour notre projet ! insista Elise lors du retour à Sabaillan.

—   Oui, rajouta Paul. On a besoin de toi pour mener ensemble la mission qui nous est confiée par toutes les instances. Cela a pris des proportions inespérées et nous n'avons pas droit à l'erreur.

—   Ne vous inquiétez pas pour ça, c'est aussi un grand événement qui arrive dans ma vie aujourd'hui. Līva dit toujours que le hasard n'existe pas et j'en ai souvent la preuve. Je dois vous avouer que j'avais rêvé de ce qui m'arrive. Mais je n'ai pas dit oui immédiatement, je veux que cette décision se prenne en famille car elle annonce un grand bouleversement dans notre vie, autant ici à Sabaillan, qu'à Rīga et à Straupe en Lettonie… Il va falloir trouver un équilibre mais je m'interdis de décider seul. J'espère que tout le monde sera d'accord. Je suis satisfait que nos décideurs ne vous aient pas oubliés. L'association va recevoir une dotation annuelle pour prendre en charge votre participation.

— Oui, ajouta Elise, ce sera motivant pour nous aussi de travailler avec toi dans ce contexte ! En tous cas, Paul et moi sommes d'accord et plus que ça, nous souhaitons vivement que tu acceptes ce poste ! Apparemment tout est prêt, ils ont le budget, les lycées sont de la partie et les élus et administratifs semblent enthousiastes. La balle est dans ton camp.

— Dans huit jours nous irons chez François à Lyon, c'est la prochaine étape. Mais avant de commencer ce diagnostic, je veux retourner en Lettonie avec Līva et les bébés début octobre pour une quinzaine de jours. Tout va si vite. Nous en rêvions et les choses se sont accélérées plus vite que nos souhaits, c'est presque magique !

— Jānis, une dernière chose, tu diras à Līva de venir à la Bourdette demain vers 11h, elle comprendra…Ce soir avec Paul, nous allons rédiger un mèl à tous nos adhérents pour leur faire un petit rapport sur ce que nous avons vécu aujourd'hui.

Et au retour au Cap du Bosc, Jānis proposa de réunir toute la famille pour réfléchir à cette proposition décidée à la Préfecture et presque imprévue…

Comme nous pouvions nous y attendre, ce fut une grande fête familiale qui se décida au pied levé au Cap du Bosc. Il fallait fêter ça comme il est de coutume en Pays Latin ! Ce soir les magrets de chez Aline seront prêts pour le barbecue et le millésime 2000 du Saint Mont mis à température ambiante ! Il faut que tout soit au top !

— Je peux donc prévenir mes nouveaux employeurs que je signerai le contrat dès qu'il sera prêt. Mais je n'appellerai que demain. Je dois avant tout contacter Son Excellence l'Ambassadeur de France en Lettonie et aussi ma remplaçante Inta Pļaviņa au poste de direction de l'Institut.

Et le soir jusque tard dans la nuit, on fêta l'événement sur la terrasse autour de la table nappée de broderies et le premier quartier de la lune souriante pour décor. Mémé ne cachait pas son émotion, sortant de temps en temps son mouchoir brodé de la manche…

— Quel bonheur de penser que Marija et François vont grandir ici avec nous. Giovanni, tu ne dis rien ?

— Que veux-tu que je dise de plus que toi, ma Louisette ! tout le monde ici est heureux, cela se lit sur les visages, pas besoin de parler…C'est le bonheur à l'état pur qui nous arrive cette année, à part bien sûr le mal dont souffre Joseph.

— Ne vous inquiétez pas pour moi, répondit oncle Joseph. Pendant que Jānis sèmera la nouvelle prairie, avec Līva et les enfants nous avons projeté d'aller passer une journée à Lourdes avant qu'ils ne partent en

Lettonie. Nous sommes déjà fin septembre. Profitons-en tant que la météo est encore clémente. En montagne le froid revient vite.

Le lendemain matin, Jānis, après avoir fait son tour dans les élevages, prit le petit déjeuner avec sa petite famille. Oncle Joseph était si heureux de voir que tous ces projets seraient également salvateurs pour la ferme : Līva et Jānis allaient donc vivre définitivement au Cap du Bosc, quel soulagement pour tous ! Après avoir savouré l'ambiance familiale, Jānis s'installa au bureau et appela dans l'ordre, toutes les personnes concernées par ce changement radical et…inattendu. Ensuite, il démarrera le tracteur, fera le plein, attellera le semoir. Les graines de luzerne, d'esparcette, de minette, de trèfle blanc, de fétuque élevée et fétuque ovine attendent bien au sec, bien mélangées dans les sacs préparés depuis cet été. Le temps s'y prête à merveille, ensuite les quatre hectares semés, il passera le cultipacker pour finement terminer le lit de semences.

A 11h, comme prévu, Līva était en compagnie d'Elise dans la cour de ferme de la Bourdette. Le fantôme d'Aimé était bien à l'heure. Elise voulait juste que Līva explique à son papa ce qui se passait depuis Montadet pour ressentir les réactions. Dès qu'Aimé fut assis sur son banc, Līva s'approcha et leurs âmes se mirent en communication durant deux ou trois minutes. Elise tenait la main de son amie, face au fantôme de son papa tout flou mais l'air détendu. Lorsque Līva reprit ses esprits, comme d'habitude Aimé disparut, emporté par un petit souffle.

— Sais-tu Elise que ton papa était auprès de toi sur une chaise vide à la Préfecture ?

— Figure-toi que j'en avais l'intuition lorsque je me suis rendue compte à la fin qu'une chaise était restée étrangement vide près de moi… J'étais tellement stressée par cette réunion que je ne m'en suis pas aperçue. Donc il sait tout !

— Tu ne te trompes pas, il sait tout et sans beaucoup s'exprimer, il m'a fait part de son enthousiasme de constater que votre projet avançait, qu'il était en bonne voie. Désormais, m'a-t-il fait comprendre, il restera avec toi à chaque fois que tu y travailleras. Il faudra que tu essaies l'écriture intuitive, il veut que tu testes avec lui, peut-être ça marchera ?

— Merci Līva, avec toi, il est plus facile de communiquer. Mais j'essaierais l'écriture intuitive. S'il arrive à guider ma main, alors ce sera merveilleux. Avec lui je me sentirai rassurée car nous avons une grande mission. Tout repose sur nous, surtout sur Jānis mais Paul et moi sommes aussi engagés avec les membres du conseil…Nous devons réussir à tout prix le premier diagnostic Sabaillan-Tournan. Ensuite, il semble que ce sera plus facile, il y aura l'aide des fonctionnaires qui auront participé comme stagiaires.

— Tu sais très bien que c'est un grand plaisir pour moi, tu es ma meilleure amie ! Demain, je conduis oncle Joseph à Lourdes. Il voulait que j'y aille avec les bébés mais ce sera trop compliqué pour la route. J'ai commencé à les nourrir au biberon de temps en temps, ils pourront ainsi passer la journée avec mémé Louisette qui se fera un plaisir de s'en occuper. Du coup oncle Santin et pépé Giovanni viendront avec nous à Lourdes. Dans huit jours nous partons avec les enfants pour une quinzaine de jours en Lettonie. Jānis a quelques affaires à régler et nous allons revoir sa famille, ses parents et aussi ses oncle et tante qui nous ont légués leur petite ferme.

— Oui, tu m'en avais parlé. La nouvelle maison en bois, est-elle terminée ?

— Oui, ils y habitent depuis un mois. Une partie nous est réservée. Ils sont allés à Emmaüs à Mētriena et ont ramené des meubles. Ainsi nous y logerons lorsque tout sera réglé à Rīga. Nous allons pendre la crémaillère comme on dit en France. Ils inviteront toutes les personnes qui ont participé à la construction. Là-bas aussi il se passe des choses inattendues avec les voisins qui commencent à s'entraider ! Après le collectivisme c'était presque inespéré.

Plus tard, lorsque tout sera plus calme, avec Pierre et votre bébé, vous viendrez passer quelques jours là-bas. Nous vous ferons visiter la Lettonie profonde, la nature y est encore vierge avec ses immenses forêts. Notre tante est druidesse, elle vous apprendra beaucoup de choses de la vie sur terre que nos sociétés modernes ont reniées. Moi aussi j'avais beaucoup de savoir-vivre en harmonie avec tout ce qui nous entoure. C'était il y a plus de 200 ans, on oublie vite. Je dois m'y remettre. Mais pour le moment je m'occupe de mes bébés.

— Merci Līva ! Quel bonheur que vous restiez pour de bon à Sabaillan !

32.   Oncle Joseph espère un miracle.

Lundi 30 septembre tôt. La garde des bébés est confiée à mémé Louisette. Jānis, après avoir fait son tour dans les élevages et mis en route le goutte à goutte dans le potager, va vérifier la jauge d'huile et le niveau du liquide de refroidissement. Puis le moteur démarré, il conduit le tracteur près de la citerne à gazole. Il fera le plein après le petit déjeuner en famille. Puis il ira au champ terminer le passage du cultipacker sur les semis. Tout le monde est prêt pour une longue journée. Līva va conduire oncle Joseph à Lourdes. Avec son fauteuil roulant il ira prier à Massabielle. Pépé Giovanni et son frère Santin sont du voyage. Eux aussi ont été briffés par mémé Louisette pour prier la Vierge de guérir les jambes de Joseph.

Līva aime Lourdes et comme dit pépé Giovanni, ce lieu donne une autre dimension à la vie. Elle connaît depuis très longtemps la dimension de la vie, elle a essayé de l'expliquer à la planète entière mais Lourdes reste tout de même le repère de la famille.

Oncle Joseph est autonome avec son fauteuil électrique. Traversant l'esplanade, tous se dirigent avec lui vers la Grotte. Avant leur départ, Mémé avait pris soin de glisser la bouteille plastique en forme de Sainte Vierge dans le sac à dos de pépé. En dévissant la couronne dorée qui fait office de bouchon, il refera le plein d'eau miraculeuse pour les usages familiaux. Elle a prévu cette fois-ci de la confier à l'aumônier de l'Abbaye de Boulaur qui officiera pour le baptême des jumeaux à leur retour de Lettonie, début décembre. Pour cette cérémonie, les Sœurs ont promis de choisir un cantique grégorien sans même avoir été invitées à le faire. Elles connaissent les goûts de la famille Amoretti, elles savent qu'elle adore cette ambiance…

Arrivés devant la grotte des apparitions, ils s'installèrent sur les bancs, Joseph s'avança en première ligne. Un office était en cours dans une langue inconnue qui semblait venue d'Amérique du Sud, genre Argentine ou Brésil d'après les intonations. Mais qu'importe pensa Joseph qui était là pour demander une grâce et non la moindre, celle de pouvoir se lever et marcher. Il se mit en prière comme il ne l'avait fait depuis si longtemps, lorsqu'il allait à la messe à Sabaillan du temps où il y en avait... Il ne se souvenait pas exactement des prières officielles toutes prêtes mais il savait exactement pourquoi il était là. Peu à peu toute son attention fut guidée vers la couleur flamboyante d'un grand étendard placé près des gros cierges devant la grotte, sans doute l'étendard de ce groupe de pèlerins. Ce rouge l'obnubilait. Il lui rappelait le rouge pourpre de la toge de Sanctus Joannes (Saint Jean) représenté sur le vitrail gauche à l'arrière de l'autel de l'église de l'Assomption de Sabaillan. Depuis son enfance, ce vitrail, il ne pouvait le quitter des yeux lors des cérémonies du dimanche matin, lorsque le soleil se trouvait juste à l'arrière. Ce rouge pourpre qui l'envahissait, le transportait comme l'amour vous transporte dans un autre monde…

En prière devant la grotte, il n'en avait sans doute pas conscience mais ce rouge qui s'offrait à son regard, juste sous la statue de la Vierge, ne devait pas être là par hasard. Joseph sait bien que le hasard n'existe pas, tout à une signification… Lorsqu'au bout d'une bonne demi-heure il reprit ses esprits, la cérémonie était terminée, les bancs s'étaient presque vidés et l'étendard n'était plus là… ni sa famille qui était allée s'adosser à la murette près du gave. Seule restait une femme en rouge agenouillée sur la marche. Joseph s'était-il endormi ? Probablement pas. Il était ailleurs, dans le monde des anges qui intercéderaient pour lui auprès de la Vierge ? Oui, à coup sûr, c'était bien ça. Alors, il tenta de se lever de son fauteuil roulant, mais rien…La force de sa prière n'avait-elle pas été suffisante ? Mais il restait confiant et déterminé, tout ne peut pas se passer à la minute près. Sans doute son ange gardien était entrain de défendre sa cause auprès des instances dirigeantes ? C'est ce qu'il en déduit en retournant auprès des siens qui l'attendaient, bercés par le bruit de fond si agréable de l'eau du Gave.

— Sois confiant Oncle Joseph, lui dit Līva. Je sais que ton ange gardien est en ce moment entrain de défendre ta cause. Ta prière était si puissante qu'elle émettait des ondes que j'ai moi-même ressenties.

Pépé Giovanni proposa :

—   Pour nous remettre de nos émotions, nous laisserons les sandwichs dans nos sacs et je vous paie le restaurant, j'en connais un dans une petite rue à droite en remontant "l'avenue des bondieuseries", j'y vais de temps en temps avec Louisette.

—   Papa, regarde, tu n'as pas pensé à moi, dit Joseph. Il y a des marches pour accéder à ton restaurant…

—   Oh, pardon, désolé. Nous allons t'aider à monter. Gare ton fauteuil ici et avec Līva nous allons te soutenir pour franchir ces trois marches.

Et le bon repas fit oublier ces quelques désagréments. Il se prolongea en discussions jusqu'à l'heure où il fut décidé de rentrer à Sabaillan.

Joseph essaya plusieurs fois de voir si un miracle ne serait pas arrivé furtivement… Mais non, rien encore.

Toute la famille fut quand même heureuse de cette journée ensoleillée. A leur retour à la maison, les bébés gazouillèrent en voyant maman. Elle leur donna le sein avant de se mettre à table ; tout avait été déjà préparé par Mémé. Jānis était satisfait, le semis des prairies avait été fait dans bonnes conditions, restait à attendre la pluie. Il ne faudrait pas qu'elle tarde trop pour que les insectes et les oiseaux ne prennent ces petites graines pour un festin leur étant destiné…

33. Aujourd'hui à Lyon, demain en Lettonie

Ce matin tôt, Elise, Paul et Jānis entrent dans la gare de L'Isle-Jourdain et, ébahis, lisent sur le panneau d'affichage numérique : "Aujourd'hui pas de train, grève surprise des cheminots pour la revalorisation des salaires".

— Grrr ! encore !!! Je n'ai jamais compris les grèves françaises, s'énerva Jānis…Tout était bien synchronisé pour être à l'heure de notre rendez-vous à la gare Lyon-Perrache et voilà que des privilégiés qui ont la chance d'avoir un bon emploi, empêchent leurs congénères de circuler librement ! Si je devais un jour faire grève, ce serait en cherchant à embêter les décideurs et pas la population ! Quelle m… !

— Je pense exactement comme toi ! dit Elise. Je n'ai jamais voulu participer à cette ambiance qui, même si elle est décidée pour une cause juste, ne s'adresse pas aux coupables, à tous ces technocrates grassement payés qui doivent bien se marrer dans leurs tours de verre bleuté…

— Qu'en pensez-vous ? En voiture nous aurons aussi vite fait le trajet…bien que le bilan carbone en prenne un coup. Nous étrennerons ainsi la nouvelle voiture de la famille Amoretti. Une bonne diesel française qui, moindre mal, serait plus sobre en CO2 qu'une électrique si on fait le bilan de toutes les pollutions, l'exploitation des terres rares par des enfants congolais, l'exploitation de l'uranium sans oublier les risques et la gestion des déchets nucléaires "que l'on confie" à nos générations futures …

— J'allais te proposer la même alternative, dit Paul. Nous devrons nous occuper du remboursement des billets chèrement payés… "Prenez les transports en commun pour sauver la planète" qu'ils disent, sans doute ironiquement mais avec raison, car le coût de la pollution de nos véhicules est bien supérieure aux transports en communs. Ces transports devraient être gratuits et interdits de grèves paralysant tout le pays : métros, RER, tramways, bus et trains réunis ! Pour l'avion je ne sais pas…Aujourd'hui pas trop le choix si nous voulons rencontrer François…

— Oui, on ne peut pas reporter car demain je m'envole pour la Lettonie avec Līva et nos bébés.

Et 6 h plus tard ils étaient en compagnie de François dans un des troquets de Lyon-Perrache. Nous n'aborderont pas le prix du parking…

François, maintenant à la retraite, n'a toujours pas décroché de sa philosophie. Il a participé à la fondation de nouvelles monnaies locales solidaires, à la création de jardins partagés en ville, à la réflexion sur le réaménagement des petits territoires et bien entendu notre projet Paysan l'intéresse beaucoup. Il dit qu'il est reproductible à l'infini ! Il nous avait préparé une pile de documents et de livres qu'il avait édités. Il nous raconta des expériences, qui même si elles n'ont pas la même envergure que la nôtre, vont dans le même sens.

—   Continuez, vous êtes sur la bonne voie ! Utilisez toute mon expérience en matière de diagnostic de territoire, vous avez tout ici dans ces ouvrages, même ceux édités par les CIVAM. Des exemples, des échecs analysés, tout y est !

"Un échec est plus formateur qu'une réussite. Souvent lorsque vous réussissez vous êtes incapable de dire pourquoi, donc ce n'est pas un support intéressant pour reproduire une expérience. Un échcc cst plus facilement analysable et donc rarement reproduit. On sait pourquoi l'échec, pas forcément pourquoi la réussite.

Nous restâmes près de trois heures en compagnie de François qui nous quitta en nous rappelant qu'il serait toujours là pour un conseil, de ne pas hésiter à le contacter… Et la route fut longue pour le retour. Il était près de deux heures du matin lorsque nous arrivions à Sabaillan. Les familles inquiètes téléphonèrent plusieurs fois durant le trajet…

En route pour la Lettonie

A Sabaillan, tout s'organisa très vite. Oncle Santin se proposa de loger chez Joseph pour l'aider dans ses gestes quotidiens matin et soir. Louis et Paul s'occuperaient de la surveillance des élevages. A 4h il faut se lever et partir à 5h. Le vol pour Frankfort est à 7h. Paul s'est proposé de les conduire jusqu'à l'aéroport de Toulouse-Blagnac. Et bien que Jānis resta à moitié endormi durant le voyage, tout se synchronisa bien. A 14h30, heure locale (13.30 heure française), la jeune famille était à l'aéroport de Rīga où les attendaient grand-mère Nicole et grand-père Guntars avec chacun un bouquet à offrir. Ils "s'emparèrent" de Marija et François. Ils eurent droit à de très beaux sourires valant de l'or pour ces grands-parents qui allaient maintenant devenir si éloignés…Pépé Giovanni ces jours derniers n'avait pas manqué de placer son grain de sel : "Comme ça Nicole et Guntars seront obligés de venir plus souvent à Sabaillan s'ils veulent voir grandir leurs petits-enfants !"

— Nous resterons à Rīga jusqu'à samedi, proposa Jānis. Samedi nous sommes tous invités à Zēmites par oncle Imants et tante Agnese pour pendre la crémaillère comme on dit en France. Chez nous en Lettonie, lorsque la construction de la maison est terminée, nous plaçons un bouquet de fleurs de saison ou de branche de bouleau sur le faîtage du toit. Ce sera probablement une grande fête où tous les voisins et les jeunes de Graši qui ont participé à la construction, seront invités.

— Pour aujourd'hui, dit papa Guntars, je vais vous déposer à votre appartement le temps que vous vous installiez et ensuite nous vous invitons au grand Lido, le plus grand de cette chaîne de restaurant typiquement letton mais aussi le plus grand d'Europe construit en rondins de bois. L'atmosphère y est chaleureuse surtout en hiver lorsqu'il fait très froid au dehors. La nourriture y est excellente !

— Super, dit Līva. Ma vie est si tumultueuse depuis mon retour le 8 novembre 2023, que deux ans plus tard je n'ai pas encore beaucoup de repères, à part Le Cap du Bosc et le Centraltirgus, bien entendu. Alors je suis empressée de découvrir ce Lido dont Jānis m'a souvent parlé. Et j'attends avec impatience d'entrer dans notre maison Zēmites et de revoir la ferme Rozkalnis, ses chèvres, ses chevaux.

— Si vous permettez, ajouta Jānis, en arrivant dans notre appart, je ferai une grosse sieste si je veux que ce soir, ma tête ne s'affaisse pas dans mon assiette!

Quinze jours en Lettonie !

Le premier jour à Rīga, Līva souhaita passer la journée avec ses beaux-parents pour qu'ils profitent de la présence de leurs petits-enfants Marija et François. Jānis allait directement retrouver "son Institut" avec un petit pincement au cœur. Il aimait tant son poste de directeur mais le choix de rester à Sabaillan qui se présentait à lui, était sans conteste l'avenir dont il n'osait rêver. Et cela s'amplifia ces dernières années où Līva et la petite famille s'étaient ajoutées à sa vie. Mais pour le moment, SE L'ambassadeur de France en Lettonie est le seul à savoir que l'année sabbatique de Jānis reste juste la version officielle.

Poussant la lourde porte de chêne du 9 bulvaris Raina, son cœur battait plus que d'habitude. Chaque personne qu'il rencontra dans le couloir et l'escalier lui fit part du souhait de son retour…

— Vous nous manquez Mr Ozols ! Quand revenez-vous ?

— Pourquoi ? répondait-il avec une pointe de malice. Mme Inta Pļaviņa est-elle une tortionnaire ?

— Mais non, pas du tout. Au contraire, elle continue dans votre sillage et ici tout fonctionne au mieux depuis que vous nous avez instauré la démocratie participative ! Cela ne veut pas dire que l'on ne vous regrette pas !

— Est-elle dans son bureau ?

— Je pense.

— Toc, toc… Bonjour Mme la directrice ! dit Jānis en poussant très discrètement la porte.

— Oh Jānis ! Quelle bonne surprise ! Cette fois-ci je dois vous embrasser, vous permettez ?

— Bon, pour cette fois-ci, d'accord ! répondit-il avec un sourire amusé.

— Jānis, quel plaisir de vous revoir ! Vous ne nous aviez pas prévenus de votre retour ! Je dois encore une fois vous remercier de votre confiance. Lorsque Mr L'Ambassadeur m'a proposé au pied levé de vous remplacer, il m'a dit qu'il ne me connaissait pas bien mais qu'il se fiait à votre jugement.

— Inta, en traversant les couloirs qui mènent à votre bureau, je n'ai entendu que des éloges vous concernant ! Bravo. Je ne suis en Lettonie que pour deux semaines dans un cadre familial mais je ne manquerais pas de revenir voir mes collègues ! Demain je suis invité par Son Excellence pour un repas en tête à tête au resto italien Baznīcas iela. Inta, essayez d'organiser un petit pot avec tous nos collègues, j'aimerais les revoir tous sans les déranger dans leur boulot !

— D'accord, cette semaine, c'est promis. Au fait, plusieurs fois, une apprenante le français m'a demandé la date de votre retour. Dois-je l'avertir de votre présence en Lettonie ?

— Oh là là, Non, Inta ! Je comprends de qui vous parlez. Ne s'appellerait-elle pas Sarmite ?

— Exactement.

— S'il vous plait, ne dites rien à cette jeune et sympathique poétesse. Ce sera le mieux.

— Comme il vous plaira Jānis ! Je vous préciserai rapidement la date et l'heure du pot, ce sera sans doute en fin de semaine. Au plaisir de vous revoir !

Et dans l'après-midi, Inta rappela pour confirmer : ce sera vendredi à 16h. Ce fut une rencontre chaleureuse, tout autant que le repas en tête à tête avec

SE l'Ambassadeur qui, en quittant Jānis, promit d'être à Lombez le 28 décembre auprès de son amie Janine la Préfète du Gers pour l'AG d'ARPEGES.

— Monsieur Ozols, ici à l'Institut comme dans l'Ambassade toute entière et même la Présidente de la République de Lettonie se sont inquiétés de ne plus vous rencontrer dans les réunions ou les cocktails, nous vous regrettons tous…

Samedi à la maison Zēmites à Straupe.

— Regarde notre belle maison en bois, elle est magnifique ! Jānis, n'allons-nous pas regretter de nous installer à Sabaillan ?

— Pourquoi regretter ? Ces prochaines années nous aurons fort à faire en Occitanie, mais nous pourrons quand même venir de temps en temps nous ressourcer ici et qui sait si ensuite la Lettonie ne sera pas demandeuse du même concept de développement ? Pour le moment, elle a encore en mémoire l'expérience soviétique alors elle est euphorique d'entrer dans la société de consommation qui donne l'illusion de liberté mais qui est un piège. La Lettonie reste empreinte des racines profondes de son Harmonie entre l'Homme et la Nature et il sera peut-être plus facile de mener un tel projet ici. D'abord les Lettons doivent faire leur expérience de consommateurs, ensuite, ce sont eux qui demanderont à revenir à la réalité, à leur réelle identité. Alors qui sait ? Zēmites sera peut-être notre résidence à la retraite, nous aurons une bonne expérience en Occitanie. Et le réchauffement climatique qui est en route, remontant progressivement du Sud, rendra celui de la Lettonie plus "convivial" ?

— Hé, les jeunes ! intervint oncle Imants. Vous philosopherez plus tard. Aujourd'hui c'est la grande fête de Zēmites qui nous réunit. Nous serons une cinquantaine pour le repas ! Les deux cuissots d'élan sont sur le tournebroche et les anguilles entrain de se fumer à l'étouffée. Les légumes ont été cueillis au petit jour.

En Lettonie on aime les viandes fumées et notamment les poissons qui sont abondants dans les lacs et rivières. La cuisson se déroule ainsi : on creuse un trou adapté à son grill, par exemple 1x0.50m et 0.40 de profondeur. On prépare un feu au fond, comme dans un barbecue. Lorsque la braise est bien prête sans être trop active, on y installe le grill. Les viandes à cuire y sont déposées et des barres seront disposées au niveau du sol pour y reposer une toile épaisse, voire une couverture qui sera recouverte de terre pour étouffer la cuisson. Les anguilles qui seront servies aujourd'hui auront ce petit goût agréable de fumée. La cuisson terminée, on rebouche le trou, ainsi pas de risque d'incendie et le gazon reprendra vite sa place.

Ce fut une grande de fête qui permit de renforcer les liens entre voisins et les jeunes apprentis. Même les voisines qui pour la plupart se connaissaient peu, avaient prévu leur couronne de fleurs de saison et commencèrent à détendre l'atmosphère par des chants traditionnels faisant renaître l'ambiance Paysanne de la Liberté d'antan, bien avant l'URSS, bien avant les barons baltes, bien avant l'an mille…

C'est bon pensa Jānis en se délectant de l'ambiance de l'équipe qui participa à la renaissance de la ferme de Renars. Dans 20 ans, lorsqu'un de nos enfants s'installera à Straupe et l'autre à Sabaillan, la Petite Paysannerie sera récréée et indestructible en Europe ! Et si les oligarques insistent avec leurs poisons et leurs containers, nous les enverrons paître sur Mars ou sur la Lune qui les font tant rêver ! Qu'ils y aillent ! Après tout, à qui appartient la planète Terre ? A personne. C'est nous qui lui appartenons. Nous devons la respecter en vivant en harmonie avec elle et non en prédateurs !

Agnese et Imants, Nicole et Guntars, Līva et Jānis et leur progéniture souriante, formaient désormais une belle famille Occitano-Lettone ! Les invités au festin s'en rendaient bien compte et cela fit naître un esprit nouveau au cœur de la Lettonie profonde, où seuls les loups, les ours, les élans, les millions de migrateurs et les ondes positives retrouvent leur chemin sans se perdre…

En soirée, après avoir participé au rangement, les voisins, les jeunes de Graši ainsi que Nicole et Guntars quittèrent Zēmites avec un sentiment chaleureux d'avoir participer à ce chantier qui se termine aujourd'hui par une journée conviviale réussie…

Le bonheur serait-il également revenu dans le pré letton ?

Līva et Jānis commencèrent à penser à s'installer dans la partie de la maison qu'ils s'étaient réservée. Tout avait été prévu par Agnese la maîtresse de maison. La chambre traditionnelle avec une armoire, un lit double, un berceau assez large pour les jumeaux. Dans la salle de vie dont la cuisine fait partie : canapé, table et chaises, petits meubles de cuisine près de la cuisinière à bois… Le tout acheté chez Emmaüs à Mētriena.

— Hum, je présume que ces meubles sont d'origine française, vu leur style, dit Jānis.

— Exactement acquiesça tante Agnese. La responsable d'Emmaüs m'a dit qu'ils venaient d'être ravitaillés par camion d'Annemasse et Angoulême si je me souviens bien, car je ne connais pas la France.

— Ah oui, c'est vrai ! Tu dois absolument la découvrir ! Nous allons nous organiser pour qu'Imants et toi puissiez venir à Sabaillan. Peut-être l'été prochain lorsque les travaux des champs seront terminés pour vous et aussi pour nous au Cap du Bosc ?

Agnese ne savait pas si elle oserait parler de son projet… Mais se retrouvant seule avec Līva et Jānis, elle se jeta à l'eau.

— Lorsque j'ai été intronisée druidesse lors d'une grande cérémonie à Drusti, le chef des druides me voyant hyper-motivée me donna l'idée de créer un centre de formation ici dans notre secteur. Et depuis, avec Imants, nous ne passons pas une journée sans y réfléchir. Il y a de plus en plus de Lettons qui sont en recherche de leur culture ancestrale. Depuis la perestroïka, ils idéalisaient un peu trop l'Occident jusqu'à ce qu'ils prennent conscience que la culture lettone est l'avenir de l'Homme. Ils veulent réapprendre. Il y a aussi de plus en plus d'étrangers, souvent occidentaux, qui sont attirés par notre savoir. Alors pourquoi ne pas créer une association et proposer des formations ? dans notre vieille maison Rozkalnis par exemple ? A peu de frais, simplement des sanitaires et colmatant quelques gouttières, elle pourrait servir de base. Et les personnes pourraient loger, soit dans un camping que nous aménagerions seulement pour l'été, soit pour les plus aisés en gîtes ? Il y en a plusieurs dans la région grâce au parc national de Gauja (Gaouilla). Qu'en pensez-vous ? car vous êtes les héritiers et vous êtes en droit d'accepter…ou pas.

— Génial, c'est un projet génial, répliqua immédiatement Līva. Qu'en penses-tu Jānis ?

— J'en pense comme toi ! C'est un excellent projet et une belle ouverture pour faire partager notre culture qui est restée étroitement liée à la nature avant qu'elle ne s'occidentalise. Elle ne doit pas prendre le même chemin que la civilisation consumériste en perte de repère et vouée à s'étioler. Autant qu'elle se réapproprie la vraie vie plutôt qu'à ces farces apocalyptiques d'homme augmenté ou de réalité virtuelle. Personnellement je suis impressionné et ravi de te voir, avec oncle Imants bien entendu, prendre la bonne direction en faisant partager tout ton savoir ! Bravo pour l'idée. Allez-y ! nous sommes avec vous !

Līva ajouta :
— C'est un projet merveilleux ! Je savais très bien que Jānis approuverait. J'aimerais moi aussi participer pour me remémorer tout ce que j'avais appris dans ma jeunesse. Mais demain, nous repartons en France.

34. Le diagnostic Sabaillan -Tournan s'engage.

Jānis est maintenant "chef de projet". Il est mis à disposition par la Région Occitanie au service de l'association ARPEGES. Il a dû démissionner de son poste de directeur de l'Institut Français de Lettonie. Il a dû aussi quitter le secrétariat de l'association. Annie de Montadet le remplace avec enthousiasme.

Bernard de Monbrun sera là de temps en temps mais il se sent un peu dépassé par l'ampleur que prend ce projet depuis dix ans qu'il est à la retraite. Il préfère juste servir de conseiller. Jānis va donc diriger les travaux en compagnie du bureau d'ARPEGES et d'une bonne équipe d'agents de développement. Elle est entrain de se former en travaillant avec les lycéens de Samatan et l'Isle Jourdain. Ils préparent des questionnaires adaptés à la population locale.

Une fois les questionnaires établis, mais qui resteront anonymes, arrivèrent les vacances de

Toussaint où, durant ces quinze jours, les lycéens de Sabaillan et Tournan et quelques-uns des villages proches, interviewèrent les habitants en essayant de rencontrer quatre ou cinq familles ou entreprises, seuls ou en binôme. Il faut compter une demi-journée par interviews.

Il en ressortit un panel de réponses, en général constructives, qui donnèrent matière à imaginer des scénettes nous projetant dans ces deux villages dans une vingtaine d'années. Il y eut une profusion d'idées à classer en quatre groupes qui donneront quatre scénettes "effet miroir". Elles seront jouées lors de l'AG d'ARPEGES le 28 décembre.

Le jeudi 7 novembre, juste après la rentrée de Toussaint, les rencontres d'une heure par semaine reprendront dans les lycées pour analyser en groupe ces enquêtes et à partir de là, imaginer les manuscrits pour la restitution théâtrale. Le temps qui est imparti à ce projet scolaire est vraiment très limité et heureusement deux bénévoles des théâtres de Samatan et l'Isle-Jourdain prêteront main-forte. Il ne restera qu'un mois pour les répétitions avant les vacances de Noël.

Tous ceux qui préparent les textes, autant que les jeunes qui seront acteurs, ont bien été briffés pour donner un ton agréable et joyeux voire humoristique qui doit projeter les spectateurs locaux et les observateurs de tous horizons, dans leur propre futur réaliste et optimiste correspondant à la philosophie portée par ARPEGES depuis ses débuts.

35.   28 décembre, le miracle inattendu

— Sainte Marie et Sainte Bernadette de Lourdes, Sainte Thérèse de Lisieux, Sainte Germaine de Pibrac, Bienheureux Père Cassan de Ste Marie du Désert, Marthe Robin de Châteauneuf de Galaure, Anglèse de Sagazan de Garaison, notre Claire de Castelbajac de Boulaur et Toi mon Ange Gardien, Vous que j'implore chaque jour, donnez-moi la force de me lever de ce fauteuil roulant ! supplia très fort oncle Joseph durant le petit déjeuner, à la grande surprise de sa famille. Et de la toute-puissance de ses bras, il s'appuya sur les accoudoirs de son fauteuil roulant et... se leva !

— Regardez les enfants ! Regardez ! Je suis debout ! Merci, merci à toutes et tous!!! Je suis debout !

Jānis et Līva étaient littéralement ébahis par cet événement inespéré et inattendu en ce jour qui s'avérait déjà événementiel par ce qui allait se dérouler dans la salle omnisport de Lombez. Vite, la famille Amoretti prévenue accourut. Un miracle vient de se produire à Sabaillan ! Oncle Joseph est debout !

— Merci Sainte Vierge, s'écria immédiatement mémé Louisette en sortant le mouchoir brodé de sa manche pour éclater en sanglot !

— Līva en rajouta : Ta prière était si forte devant la Grotte de Lourdes que tu as été exaucé ! Constatons la force de la prière que l'on sous-estime si souvent dans nos vies agitées !

— La force de la prière, peut-être ? dit Giovanni. Mais la force de caractère de mon fils y est aussi pour quelque chose ! Cela aussi on le sous-estime ! Se battre moralement contre le mal peut influer grandement.

— Oui, c'est vrai, dit Jānis. Mon oncle a un caractère de cheval, il ne s'est jamais avoué vaincu, il a lutté psychologiquement, il a gagné !

— Merci pour votre enthousiasme à tous mais là, je ne suis que debout ! Vais-je pouvoir faire un pas ? Jānis, approche-toi de moi.

— Veux-tu que je t'apporte les béquilles ?

— Non, non, sois juste près de moi par sécurité.

Et il fit un pas, puis deux… en restant très prudent, la moindre chute pourrait anéantir ce progrès. Mais aujourd'hui il s'en tiendra là. Le bonheur a envahi les prés du Cap du Bosc !

36. L'AG et la restitution du diagnostic Prospective dans la salle omnisport attenante au stade de Lombez.

Pas encore remise de ses émotions, la famille Amoretti-Ozolu était là à 9h pour assister aux derniers préparatifs avant l'Assemblée Générale prévue à 10h. Oncle Joseph, par crainte de détourner l'attention de ce grand jour, préféra passer la journée sur son fauteuil électrique comme si rien de miraculeux ne s'était produit. Tous étaient venus assister à cette première assemblée générale très spéciale ! Līva accompagnait d'une main son mari et de l'autre le landau de Marija et François. Santin, Giovanni et Louisette n'aurait pour rien au monde manqué ce jour événementiel dont Jānis et Līva rêvaient depuis longtemps.

Le groupe des trente arriva en même temps avec leur famille respective. Les jeunes acteurs de la restitution étaient là pour une dernière répétition. La grande table sur le côté de l'estrade attendait les élus et les agents administratifs départementaux et régionaux pour 10h.

261

Elise, Annie et Paul s'installeront sur une petite table près de l'écran du rétroprojecteur. Bernard les rejoindra après la lecture et l'approbation de l'AG. Quant à Jānis, après qu'Elise, la présidente, aura accueilli et présenté les notables, il donnera le ton en restant debout et circulera, micro en main. Les maires de Sabaillan et Tournan présenteront leur village. Plus tard, Jānis prendra de nouveau un temps de parole où sera expliqué le concept du "diagnostic-prospective de territoire partagé" inventé par François et adapté aux lycéens par Bernard de Monbrun. Puis les quatre scénettes seront jouées par les lycéens, alternant avec des moments ludiques. Des jeunes danseurs du club de danse lombézien représenteront les différents groupes des communautés rurales reconstituées, chacun un élément du puzzle à la main. La danse se terminera par l'assemblage des éléments du puzzle face au public, imageant ainsi le territoire uni par son projet.

De la réussite de ce test sur les deux villages pourrait dépendre l'avenir de l'Occitanie. Tous en sont conscients et personne n'en doute, même pas la Présidente de Région. Ils sont confiants en la capacité de Jānis Ozols, d'Elise, de Paul et de l'équipe des agents de développement du territoire, à mener cet exercice qui s'étendra progressivement en Vallée de la Save puis, comme prévu, sur l'ensemble du Pays Portes de Gascogne…Puis ? Puis… ?

10h : Sur le podium s'installèrent les notables invités : Mme la Préfète de Région Occitanie représentant son Ministre de tutelle, Mme la Préfète du Gers, son ami l'Ambassadeur de France venu spécialement de Lettonie, Madame la Présidente de la Région Occitanie, Monsieur le Président du Conseil Départemental du

Gers, Madame la Présidente du Pays Portes de Gascogne, Madame la Conseillère régionale locale, Monsieur le Maire et Conseiller Départemental de Lombez, Madame le Maire de Tournan et enfin Monsieur le Maire de Sabaillan.

Monsieur Gabin, Maire et Conseiller Départemental du Gers ouvrit la séance en saluant l'initiative et l'ambiance créative provoquée par l'association ARPEGES dans son canton de Lombez.

Elise prit ensuite la parole pour saluer et remercier tous les haut-fonctionnaires et élus d'avoir soutenu le projet d'embauche de Jānis Ozols proposé par Mme la Préfète du Gers. Elle les remercia également d'être tous là aujourd'hui pour assister aux résultats. Puis, tremblotante, elle passa rapidement le micro à Jānis qui se sentait un peu plus à l'aise.

— Mesdames et Messieurs les dignitaires, même si nous avons une haute estime pour vous et pour les entités que vous représentez, ne soyez pas étonnés si je ne respecte pas le protocole car aujourd'hui c'est notre population que nous allons honorer ! En effet, c'est elle qui nous indique la voie à suivre pour sortir de l'impasse notre société, voire notre civilisation. Je vais donc commencer par saluer les centaines de personnes qui sont face à vous, dans cette salle omnisport trop petite pour l'occasion. Monsieur le Maire de Lombez qui, au nom de sa commune, a généreusement proposé d'abriter notre AG, n'avait prévu "que" 550 chaises, réunies grâce à l'aide de la commune de Samatan et nous pouvons constater qu'il en aurait fallu plus du double ! C'est fantastique ! Merci chers amis d'être là ! C'est l'avenir de notre lieu de vie et donc notre avenir que nos lycéens vont nous restituer. En fait, quand je dis nous, je pense tout d'abord aux Tournanais et aux Sabaillanais qui ont absolument tous participé, même les enfants, aux interviews qui ont servi de base à la réalisation de ce Diagnostic-Prospective de Territoire Partagé. Il va, dans quelques minutes, nous permettre de nous projeter dans les vingt prochaines années avec optimisme ! Les jeunes lycéens des classes de première de L'Isle-Jourdain et Samatan ont tous travaillé à la restitution, si bien que nos scénettes théâtrales "effet miroir" vont plutôt ressembler à un péplum !

Puisque Elise, présidente d'ARPEGES, a commencé en nous rappelant l'historique de notre association, je vais me présenter à mon tour. J'ai récemment été nommé "Chef de Projet" mis à disposition de l'association par nos institutions. Mon parcours pour en arriver là va peut-être vous sembler étrange.

Comment le haut-fonctionnaire de l'Etat Français que j'étais il y a encore quelques jours à l'Ambassade de France de Lettonie, s'est propulsé avec enthousiasme sur la ferme familiale de Sabaillan ? Personnellement j'en rêvais depuis mon adolescence, comme mon épouse, d'ailleurs. Par contre, mon père qui me voyait déjà Ambassadeur de France, a du mal à comprendre…

Je vais vous faire un petit historique de ce qui m'a amené devant vous et cela commença lorsque j'étais étudiant à l'Université à Toulouse. J'ai passé plusieurs étés en tant que bénévole dans la Communauté Emmaüs de Grisolles, tout au bout de notre Vallée où la Save se jette dans la Garonne. Je m'occupais de la librairie. C'était pour moi un grand plaisir car j'aime les livres et ceux qui les lisent. Un jour, en triant un des nombreux cartons qui sont régulièrement donnés à cette association solidaire, je suis tombé sur un recueil en latin, très ancien et très usé, sur les prophéties de NOSTRADAMUS ! Vous savez que la plupart annoncent des catastrophes qui pour certaines se sont produites et d'autres sont à venir. Cet ouvrage était vraiment en mauvais état et un non-initié l'aurait peut-être mis directement dans la benne des papiers recyclables. Ayant quelques notions de langue latine, je l'ai rangé dans le tiroir de mon bureau au magasin et lorsqu'il n'y avait pas de clients, j'essayais de le déchiffrer. Et un beau jour, je suis tombé sur une prophétie assez compréhensible, ce qui est rare ! Elle m'interpella parce qu'elle était datée de l'an 1545 à Aush (Auch en occitan) ! Oui à Auch dans le Gers, chez nous ! Car Michel De NOSTREDAME dit NOSTRADAMUS, apothicaire-astrologue né à Saint Rémy de Provence, a été quelques temps professeur à Auch où il logea dans la tour carrée du Collège Salinis. Cette tour existe toujours dans son aspect extérieur bien que, depuis ce temps, l'intérieur ait été remodelé.

Cette prophétie, comme généralement beaucoup d'autres, commençait ainsi :*"Lorsque le feu céleste aura annihilé la vie des mers et l'Antéchrist poison et malfaisance répandu, alors...".* Jusque-là, avouez que l'ambiance n'était pas très réjouissante pour l'avenir de notre planète et pour ceux qui y résident. Mais rassurez-vous, la suite va inverser la donne !

Cette fois-ci je reprends le paragraphe entier: *"Lorsque le feu céleste aura annihilé la vie des mers et l'Antéchrist poison et malfaisance répandu, alors nombreux Petits Paysans saine vie et saine nourriture au peuple offriront !"*

Si la catastrophe annoncée s'avère si grave, ne serait-ce pas là l'opportunité de nous délivrer du mal de la finance multinationalisée ? Elle est en train de piller impunément notre lieu de vie et de ponctionner notre organisation sociale. Ce qui m'a de suite interpellé, c'est l'espoir que suscite cette prophétie pour nous les Petits Paysans et pour les jeunes générations citadines. La chance semble à notre porte, saisissons-la tous ensemble, chacun ayant sa place dans ce puzzle !

A partir de cette lecture, je me suis pris à rêver d'un monde plus juste où la dignité de nos peuples referait surface en s'organisant différemment de ce que nous proposent les "harpagons" détenteurs de la pseudo-réussite et surtout de leurs escarcelles avides. Vive le Grand Retour des Petits Paysans en harmonie avec la Nature ! Vive la Postmodernité ! Fini le béton et la mondialisation qui ruinent notre civilisation !

Constatez que la France a périclité dès "l'ouverture des marchés". Elle avait un bon niveau de vie, une industrie et une agriculture florissantes mais rapidement, laissant la liberté "aux profiteurs", en quelques années tout s'est échappé ailleurs où le coût de la main d'œuvre est dérisoire. Ainsi, l'équilibre de notre organisation sociale a été rompu. L'équilibre des communautés rurales d'antan n'était plus compatible avec un tel système où les uns exploitent les autres ou les excluent.

Le fondement même du projet de société que nous allons vous proposer va reprendre tout à zéro sans tout casser, juste avec de la démocratie participative. Les jeunes pas encore trop formatés à la néolibéralisation et à la virtualité peuvent en prendre conscience et s'investir en leaders dans un nouveau monde pour y entraîner toute notre population.

Comme le souhaitent les personnes interviewées, Nous allons recréer un monde d'entraide et de partage des richesses, le tout en harmonie avec la Nature dont nous faisons partie intégrante. Nous allons recréer une société rurale où chacun aura sa place. Les villes seront bientôt une hérésie, elles ont déjà perdu leur mission et sont entrain de créer une vie complètement artificielle. Elles existent seulement depuis quelques millénaires. Elles étaient disposées aux croisées des grandes voies d'échanges, quelques centaines de marchands y vivaient. Le monde était fait de communautés rurales où, comme dans la construction d'une pyramide, chaque pierre est nécessaire au bon équilibre. Il n'y avait bien entendu une cheffe ou un chef mais pas de profiteur dominant, chacun dans son rôle était utile à l'organisation sociale. Seuls les enfants, les personnes les plus faibles et les plus âgées étaient naturellement pris en charge.

Cela semble utopique de retrouver cet équilibre ? Impossible pensez-vous ? Vous ne vous sentez pas maître de votre destin ? Alors laissez-moi vous raconter une nouvelle anecdote qui m'a aussi guidé. Lorsque j'étais ado, ma grand-mère m'amena en Vallée du Rhône où vit une branche de notre famille. En visitant l'Abbaye d'Aiguebelle où mon arrière-grand-père maternel fut salarié de la ferme, le moine qui s'occupait du magasin répétait à tous les visiteurs qui voulaient bien l'entendre, une simple phrase que je n'ai jamais oubliée et qui m'a souvent servi :

"Lorsque vous avez un projet qui vous semble juste et honnête mais que vous jugez impossible à réaliser, au lieu de vous dire que vous n'y arriverez jamais, suivez ma méthode : Même si vous n'y croyez pas, dites-vous dix fois, vingt fois par jour : je vais réussir ! je vais y arriver ! Même sans y croire, vous allez quand même tout faire comme si ça allait marcher. Vous assemblerez un à un les éléments de votre projet utopique et un beau jour, sans savoir ni comment ni pourquoi, vous vous rendrez compte que ça marche."

Avant le déroulement de la restitution de nos travaux sous forme théâtrale, nous allons procéder à l'AG de notre toute jeune association…Je laisse la parole au staff de l'association :

— Mon nom est Elise, je suis Paysanne bio à Sabaillan, présidente d'ARPEGES depuis sa renaissance, il y a juste un an. Mon mari était citadin, ingénieur dans l'aéronautique, il est depuis peu Paysan sur notre ferme de polyculture-élevage. En introduction de notre rencontre, je devais vous présenter notre historique mais lorsque j'ai levé les yeux et vu tant de personnes face à moi, pardonnez-moi mais le tract m'a paralysée. Mille poulets face à moi, ça va ! mais mille personnes c'est intimidant ! (rires dans la salle). Tout d'abord je laisse mes deux autres collègues se présenter. Ensuite nous pourrons ouvrir la séance par la lecture de l'ordre du jour. Les feuilles d'émargement sont complètes ! Merci aux 350 adhérents d'être tous là, c'est magnifique ! A toi Annie.

— Mon nom est Annie. Depuis peu, je suis secrétaire mais membre du Conseil de notre association depuis le début. Je suis moi aussi Paysanne, installée sur une petite ferme en polyculture élevage à Montadet, pas loin d'ici. Mon mari est chauffeur de poids lourd à la coopérative agricole de Lombez, les revenus de notre ferme n'étant pas encore suffisants pour faire vivre décemment la famille. Il souhaite me rejoindre sur la ferme, cela reste notre projet. J'ai deux enfants : le plus jeune au collège de Samatan et l'aînée au lycée de L'Isle-Jourdain. Voilà, je suis donc secrétaire d'ARPEGES et lorsque vous recevez des mèls, c'est en principe moi qui les rédige. Au fait, pour ceux qui souhaitent recevoir nos infos, il suffit simplement de nous communiquer votre adresse électronique. Les personnes qui vous ont demandé d'émarger à l'entrée ont un cahier dédié.

— Bonjour, je m'appelle Paul. Je suis le trésorier et pour complémenter ce que vient de vous annoncer Annie, les personnes installées derrière la petite table de l'entrée acceptent aussi vos chèques d'adhésions de 5€. Venez avec nous faire partie de cet élan vers un avenir qui nous va bien ! Nous sommes déjà 350, continuons ! Pardonnez-moi de parler de sous mais ici, c'est ma mission ! Je me présente : J'ai 21 ans, je suis étudiant en deuxième année d'ingénierie rurale à Toulouse-Purpan et d'un enthousiasme réfléchi donc sans limite pour ce que nous entreprenons avec vous tous. Mon projet est de m'installer sur la petite ferme familiale en polyculture-élevage, bio et vente directe bien entendu ! Je rêve de fonder une famille mais je n'en suis pas là pour le moment ! Je repasse le micro à Elise qui va ouvrir l'AG, ensuite Jānis vous expliquera les tenants et aboutissants de la démarche test réalisée sur Tournan et Sabaillan, espérant que toute l'Occitanie adhère à la philosophie proposée par ARPEGES.

— Bon, dit Elise en jetant un regard apaisant sur la chaise vide qui se trouvait juste à côté d'elle. Je vais résumer la première année de fonctionnement de notre association.

Et elle fit le déroulé chronologique de l'année écoulée, de la décision de création de l'association le 28 décembre l'an dernier jusqu'à la réunion à la Préfecture d'Auch, il y a quelques jours…

Le budget sera vite vu, continua Paul le trésorier. Tout est affiché sur l'écran. Avec les 350 adhésions et l'édition des écrits d'Aimé, le papa d'Elise :"Contes, Comtes et Comptes Gascons", le budget est équilibré. A noter que tous les ingrédients des repas pris en commun à chaque rencontre et aussi les frais de déplacements ont été entièrement financés par les participants, même le voyage à Lyon pour rencontrer François ! Pour la rencontre de Montadet, les chasseurs ayant été bredouilles pour nous offrir le sanglier prévu, il fut remplacé par un porc de Montadet et des cuissots de daim de Simorre offerts par des membres de la première association ARPEGES. Merci à tous

— S'il vous plait, pour finir cette assemblée générale un peu light, dit Elise, je vous demande d'approuver à main levée le rapport moral. Qui est contre ?...Qui s'abstient ?... Alors il est approuvé à l'unanimité ! Merci ! Maintenant même chose pour le rapport financier. Qui est contre ?...Qui s'abstient ?...

Donc, il est approuvé à l'unanimité ! Merci de votre confiance ! Poursuivons : je donne la parole à Jānis, notre chef de projet qui a organisé le diagnostic-prospective.

Quant aux projets des habitants de nos deux villages, attendez la suite ! Ils vont vous être restitués sous forme théâtrale.

A Jānis :

— Par respect pour le concepteur qui a adapté ce diagnostic en Pologne, il continuera de porter le nom "Drabina" qui signifie "échelle" en polonais. Car c'est en Pologne que Bernard réalisa son premier diagnostic-prospective avec des lycéens polonais et français. J'y ai participé aussi. François de Lyon l'a inventé et Bernard de Monbrun l'a adapté à la jeunesse qui dans quelques années sera actrice de son territoire. Notre but est justement de faire naître des projets chez les jeunes avant qu'ils ne partent étudier en ville et n'en reviennent pas. Nous souhaitons aussi que les jeunes citadins nous rejoignent ! De la ville ou de la campagne, leur réflexion pourrait se résumer ainsi : "Inutile d'idéaliser le béton, le bonheur dont nous rêvons ne serait-il pas simplement dans le pré ?" Nous souhaitons que les jeunes des villes se rapprochent des associations paysannes qui proposent de partager leur savoir-vivre et savoir-faire. Cette notion de partage nous semble essentielle. Durant ce dernier siècle où l'individualisme était de rigueur pour soi-disant réussir, il s'est avéré être une supercherie, "le grand mensonge" pourrait-on dire. Aujourd'hui nous voyons dans quel état se trouve notre civilisation. L'insolente richesse prélevée par quelques castes sur le dos des honnêtes travailleurs Ouvriers et Paysans, a recréé la pauvreté et les inégalités dont souffrent ceux qui produisent ces richesses. C'est exactement le contraire de ce qui était promis et attendu… Nous, les Petits Paysans, proposons des solutions et ce n'est pas notre petite association seule qui porte ces idées mais la population elle-même.

Certaines personnes penseront que nous sommes utopistes. Réfléchissons : Qu'est-ce que la réalité ? Elle commence toujours par un rêve qui devient idée, qui devient projet, qui finit par devenir réalité ! Du rêve à la réalité, il n'y a juste qu'un cheminement !

Ces idées ont été "cueillies" chez nos habitants qui rêvent simplement de vivre plus paisiblement dans leur environnement social, culturel, écologique et économique. Pas un d'entre eux souhaite être plus fort ou plus riche qu'un autre. Ils rêvent d'une vie harmonieuse faite de respect, de dignité, de partage et de tolérance. Rappelez-vous la pyramide sociale de tout à l'heure : chaque pierre est indispensable pour tenir l'ensemble de l'édifice.

Et comme en Pologne, la séance commencera par le puzzle dont les éléments sont sortis un à un du fond de la salle et viendront terminer leur danse en s'assemblant devant le public. A vous les jeunes !!!

Scène n°1, en guise d'introduction :

Une réunion rassemble tous les acteurs sur la scène : Les jeunes ruraux de Vallée de Save réfléchissent comment inviter par voie de presse, de radio et de télé, tous les jeunes citadins à une grande fête gastronomique où seront présentées les idées recueillies chez les habitants des deux villages, soit les 152 Sabaillanais et 182 Tournanais. Cette fête était prévue à l'origine dans la salle des fêtes de Tournan mais vu le nombre d'inscriptions qui ne cessait de croître, autant des villes que des territoires ruraux occitans, on pensa au théâtre de verdure à l'arrière de la salle des fêtes, mais il s'avéra encore trop petit. On pensa alors à la prairie de la paguère (champ côté Nord) très pentue de "Pipiou" ressemblant à une demi-arène romaine. Mais la veille, les averses orageuses vinrent jouer les trouble-fête. Et donc, ce sera finalement dans la salle omnisport de Lombez que tout se déroulera. Encore une fois, nous comptons plus de mille personnes très motivées par la médiatisation qui avait été faite suite à l'AG d'ARPEGES.

Scène n°2

Elle est sensée se dérouler sur la place du village de Sabaillan un dimanche après-midi avec en fond sonore, des joueurs de pétanque contestant les quelques millimètres séparant les boules concurrentes du cochonnet. Des jeunes couples discutent en surveillant leurs jeunes enfants :

— Vendredi nous avons signé chez le notaire de Lombez, dit Nathalie, une jeune maman, en berçant son bébé qui semble vouloir participer à la discussion. Nos dix hectares nous appartiennent ! Nous pouvons déposer le permis de construire lundi après-midi à la mairie. Grâce au morcellement de la grosse propriété de Mr Jules qui prend sa retraite, nous serons six nouvelles familles à Sabaillan !

— Super, répondit Marie, fille de Paysans Sabaillanais qui vient d'obtenir son CAPES. Il n'en faudrait pas plus pour rouvrir notre école primaire !

— Ou celle de Tournan ? dit un jeune papa. Avec tous les nouveaux qui s'installent, il n'y aura pas besoin de faire du forcing dans les administrations pour envisager une réouverture de classe en regroupement pédagogique de nos deux villages.

— Avec une vraie cantine bio comme à la maison !

— Bien entendu ! Cela créera un emploi de plus sur notre commune et les enfants se sentiront respectés comme chez eux !

— Il y a aussi autre chose qui presse ! dit Arthur, récemment installé en reprenant la petite ferme de ses parents. Maintenant que vous êtes officiellement "agriculteurs", il faut rapidement mettre en place des productions pour alimenter notre magasin bio itinérant. Ceci pour rentabiliser l'investissement intercommunal de notre camion-magasin coopératif. Nous avons de plus en plus de clients dans nos villes rurales alentours et la région toulousaine nous fait du pied pour une tournée dans le secteur Sud-Ouest. Actuellement c'est impossible, nous avons juste ce qu'il faut pour nos clients habituels.

— Oui, bien sûr, répondit Raphaël. Si officiellement nous avons été baptisés "agriculteurs" par l'administration qui a toujours un temps de retard sur l'actualité, nous sommes venus habiter Sabaillan pour être "Paysans" ! Quant à produire, c'est notre principal souci en ce moment ! Nous n'avons pas le temps de préparer nous-mêmes le compost pour mettre rapidement en place nos serres et nos légumes de plein champ. Nous avons pris contact avec Noha l'artisan composteur de Sauveterre. Il transforme tous les déchets verts et le fumier qu'il troque avec les éleveurs locaux contre du compost. Il a des commandes prévues de longue date mais pourrait nous en céder quelques bennes pour nous aider à démarrer. Si tout se passe bien, d'ici une quinzaine il nous livrera et donc, dans un mois et demi, les semis et repiquages seront faits.

— N'aviez-vous pas prévu une ferme de polyculture-élevage pour rééquilibrer vos sols ?

— Si, bien entendu ! Le troupeau de moutons que nous venons d'acquérir fera la transhumance vers les estives des Vallées d'Aure dans les Pyrénées. Il nous sera rapatrié fin octobre. Nos clôtures et l'abri seront terminés pour l'accueillir durant les hivers. Plus tard, il suffira à produire le compost nécessaire à nos productions maraîchères.

— Bonjour. Excusez-nous de nous immiscer dans votre attroupement mais nous ne connaissons personne ici. Nous sommes de Tournefeuille et depuis plus d'un an, nous suivons dans la presse l'évolution de la dynamique qui s'est installée dans vos villages. Souvent le dimanche, avec ma compagne, nous nous baladons dans les petits chemins ruraux ou de randonnées en rêvant que nous aussi, nous arriverons un jour à devenir Petits Paysans dans votre ambiance.

— Bienvenue à la campagne ! Vous devriez aller consulter la nouvelle Chambre Paysanne à Auch. Elle vous donnera des conseils pour la marche à suivre, c'est son rôle.

— Oui mais, nous n'avons que le dimanche de libre. Vu la galère des salaires déconnectés de cette inflation galopante, nous menons pratiquement deux métiers à la fois. Même le samedi n'est pas libre… Pas question d'avoir des enfants tant que nous ne serons pas Paysans. Ainsi, nous pourrons organiser notre temps de travail en fonction.

— Oh là là ! il faut que vous quittiez au plus tôt cet enfermement ! répliqua Firmin qui a vécu la même expérience et s'est installé avec son épouse à Sabaillan sur 14 ha en production avicole de plein air. Ils ont mis en place une plantation de 8 ha d'oliviers, figuiers et amandiers qui commenceront à produire d'ici trois ou quatre ans pour devancer le réchauffement climatique.

— Sur une ferme il y a aussi des heures à passer mais ce n'est pas l'esclavage, tu travailles pour toi, tu es ton patron, tu es ton ouvrier, tu peux faire des pauses quand tu veux en sachant que de temps en temps il y a des coups de collier à donner. Notre planificateur, c'est la météo ! Tu peux t'organiser en fonction des saisons et du temps, rien n'est répétitif. Et même avec tes voisins, vous pourrez vous entraider et à tour de rôle vous remplacer pour quelques jours de vacances ou s'il arrivait des problèmes de santé ou autres.

— Ici, argumenta un jeune Paysan, nous faisons renaître cette notion de partage et d'entraide qui existait depuis des millénaires et que l'individualisation des cinquante dernières années avait ralentie. Heureusement ces notions naturelles n'ont pas été complètement oubliées.

— Tu entends, mon amour ! il faut que nous trouvions le temps d'aller voir cette Chambre Paysanne.

— Elle est même ouverte le week-end, samedi et dimanche matin, ajouta Firmin. Justement, depuis la médiatisation de l'association ARPEGES, il y a afflux de jeunes citadins qui, comme vous, souhaitent passer du rêve à la réalité !

— Oui, c'est bien, mais les agriculteurs souhaitant prendre leur retraite ou partager leur exploitation devenue trop grande depuis la fin des aides compensatoires européennes, comment les contacter ?

— Ils y sont inscrits aussi ! Pour le moment, il y a le choix. Mais avant, tout un parcours préalable est incontournable… Les animateurs vous expliqueront, la plupart sont comme nous, des ruraux, ils savent de quoi ils parlent. Leur nombre grandit depuis qu'ARPEGES a mis son nez dans l'ambiance agricole otage des lobbyistes sans scrupules.

— Génial ! Nous prendrons contact dès demain pour un rendez-vous à Auch.

Et la deuxième scénette se termine ainsi. La musique de l'entracte invite les danseurs disséminés dans la salle à reprendre chacun leur élément du grand puzzle de la cohésion rurale pour progressivement l'assembler sur l'estrade, face au public.

<u>Scène N° 3</u>.

Une rencontre gastronomique à la salle des fêtes de Tournan. Non, il ne s'agit pas de la fête patronale mais d'une réunion de travail ! commente un des acteurs.

— Etonnant ? Non, pas en Occitanie depuis qu'ARPEGES a pris cette habitude. Grâce à ce stratagème dit "dîner-débat", pas un des membres de l'association ne manque une seule réunion ! A part bien sûr ceux qui habitent trop loin. Ils sont excusés et peuvent participer en visioconférence sans profiter du repas gascon, malheureusement pour eux !

— Ce samedi soir, pour que les citadins puissent participer, nous avons invité les responsables de la nouvelle association "La Chambre Paysanne" à venir sur place expliquer la démarche à suivre pour devenir "Petits Paysans du Gers".

Et le samedi venu, à 18h, La salle des fêtes de Tournan est de nouveau trop petite pour écouter les conseils de la Chambre Paysanne

— Certes, ne pensez pas que ce sera facile parce que la barre a été volontairement placée assez haute ! annonça Jean-Pierre de Saramon, le directeur de la Chambre Paysanne du Gers. Nous ne privilégierons que les plus motivés car il y a profusion de demandes ! Ici on veut des gens qui veulent réussir leur transition et en contrepartie, nous les épaulerons plusieurs années s'il le faut. C'est la mission qui nous a été confiée par le Département et la Région. Si c'est juste pour revivre le phénomène hippy vaporeux, non merci ! Pas de ça chez nous ! Une société se drogue lorsqu'elle a perdu ses repères naturels. Ils ont été préservés par les Petits Paysans, ils souhaitent les faire partager !

—   Nous avons bien compris Mr le directeur. Et même si nous venons des villes, je pense que la plupart d'entre-nous sont motivés et conscients des avantages et inconvénients qui les attendent. Nous savons que cette liberté qui nous invite dans la Nature a un prix ! Nous respecterons nos engagements ! dit Sébastien de Grenade.

—   Très bien, reprit Jean-Pierre le directeur. Je vais donc commencer par vous donner la chronologie approximative d'une démarche partant de zéro, sachant que la famille candidate est souvent citadine, jeune et souhaite acquérir une terre pour y installer une petite ferme familiale. Si les appétits sont plus voraces, allez plutôt voir du côté de la Beauce, des Hauts de France ou de la Champagne dans la cour des grands. En Occitanie, c'est la Petite Paysannerie, la polyculture-élevage adaptée à notre identité et à notre climat qui sera privilégiée. La complémentarité et le partage priment entre les acteurs ruraux, qu'ils soient Paysans, artisans, commerçants, acteurs du tourisme vert et tous ceux qui ont choisi de faire revivre notre région !

—   Oui, oui, nous avons bien compris et c'est pour cela que nous sommes tous ici, du moins je le pense.

—   Pourquoi dis-tu "du moins je le pense" ? répondit Sandrine de Foix en Ariège. Je suis certaine, que 100% des personnes réunies ici, le sont pour cette cause !   L'agro-industrie   qui   exploite   les   gros agriculteurs et détruit les petits, qui pille notre santé et notre planète, ne fait pas partie de nos plans. Nous voulons ce que promeut ARPEGES c'est-à-dire l'Harmonie retrouvée entre les Humains et la Nature et l'amélioration de la qualité de l'alimentation dont dépend la santé de nos populations. Nous devons participer activement à la régression des grandes villes devenues explosives.

— Bravo Sandrine ! s'exclama Zoé de Pellefigue. En fait je suis Toulousaine et ma famille a hérité de la petite ferme de nos aïeux. Elle avait été aménagée en résidence secondaire. Moi, depuis mon enfance je rêvais de la faire revivre, j'ai de bons souvenirs de mes grands-parents et de cette chaleur humaine propre aux Petits Paysans. Le temps est venu pour moi de réaliser mon rêve et je suis ici ce soir pour bâtir mon projet économique avec vous tous ! Seul nous ne sommes rien, c'est ce que je pensais sans trop y croire mais aujourd'hui j'ai compris qu'ici, dans nos coteaux du Gers, renaissait la vraie vie et cette notion de partage ! Merci aux locomotives de cette association !

— Il va falloir que je prenne de force la parole, dit Jean-Pierre le directeur, sinon nous serons ici jusqu'au petit matin ! Je commence donc à vous énumérer les démarches obligatoires si vous souhaitez vous installer :

— Prendre rendez-vous chez nous à Auch où vous serez reçus par nos animateurs. Cela permettra de vous remémorer en détail ce que je vous explique rapidement ce soir. Vous serez ainsi aiguillés sur des choix de pistes qui correspondent au plus près à votre idée ou votre projet. Les décisions, ce sera à vous de les prendre.

Un des animateurs continue :

— Peut-être savez-vous déjà où vous allez vous installer ? peut-être une ferme héritée ou qu'il vous est possible d'acheter ou louer ? Car il n'est pas nécessaire d'être propriétaire pour s'installer. Une location à 9, 18, 25 ans ou même un bail de carrière est possible. Le risque est qu'à la fin du bail, le loueur souhaite reprendre son bien pour l'exploiter lui-même. Pour le moment c'est ainsi que la loi est faite. Alors si vous avez projet de construire votre habitation sur place ou plus tard, d'installer vos enfants, réfléchissez bien avant de vous lancer dans l'aventure.

Le directeur reprend la parole :

— Il vous sera nécessaire d'obtenir un diplôme du "Parfait Petit Paysan du Gers". Actuellement si vous n'êtes pas détenteurs du BAC PRO, c'est une formation pour adultes de 800 heures et 6 mois de stage qui vous permettra d'obtenir le BPREA, c'est le minimum pour accéder à ce statut. Dans notre secteur, cette formation est donnée par le lycée agricole de Mirande. Mais je pense que, vu l'ambiance qui règne ici, vous pourriez demander un agrément pour créer un centre de formation en Vallée de Save. Peut-être les élus locaux pourraient s'occuper de la démarche auprès de notre Région Occitanie qui a en charge la formation professionnelle ?

— Vous aurez des rencontres avec les banques qui ne seront pas les dernières à vous chouchouter. Vos sous les intéressent mais aussi vos emprunts qui vont leur générer des intérêts juteux. Soyez prudents dans vos démarches, nous serons là pour vous aider à faire des choix si vous le souhaitez. Une nouvelle banque solidaire s'est récemment mise en place, elle semble sur la même longueur d'onde que vos projets. Mais s'il vous plait, restez vigilants et n'hésitez pas à regarder partout et à demander conseil, nous sommes là pour ça !

— Pardon de vous interrompre mais quel est le nom de cette nouvelle banque ?

— Simplement "Solidarité Paysanne". Celle qui avait été créée par nos aïeux cultivateurs nous a échappés dans d'autres cieux comme les assurances d'ailleurs. Concernant les assurances mutuelles et solidaires, nous travaillons avec le Ministère de la Paysannerie car tout est à recommencer à zéro ! Le projet avance, vous serez tenus au courant.

— Oh super ! Je crois que vous allez avoir un planning de rendez-vous ingérable ces prochains mois, ajouta Victor d'Auch en souriant. Lundi puis-je venir avec mon projet ? j'habite à 500 mètres de la Chambre Paysanne, j'étais d'ailleurs à l'inauguration en grande pompe en juin dernier ! J'ai un projet artisanal sur Sabaillan.

— Un lundi du mois prochain, peut-être et si vous téléphonez rapidement ! Pour terminer, je voudrais simplement rassurer les futurs Petits Paysans qui n'ont pas encore trouvé leur lieu de vie. Nous avons une liste de fermes ou de terres disponibles. De nombreux gros agriculteurs jettent l'éponge ou ne trouvent pas de voisins repreneurs–depuis que les aides compensatoires ont été supprimées. Nous voulons éviter que ces terres occitanes qui se libèrent soient rachetées par des Râpe-tout. Heureusement, le jeune "Ministère de la Paysannerie" use automatiquement de son droit de préemption pour les réserver aux jeunes néoruraux en sachant qu'aucun projet ne dépassera 50 hectares et sera obligatoirement mené en polyculture-élevage biologique. L'objectif est double ou même triple ! Rendre progressivement l'eau potable dans nos nappes phréatiques, dans nos rivières, nos puits, redonner une chance à la vie de la nature, avec ses haies et ses forêts retrouvées, ses insectes, ses oiseaux, ses poissons de rivière et d'étang et ses petites fermes pour re-fertiliser les sols. Et redonner de l'espoir aux jeunes générations. Tout n'est pas perdu !

A ce propos, je ne vous encourage pas à rechercher des terres dans les fonds de vallée. Notre Ministère de tutelle use de son droit de préemption en décidant de réimplanter les prairies naturelles d'antan pour essayer ces prochaines décennies, de rendre les eaux des rivières un peu plus potables et reconstituer l'humus anéanti par les lessivages de monocultures irriguées. Ensuite elles pourront être réutilisées en pacages pour de nouvelles installations de jeunes Paysans dès la prochaine génération. Ce sera long car actuellement nos argilo-calcaires empoisonnées ressemblent plus à de la glaise de poterie qu'à une terre paysanne humifère où, jusqu'il y a encore une cinquantaine d'années, paissaient paisiblement des troupeaux de vaches gasconnes ou blondes d'Aquitaine…

<u>Scène n°4</u>

Un élu de la Communauté de Commune va répondre aux questions du jeune et moins jeune public.

— Moi, j'ai un sujet qui m'intrigue. Oh pardon, je me présente. Je suis Patrick de Colomiers, en cours d'installation à Tournan sur une ferme de 8 ha en production maraîchère et aviculture de plein air. Je suis inquiet pour l'eau. Mon prédécesseur utilisait celle du réseau avec des factures énormes alors qu'elle ne servait que pour sécuriser les semis. Je n'y avais pas prêté attention mais là je panique parce qu'il pleut de moins en moins et je vais donc être obligé d'arroser de plus en plus. On parle de rationnement. Rassurez-moi !

— Bonjour Patrick et bienvenue en Vallée de Save ! Je vais vous rassurer tout de suite ; le rationnement sera simplement pour les grandes cultures en attendant que ces exploitations s'adaptent aux nouvelles donnes du manque d'eau qui se fera de plus en plus ressentir. Je vais tout d'abord vous poser une question : N'y a-t-il pas un puits sur votre exploitation ?

— Je ne sais pas…

— Si, si, répondit Michel son voisin. Près de ta maison il y a un puits qui était très abondant car la nappe phréatique n'est pas loin, mais une chape de béton l'a condamné lorsque le réseau a été installé. L'ancien propriétaire a dû l'abandonner parce qu'on lui avait dit que l'eau de son puits n'était pas potable. Pourtant, jamais elle n'a été analysée !

— Ah d'accord ! Merci pour cette info. En effet, cette plaque de béton avec un regard est près de la maison, je pensais que c'était une fosse pour les eaux usées…

L'élu reprit :

— Vous voyez ! Nous ne sommes pas en ville ici ! Il ne faut pas hésiter à demander aux voisins dont certains sont là depuis plusieurs générations. Ils savaient tout des fermes du village parce qu'autrefois ils travaillaient ensemble. L'entraide était principalement pour les grandes corvées comme les moissons, les vendanges, le tue-cochon, mais aussi lorsqu'un événement grave se produisait dans une famille, les voisins étaient toujours là pour aider.

— Pardon, dit Chloé de Toulouse qui est en cours d'acquisition d'une vieille ferme à retaper avec une vingtaine d'ha. Oui, chez moi il y a aussi un puits. Les anciens propriétaires qui ont 101 et 98 ans et qui vivent maintenant à l'EHPAD de Samatan ont toujours bu de cette eau. D'ailleurs ils avaient refusé le compteur lorsque le réseau a été installé au début des années 60. Alors j'ai bien envie de continuer comme eux.

— Méfiez-vous quand même car en ce temps-là les agriculteurs n'utilisaient pas encore de pesticides. Faites-là analyser.

— Mais au fait, d'où vient cette eau du robinet ? demanda Thierry de Cugnaux qui a reluqué une ferme à vendre qui l'inspire bien. Mais il faudra la diviser, elle dépasse 30 ha.

— C'est l'eau de la Barousse, une grosse source située dans la Vallée du même nom dans les Pyrénées. Il y a plus de quarante ans, suite à la progression rapide de la pollution de la Save à cause de l'irrigation et le drainage des grandes cultures, l'eau de notre rivière est devenue impropre à la consommation. Grâce à la mobilisation des élus de Vallée de Save, une canalisation de plus de 70 km a été installée depuis les Pyrénées jusqu'à la station de pompage de Lombez.

— Il faut croire que c'était grave ! C'est un trajet c'est énorme ! Pourquoi ne pas avoir pris une décision plus locale ? Par exemple, la ville de Munich en Bavière, a obligé la transition en agriculture biologique sur toutes les terres du bassin versant où se trouvent les captages des sources et nappes phréatiques qui alimentent la ville. J'exagère en disant "obligé", je devrais dire "incité" par un soutien financier conséquent. Pour la commercialisation, les produits provenant des fermes du bassin versant ont été identifiés à leur terroir. Ainsi les sources qui fournissent la ville sont progressivement redevenues de bonne qualité et les Munichois ont plaisir à consommer ces produits locaux vendus dans des magasins dédiés.

— Allez, soyez optimiste, vous qui vivez ou projetez de vous installer dans notre région ! Vous serez tous bios donc, progressivement l'eau des sources, puits, fontaines, nappes phréatiques et rivières sera à nouveau potable ! Il faudra du temps mais en attendant vous avez quand même l'eau de la Barousse ! Un autre sujet ? demanda l'élu.

— Oui, dit Béatrice. Je suis née à Sabaillan et voyant le temps passer, je pense à la vieillesse. Mon mari est décédé et je me retrouve seule à gérer ma ferme. Je donnerais bien mes terres en fermage mais les jeunes qui sont intéressés voudraient aussi la maison pour pouvoir loger près de leurs élevages. Confiants, ils pensent s'installer dans un mobil-home en attendant. Lors du repas de la fête du village, nous avons discuté entre voisins et nous avons une idée à vous proposer.

— Je vous écoute Madame.

— Nous nous disions que chacune de nos communes pourrait créer une maison partagée. Ce concept consisterait à réunir cinq ou six personnes ou couples âgés, des anciens du village qui se connaissent bien. Ce ne serait pas le déracinement ni l'isolement, nous resterions en compagnie de connaissances, souvent amies, qui ont vécu et travaillé toute leur vie côte à côte.

— Précisez comment imaginez-vous cette maison partagée.

— D'abord elle serait réservée exclusivement aux anciens du village, c'est-à-dire des Sabaillanais vivant chez nous depuis des années. Ceci pour nous retrouver quasiment en famille car notre village est une grande famille ! Chacun aurait un T1, une pièce aménagée avec les sanitaires, une kitchenette, une table, fauteuil et bien sûr le lit.

— Pas mal votre idée !

— Ce n'est pas mon idée parce cela existe déjà ailleurs. Mon idée, c'est juste de l'imaginer dans mon village. Pour ceux qui ne veulent pas cuisiner, en commandant le matin, ils seraient livrés dans les temps par un artisan local avec des produits locaux. Pour ceux qui se sentent seuls dans leur appartement, une salle commune servirait de réfectoire, de salle de détente et de rencontre. Une infirmière libérale ferait son petit tour chaque jour et pour les plus invalides, il existe déjà des associations d'aides à domicile pour les aider.

— Nous allons y réfléchir ! Moi, j'allais vous proposer un projet qui pourrait complémenter le vôtre en le dédiant à tous les retraités de nos villages, même ceux qui vivent chez eux. Un minibus qui serait géré au niveau de la Communauté de Commune. Il passerait une fois par semaine dans chaque village pour transporter ceux qui désirent faire leurs courses dans la ville voisine. Pour vous, ce serait Lombez par exemple.

— Oui, d'accord mais si nous voulions aller au marché du lundi à Samatan ? ou à un rendez-vous médical ?

— Ok, il faut y réfléchir, d'ailleurs cela existe depuis plusieurs années chez nos amis de L'Isle-en-Dodon. Au lieu de priver progressivement la population des services publics qu'elle est en droit d'attendre de notre organisation sociale, au contraire nous allons les développer !

— Merci Monsieur le représentant de la Communauté de Communes !

— Je voudrais m'adresser aux responsables des loisirs des petits villages de campagne. Je suis Kevin de Léguevin. Je suis en recherche d'une petite ferme dans ce secteur. Comment sont organisés les loisirs à la campagne ? Et d'abord cela existe-t-il ? Tout le monde parle de bosser sur sa ferme ou dans son atelier mais les distractions alors ? J'ai peur de m'y ennuyer…

— La jeune présidente du Comité des fêtes prend la parole. Tout d'abord, je vais te parler de mon expérience personnelle. Mes parents étaient agriculteurs à Tournan. Ils sont maintenant à la retraite. Je trouvais leur vie ringarde alors il y a quelques années j'ai étudié à Toulouse et ensuite j'y ai trouvé un boulot en CDD. J'ai vécu avec un copain dans un petit appartement sans voir le soleil et la circulation dans la rue était infernale toute la nuit. Tous les soirs, nous avions besoin de distractions, alors c'était les bars, le cinéma, les salles de jeux, boîtes de nuit, il fallait que ça bouge. Mais il y a trois ans, j'ai perdu mon emploi et mon copain dans la foulée. Je suis revenue à la maison et connaissant déjà les travaux de la ferme depuis ma jeunesse, je les ai redécouverts sous un nouveau jour. Je me suis investie dans les travaux et, en fait, j'adore ça. J'ai alors suivi la formation BPREA par alternance à Mirande dès le premier hiver et j'y ai en même temps fait la connaissance d'Eric qui était pilote d'hélicoptère dans l'armée et en reconversion comme moi. L'amour est né et nous avons décidé de vivre ensemble. Mes parents ont été ravis de nous confier la petite ferme familiale.

— Oui, mais les distractions ? rappela Kevin.

— Alors Kevin, je vais te parler franchement. Tout ce que j'ai vécu en ville me semble maintenant si futile, si artificiel… Nous sommes heureux de nous lever chaque matin avec le soleil, d'ouvrir la fenêtre et d'entendre les oiseaux chanter au lieu du brouhaha polluant et les sirènes de police. Heureux de vivre avec nos animaux qui nous connaissent. Par exemple lorsque j'entre dans la bergerie en hiver, il y a 616 qui m'attend à la porte parce qu'elle sait que j'ai pour elle une poignée de luzerne ou d'orge. C'est la meneuse du troupeau. L'été, en guise de pause, je vais passer un moment assise dans la prairie au milieu de mes moutons ou de mes poulets du Gers élevés en plein air. Le soir tard en été, en écoutant les grenouilles coasser et la chouette du grenier hululer, nous nous installons sur la terrasse et nous admirons le ciel, les étoiles, nous repérons les galaxies. En ville avec tous ces éclairages, tu ne les vois pas !

— 616 ? quel nom bizarre pour un animal ?

— Oui, c'est une brebis qui est la 61ème naissance de 2016, d'où son nom marqué sur sa boucle d'oreille jaune. Et puis si vraiment un film exceptionnel est annoncé, il y a la salle de ciné à Samatan, à 20 minutes de la maison. Deux ou trois fois par an nous suffisent. Les bars sont à Simorre ou à Lombez. De temps en temps, un petit resto sympa Chez Mamé sur la place de la cathédrale de Lombez, à 15 minutes de chez nous ou bien au BàO de Simorre, au Lias à Molas…etc. En été il y a des expos et d'autres animations pour attirer les touristes et nous en profitons aussi. Tu as aussi les fêtes et les événements que nous organisons dans nos villages presque toute l'année, il n'en manque pas si tu aimes danser ! A Sabaillan la fête patronale est le deuxième week-end d'octobre et à Tournan, une semaine plus tard. De temps en temps nous organisons des repas pour le village et même en été pour les vacanciers. Si tu aimes lire, il y a des médiathèques dans toutes les bourgades. Nous avons la télé mais il y a peut-être un mois que nous ne l'avons pas allumée ! C'est une chance de vivre dans la nature, peinards sans nervosité… Vraiment ne t'inquiète pas pour les distractions à la campagne !

— Merci de m'avoir rassuré Madame la présidente du Comité des fêtes !

— Pas de Madame entre-nous ! Mon prénom est Ambre. Au village on se tutoie tous, c'est une marque d'amitié et d'intégration. On ne vouvoie que les gens que l'on ne connaît pas.

— Merci pour vos témoignages, nous sommes enchantés par tout ce que nous avons entendu aujourd'hui ! Pas de doute, la solution pour sauver notre société vient de nous être présentée ! Vive le Grand Retour des Petits Paysans ! termina le jeune lycéen qui jouait le rôle du Président de la Communauté de Communes.

Pour une dernière fois, la musique annonça les éléments du puzzle qui se rejoignirent sur la scène devant le public enthousiaste.

La foule applaudit longuement et il faut dire que les intervenants qui suivirent, les notables cette fois-ci, mirent du temps à atterrir et à reprendre leurs esprits.

Tout avait semble-t-il été préparé à l'avance depuis la réunion à la Préfecture d'Auch mais d'entendre les résultats publics des enquêtes-test sur les deux villages permettaient enfin de toucher du doigt ce qu'attend le peuple ! La vraie démocratie participative a donné le ton.

Et c'est la Présidente de la Région, représentant les élus et administratifs présents, qui prend la parole.

— Chers amis de Vallée de Save et d'ailleurs. Je pense que Tournan et Sabaillan ont donné le ton. Je suis sans voix. Dire que nous sommes des milliers dans nos hémicycles à chercher des idées pour justifier nos salaires et rendre des comptes à ceux qui nous ont élus et là…. La solution se trouvait simplement chez les Petits Paysans, ceux que certains nomment "les gens de rien"… Quelle belle leçon !

La rencontre a été longue mais on en redemanderait. Bravo les lycéens pour avoir traduit et interprété avec tant de conviction, les interviews des habitants de deux villages ! Durant votre prestation, je me suis remémoré une citation de Simone Weil : "Un Pays qui perd ses racines par nécessité économique est un Pays qui meurt !" Eh bien je suis rassurée, notre Occitanie n'est pas prête à mourir, au contraire elle va donner l'exemple qui servira à ressusciter de nombreuses régions qui se meurent d'attendre des solutions d'en haut ! Des solutions qui n'existent pas. Les seules qui existent, vous venez de nous les servir sur un plateau d'argent !

Monsieur Jānis Ozols et Monsieur Bernard de Monbrun, vous méritez plus que quiconque la Légion d'Honneur ! Je me retourne devant nos Préfètes de Région et du Gers pour que vous fassiez remonter cette proposition à qui de droit !

Monsieur Jānis Ozols, vous serez désormais notre guide pour continuer sur d'autres Vallées, d'autres terres, d'autres villages, d'autres habitants de notre Région Occitanie. Il faudrait que d'ici 2026, une grande partie de notre Région aient été interviewée.

— Hou là là, Madame la Présidente ! reprit Jānis… 2026 ? Non, ce n'est pas raisonnable !

— Mais si, Monsieur Ozols ! J'ai discuté avec votre ancien employeur, Son Excellence l'Ambassadeur de France en Lettonie qui était assis près de moi pendant cette fantastique restitution. Sincèrement, il vous regrette en Lettonie car avec votre style bien à vous de proposer la démocratie participative, vous avez complètement changé l'ambiance interne de l'Ambassade. Il ne doute pas de vous, vous réussirez ! Lors des prochains diagnostics, entourez-vous d'une bonne équipe, formez nos agents territoriaux qui puissent devenir vos apôtres pour essaimer dans la Région toute entière. En commençant autour de Toulouse puis de Montpellier, vous serez plus proches des jeunes citadins qui rêvent de vivre sur une ferme. Oui, Mr Ozols, vous pouvez !

— S'il vous plait, dit le Président du Conseil Départemental. Le Gers est prioritaire ! Mr Ozols est Gersois, alors cela va de soi !
Madame la Préfète du Gers prend la parole.

— Je pense comme Mr Le Président du Conseil Départemental, nous sommes prioritaires !

— Allons, Allons ! tempéra Madame la Préfète de Région, pas de politique politicienne ici ! On a vu où cela nous menait ! D'accord le Gers est prioritaire mais en même temps seront formés les agents d'autres départements et cela fera tache d'huile. Je pense que Mme la Présidente de Région Occitanie a raison. 2026 c'est envisageable.

Gabin le Maire et Conseiller Départemental de Lombez prend à son tour la parole.
— Chers amis, je pense d'abord que nous devons remercier les lycéens de notre Vallée et les habitants de Tournan et Sabaillan pour la positivité de leur investissement dans ce projet qui, sans conteste, est le meilleur projet que j'ai vécu de toute ma carrière politique. Tout le monde a joué le jeu, à nous d'assurer la suite ! Vos idées seront respectées, c'est vous qui guidez notre avenir ! Merci chers concitoyens ! Merci ARPEGES. Notre avenir optimiste est sur les rails !

— Et pour terminer, dit solennellement SE l'Ambassadeur de France en Lettonie en prenant le micro, je souhaiterai connaitre l'auteur d'Ad Vitam Æternam ! Il semble bien connaitre la Lettonie paysanne autant que notre Ambassade de Rīga. Il est Paysan Occitan paraît-il ? Est-il dans la salle ?

— Non, Votre Excellence ! Je suis encore au clavier derrière l'écran de mon ordinateur, je termine ! Oui, je connais bien la Lettonie, autant ses forêts envoûtantes que la Capitale Rīga où j'ai dû rencontrer toutes les Ambassadrices et Ambassadeurs successifs ainsi que les directeurs de notre Institut Français du temps où je vivais là-bas.

Durant ces trois dernières années, depuis mon retour dans mes pénates avec les Pyrénées pour large horizon, j'ai repris à plein temps l'écriture de ce roman Paysan commencé dans mon soviet-appartement là où s'arrête le bitume et même plus loin, dans une clairière de l'immense forêt où seuls les loups, les ours, les élans, les millions de migrateurs et les ondes positives retrouvent leur chemin sans se perdre. Effectivement, mes écrits sont quelque peu autobiographiques, fantastiques comme mon imagination délirante, quelquefois utopiques penseront certains. Ce roman Paysan m'a permis de refaire le point sur notre civilisation et aussi sur l'au-delà pour lequel nous n'avions jusque là que des espérances. Mais Līva m'a vraiment rassuré et j'espère qu'il en sera de même pour mes lecteurs. J'ai été ravi de faire la connaissance, de retrouver ou de faire revivre tous ces personnages qui sont venus s'immiscer sur mon clavier, quelquefois sans les attendre... des souvenirs de famille, de l'ambiance de mon village qui est resté toujours aussi vivant, des abbayes, des lieux que je connais en Europe sauf le cloitre de l'Abbaye de Boulaur où les hommes n'ont pas le droit de pénétrer. Je pense aussi à ces Lettones des forêts qui m'ont initié à leur culture en harmonie avec la nature. Je pense à tous les Petits Paysans Occitans qui se battent pour construire (sauver ?) notre avenir... Tous ont un grand rôle souvent sous-estimé dans notre société.

Pour la suite de cette histoire, place à l'imagination du lecteur ! Par exemple l'organisation de l'artisanat, du petit commerce, des services publics qui se redévelopperont dans les petits villages parallèlement à la production de qualité ; les villes deviendront plus paisibles grâce au retour de l'éducation pour tous, de la santé pour tous et de l'emploi pour tous.

Ce qui permettra :

— La destruction de ces immondes porte-containers, symbole de "l'ouverture des marchés" qui contribuaient à détruire notre Pays et notre Planète.

— La disparition progressive de la pollution et le retour de la qualité de l'eau et de notre alimentation.

— Toute la biodiversité de notre planète ne retrouvera pas aussi vite son équilibre rompu en quelques décennies… Si "le marché" laisse notre société et la nature en paix, il est permis d'espérer la vie sur Terre pour AD VITAM ÆTERNAM

Et pour terminer, "Bis repetitas placent"

Réfléchissons ensemble : Qu'est-ce que la réalité ? En fait, elle commence toujours par un rêve qui devient idée, qui devient projet, qui finit par devenir réalité ! Du rêve à la réalité, il y a juste un cheminement, même si nous devions emprunter des petits sentiers !

Et que la fête continue avec un buffet gascon bien de chez nous et un accompagnement musical de Mambo Bidon de chez nous aussi ! Xavier de Sabaillan, le copain de Jānis, fait partie de ce groupe né au sein de Music'Halle à Toulouse. Il a participé aux festivals Rio Loco, Tempo Latino, Passe ton Bach…

37.   Remerciements.

Merci à tous ceux qui, de près ou de loin, m'ont inspiré : famille, amis, voisins, collègues, étudiants, païens, religieux, athées, notables, quelquefois in memoriam.

Merci aux correcteurs bénévoles qui m'ont permis, malgré ma retraite agricole minable, de pouvoir publier. Je pense notamment à Nicole qui, souvent à deux heures du matin, m'envoie la relecture du manuscrit ! à Yves pour la traduction en gascon, à Christine, Marie-Ange et Anaïs qui ont participé. Merci à Lise qui, durant son stage à l'EHPAD public de Samatan, proposa à Simone, une alerte résidente octogénaire, de corriger avec talent une partie ce dernier tome. Merci à Sarmite pour ses poèmes, à Christian pour l'adaptation de mes photos. Je n'oublie pas Jean-Luc l'écrivain Auscitain qui m'a initié à l'autoédition et m'a fait remarquer mes fautes de syntaxe dues probablement à mon parler paysan "avé l'accent" de notre terroir, cette identité qui a heureusement subsisté malgré mes pérégrinations.

Et reconnaissance pour ces lieux de paix, de solitude ou de recueillement qui m'ont permis d'écrire paisiblement et de bonne humeur en compagnie de mes personnages :

- *Mon soviet-appartement de Cēsvaine, Lettonie*
- *La maison Montaruc à Lombez, Gers 32*
- *Le mobil-home à Hourtain, Gironde 33*
- *Chez Eliane à La Motte de Galaure, Drôme 26*
- *La Clinique Pasteur à Toulouse, Hte Garonne 31*
- *L'Hôpital d'Auch en orthopédie, Gers 32*
- *L'Hôpital de Lombez en rééducation, Gers 32*
- *Le Cap du Bosc à Sabaillan, Gers 32*
- *Sans compter les prises de notes ci et là,
  l'inspiration ou les souvenirs étant souvent furtifs*

SOMMAIRE du Tome IV